萃文斋

散文

赵生伟 著

作家出版社

作者墨迹之一

作者墨迹之二

目　录

第二辑　东鳞西爪

妙笔运思　萃文清怀

——序《萃文斋散文》

田望生

　　赵君生伟的散文作品结集，即将由作家出版社出版，希望我为这本书作一则小序，我没有理由推却，我何尝不想借此谈谈我与他的那份儿缘。

　　光阴荏苒，眨眼间我已经退休十二年。按说，退休该是退职休息、在家养老，但前几年，我不知老之将至，经不住好友浦争鸣、王秉良、程光平、陈多硕、张建宾、赵守民等的盛情邀请，退而未休。其间，先后到浙江、江苏、江西、山东、安徽、山西、陕西、广东、深圳、天津、香港、澳门等地采访写作，当总计十五万字的专题报道在报纸上发表后，我才真的觉得有点累了，年龄不饶人啊！一日，偶然读到清代名臣翁同龢的父亲翁心存的律诗《栖霞阻风》，"鹞不因风先自退，山如欲语笑人忙"，先贤那种谦退、散淡、缓慢、悠闲的人生态度，顿时触动了我这颗不甘落寞的心。翁老先生的警句是借典事表明自己当时的行旅处境，忙忙碌碌的行役，究竟为了什么，又有什么意义？故而遐想山若有灵，肯定会嘲笑人们的汲汲仕途。想我昔日在报社驻闲，无论是得志还是失意，都不过处在"终日昏昏醉梦间"；待到退休大梦醒来，美好的青春已经消逝殆尽。幸而读书有得以至于顿悟，渐怀素心，无欲无求，最终选择了隐逸山林。二〇〇八年八月，我从位于京城西长安街的原铁道兵机关大院移居京畿小西山。羁鸟归林，身无尘累，总算"偷得浮生半日闲"了。

"心如浮云常自在，意似流水任西东"，息影林泉，深居简出，绝了俗务的欲求，没有纸媒的诱引，少了杯光斛影的喧嚣，宁静中听着尘封的心开合吞吐，浑身犹如一片花瓣飘落小溪，随波逐流，不知去向。某日，记不得是哪一天了，一位不速之客来到寒舍。他的敲门声，惊起老朽门前的雀儿纷纷向山林中逃匿。当他自报家门，未等他说完我便答道："赵生伟，很熟悉的名字，在报上读过你的诗文，只是未曾谋面。"让他进屋打坐甫定，我依然习惯地端上清茶一杯。定睛一看，小伙子修长的身材，白皙的面庞，举手投足有一种细腻委婉的儒雅风范。当他说找到我是慕名而来，我的脸不免有些发烧。一个退休的糟老头，何德何能，受此礼遇。好在生伟的三分侠气，碰上我这一点素心，于是一见如故，常来常往。他赞赏我晚年选择山居，曾恳切而激动地说："您这里真好！春天看着山花微笑，秋日闻着野菊幽香，人的心灵之花想不绽放都难。"也许是当过教师，生伟的表达能力超强。交谈中，他善拉扯、带情感、缓缓道来，犹如一股流泉，一路潺潺地流淌着，发出叮当悦耳的声音。言行举止的那种洒脱飘逸的风度，透着一股阳刚之气。他是晋西吕梁人，记得他当初来我舍下，带着老家的汾水老白干和阴山蒙古王，原来赵君是喝着汾河与黄河的浑水长大的。吕梁人的羊肉汤莜面窝窝和荞面圪团儿，他爱吃；阴山人的奶茶奶酒手把肉，他也喜欢。看得出，是吕梁山与阴山的连绵——敞开怀抱接纳下众多河川，养育、成就了他既豪爽又委婉的个性。生伟待人的热情诚恳，如同一壶浓茶，半轮秋月，细品慢嚼，况味浓烈。他不是那种附庸风雅的人，而是谦虚好学，于知识追求渊综广博。这样的品质渊源有自，生伟当过兵，任过教师，后来又长期从事教育培训工作，知道解惑从师的必要性和重要性。他的疑而叩问，不耻相师，孜孜进学的精神，给我留下了深刻的印象，因此我乐于同他交往。收入本书第三辑"如园谈艺"中的《关于竹枝词的问与答》和《叩问"赋比兴"》，即是我们在交流学习心得时的切磋。所谓"如园"，兴许是指我的西山野墅如园，抑或指生伟的宅邸京东奥林匹克花园小区。生伟不只能文，还好赋诗。他是中华诗词学会会员、中国铁路作家协会会员，常有诗文见诸报端。一天，他在我的书斋"天趣堂"，翻阅我的旧诗手稿，兴味盎然，不仅怂恿我出版诗稿，还主动提出要为我的旧体诗歌作注。我虽犹疑，最终还是被他的热情和诚恳所打动，把"诗稿"交给了他。岂料，未逾百日，一本《天趣堂诗稿笺注》摆到了我的案头，这是我始所未料的。仔细阅读生伟的注文，第一感觉就是翔实、准确、鲜明、生动，他的沉潜发掘，不仅使我的拙作蓬荜生辉，也为他的"洞明世事，练达人情"找到了令人信服的注脚。我信任他，欣赏他，二〇一四年九月中国书籍出版社出版我的《人间辞话——古典诗词修辞例话》，书后传记《望生先生传略》即出自他的手笔；二〇一六年三月新华出版社出版我的《天趣堂散文选》，我又将其更名《皖公传略》附录书后；二〇一七年九月新华出版社出版我的第二本"文选"——《天趣堂诗文选》，我请他作序，他百忙之中不辞劳碌。所言虽多过誉之辞，却不乏理解与包容；尤其是文笔天马行空，锋芒四射，文采丰赡，文气沛然，让人服膺。

在我们交往的七八年中，生伟的进步跨度非常大，特别是他步入"天命"之年后，读书写作，成果丰硕：最近五年，他在圆满完成本职工作的前提下，一边向报社投稿、且频频刊用，一边又忙着整理旧作、添加新作，竟然在五年内出版发行了三本书。就拿这本《萃文斋散文》来说，我因要给该书写序，得以先睹为快，且有惊喜。全书分为《留住乡愁》《东鳞西爪》《如园谈艺》《书序传记》四辑，后两辑我在前面零星点点地谈了些读后感，容不赘述。前两辑中的文章，不少篇什虽已在报刊发表过，但更多的是第一次露面，因此读来有一种全新的感受。生伟离乡既久，那种皈依的情怀早已随着时光的流逝而消磨殆尽。然而，一旦还乡探亲，见到家人、故旧，思乡之情又会浮上心头。第一辑《留住乡愁》，让我们了解生伟在喧嚣浮躁的社会中沉浮，却从没忘记为自己寻找一块安放灵魂的地方。他的《拜见华老》《母亲》《铁平的婚事》《故乡的柏洼山》《门前的老槐树》等思乡怀人之作，书写那些随着日子的遘递而苍老的乡愁，笔端自然流走，一泻而下，不事雕琢，带着亲历的体温，怀着如海的深邃和若水的柔情，尽情地赞美他的故乡，歌颂故乡人那种朴实、善良、坚韧和乐观的精神品质。生伟的故乡山西素有"华夏文明摇篮""中国古代文化博物馆"之誉。他故土难舍，带着内心的留恋和向往，热情地书写着山西那迷人的风物，但更多的是挚爱着它绵长的历史和人文，如写故乡山西的《王家大院的楹联》《从"丰德票号"家训看晋商文化》《写尽江南风流的山西诗人》等，完全是在用自己的爱——一种对人类的大爱，去点亮古老沉默乡里村落的文化光辉，运思巧妙，落笔清怀。读了这一辑，不禁使人的思乡之情油然而生。中国人信仰血统和传承，正是血统和传承营造的庄园，安放着每个中国人虔诚的灵魂。少时仗剑走天涯，故乡是一轮明月，照亮你志存高远的梦想；老来断肠在天涯，故乡是一缕青烟，迷漫在重峦叠嶂的远方。背井离乡的人，即使富贵显赫，也不过是锦衣夜行；人生最后的慰藉，是落叶归根，魂归故里。无论今宵何处，谁都走不出故乡的宿命。

第二辑《东鳞西爪》乍读似觉平常寡淡，但仔细地读下去，却能给人一种意味绵绵、不绝如缕的透心感觉。这些篇什，不是鼓虚弄悬、铺陈炫技，而是从生活出发，从感觉出发，直抒胸臆。他没有文人易犯的穷酸之气、做作之病。通篇少见华丽的词藻，而自然平实的文字，却时不时撩起读者心中的波澜。从题材和内容看，有随笔散记，有评论杂谈，还有一些也许很难归入到哪种文体。可以说，它既是评论，又是随笔；或者说它既是散文，又是新闻体的速写。这正是生伟的特点，也是他的长处。无疑，生伟是在以一种独特的书写带给我们一种独特的阅读享受。生伟多才多艺，其于诗文之外还酷爱书法。他学书虽师法王、颜、柳、苏、黄、赵诸家，但对二王行草、颜氏真书尤为着力。每每泼墨疾书，必是凝神聚气，集全身之力发于指端，笔不停辍，文不加点，洋洋洒洒，厚重陡峭。这本"散文集"前面扉页展示的两幅墨宝，是我亲自看他一气呵成的。他的书法作品运笔圆转流利，元气充盈，活力弥漫；墨色赫奕凝重，线条苍浑老辣，凸现他深厚的书外之功。

生伟是那种执著且能坚守的人。当兵也好，当老师也好，干教育培训乃至人事工作，他都有自己的"立身之本"。参加中国铁路作家协会之后，他曾对我说："入会给我一种紧迫感、责任感，它是荣誉，更是一种激励。今后，职场的工作再忙，我都要以习近平同志在文艺工作座谈会上的重要讲话为指导，继续努力坚持读书写作。作品是作家的立身之本，只有静下心来，精益求精搞创作，把最好的精神食粮奉献给读者，才配得上这个光荣称号。"凭着生伟的人品和才智，我深信他是一定能够实现这种美好愿望的。

毋庸讳言，收入本书的散文作品，水平上有些参差不齐，如早期作文中有个别篇什失之粗疏，但这有什么要紧，世界上从来没有什么十分完美的事，人的十个手指头伸出来还有长有短呢，做文章概莫能外。生伟的谦虚好学、求知热情和聪明才智使我深信，随着时间的流逝，阅历的丰富，他一定会百尺竿头更进一步，写出属于自己的高峰式的作品。

人生在世，刹那便是永恒，蓦然回首，苍老的是岁月，永葆青春的却是朋友间的相知与温暖。

读着生伟的散文集，回忆往日与之切磋之乐，不胜欣喜之至，故略作序引焉！

七十三叟　农历鸡年仲秋写于京畿小西山如园

（序文作者系中国作家协会会员、中国铁道建筑报社原副总编辑，曾任原铁道兵第五师司令部作战参谋，《铁道兵》报记者、编辑，中国传媒大学特约研究员，中国根艺研究会秘书长。）

第一辑　留住乡愁

乡　情

　　离开家乡越久，越是想念那些快要褪色的童年。当兵上学辗转南北，最后定居在了北京。今年春节又飞往海南过年。但无论我身处何地，总有一种莫名的东西时时袭上心头、萦绕脑际，有时牵动我的心、我的魂。说不清、道不明，像无形的画儿在脑海里盘绕，像无声的细语在耳边叮咛着……莫非这就是乡情？

　　乡情，是想起故乡那蓝天上的白云，时卷时舒、时疏时密、时浓时淡。小时候在家乡的庭院里，当晨曦微露，旭日从东方冉冉升起，穿过村边的那片小树林，照在人的脸上、身上，那交相辉映的又斑驳陆离的影子，一下子遮挡了人的视线，朦胧了人的双眼，继而又变得五彩斑斓、大放异彩的时候，那种惬意、那种跌宕，真让人心动、让人快乐！这似乎是一种幻觉、幻景，瞬息而过，稍纵即逝，但又是那样真真切切恍如昨日。它，像一块永远熨不平的衣布，那残留在衣布里的皱褶永远印在了我的脑海里，铭刻在我的记忆深处，偶尔想起，也回味无穷。

　　乡情，是想起那故乡村口边的那条小路，弯弯曲曲，始终不能伸展。在我记忆中，家门口的那条小路，像一条不规则的折尺，经过长短不等的四五个来回，然后缓缓伸向小河边，直至延展到山外。童年的趣事、童年的悲欢多是发生在这条小路上。春天，看着大人们挑着一挑子水，走在小路上，那悠扬的扁担、那娴熟的一左一右的换肩动作，荡漾的水波起伏不定，但又不至溢出桶外，偶尔滴落一星半点，也不影响他们挑水的质量。三三两两、一前一后的挑水队伍，吸引了我好奇的目光。那时，只要看到大人们从坡上挑水上来，我便伸着脖子撒腿就向父辈们跑去，迎接他们胜利的归来。由于跑得急，一个趔趄，连滚带爬摔出好几米，一股钻心的疼痛。朦胧中从地上爬起来，才发现膝盖上的皮被蹭掉了一大块，鲜血直流。这时顺手抓起一把黄土掩在伤口处，一把不够、再来两把……直到把鲜血止住为止。小时候，在这条路上，不知跌倒过多少次，摔伤过多少回。但随着年龄的增长，摔倒的次数越来越少了，后来终于发现，一个人真的不再摔倒了，也就意味着真的长大了。

在这条小路上，我和小伙伴们追逐过、嬉戏过，捉过迷藏，掷过大瓦，逮过小蚂蚱。印象最深的是在小路边捉秋虫。我和小伙伴们赤脚走在路边的草丛里，瓦砾、枯萎的蒿草，挡住了我们匆匆的视线，脚下常常被刺得遍体鳞伤：哎呀！一不留神，脚缝里、脚掌上沾满了毛茸茸的"笆篱"（土语，一种浑身带刺的植物种子），这时慢慢抬起受伤的那只脚，小心翼翼地把"笆篱"一个一个地拔出来。小时候，我的脚下不知挨过多少次"笆篱"的芒刺，以至现在行走河边或在沙滩上漫步，还时时提防脚下被"笆篱"刺伤。

乡情，还有那抑或是故乡的老槐树，充满了无限的希冀和憧憬。记得最热闹的是夏天，村子里那棵又粗又大的老槐树，枝繁叶茂，遮天蔽日，密密麻麻的枝叶遮挡了阳光。尤其在骄阳似火的正午，不管男女老少，都端着饭碗，蹲在老树下的石板上津津有味地一边吃着饭、一边聊着天，那个凉快劲儿、那种幽闲、那种惬意，是一生中难以忘怀的。要是碰上小铁匠来，那就更热闹了，儿童们围着一高一矮的两个铁匠师傅，好奇地看着他们拉着风箱和手中挥舞的铁锤，风箱呼啦呼啦一闭一合的节奏声、铿锵的铁锤声、嗨哟嗨哟的号子声以及火花四溅的亮光，吸引了儿童们的痴迷和好奇，看着看着竟忘了回家盛饭、有的吃完了竟把碗筷丢在路旁。现在，我还时时想起那铁匠与老槐树的那种混合的味道。

有一年回家探亲，听父亲说老槐树已被主人伐了，我心头不禁一阵酸楚。老槐树曾经的丰腴和丰茂，以及它曾经给人们带来的欢乐，从此，只能永远存留在我的心里了。

人生经历不同，思乡的感觉也不尽相同。但对我而言，故乡的云、故乡的小路、故乡的那棵老槐树……永远成为我的心结，至今牵动着我的每根神经。

前几天，还读过余光中的《乡愁》：小时候，乡愁是一枚小小的邮票，我在这头，母亲在那头……现在要我说，乡情，就像一个风筝，故乡在地上，我却在天上，当你飞得越高越远，思乡的情绪也就越浓越重。

原载 2015 年 3 月 21 日《中国铁道建筑报》

拜见华老

我曾有幸三次拜见过华国锋同志，聆听华老的教诲，老人家的音容笑貌，至今令人难以忘怀。

能见到华老，缘于我的另一位老乡、老前辈原铁道兵司令部管理处处长刘泽生同志。刘老是解放战争时期入伍的老革命，与我同是山西柳林县人。华老退下来以后，刘老经常去看望这位吕梁的老首长、老战友，他与华老交往甚密，华老逝世的第二年，刘老也驾鹤西去。我追思二老，更感激刘老使我结识了华老这位曾经的党和国家领导人。

第一次见华老之前，我做了一个奇异的梦，梦见小时候老家的一个水库里一潭清澈的河水边，赫然立着一个巨如簸箕（晋西土语，大概直径一米用柳条编成的圆形扬谷的器物）的千年老鳖，醒来出了一身冷汗，惊骇不已。第二天恰好是正月初一，我一大早起来照例先给铁道兵干休所的刘老电话拜年，互致问候之后，刘老用浓重的乡音说："小赵，你想不想见华国锋？"我听了又惊又喜：谁不想见见这位老一辈无产阶级革命家啊！一九七六年以华老为首的党中央一举粉碎了"四人帮"，那时候我正读初中，全乡还举行过隆重的群众庆祝活动。如今能亲眼见到这位曾经的党和国家领导人，哪怕与他合个影也是一生的荣耀啊！我当即向刘老说："我非常想见！"

我做过的梦从来是模糊不清的，可那晚做的梦很奇异，这恐怕是要见到"大人物"的一个预兆吧！那几天正好是正月里，我激动地逢人就讲能见到华老的事。沈仲岳处长（时任中铁十六局公安处处长，现为北京市顺义区公安局政委）听说后，让我的好友宋华转告我，他想一起见一下华老。我向刘老说明情况后，刘老很痛快地答应帮我们预约。两周后的一天我接到刘老的电话，说与华老的于秘书约好了，具体时间定在一九九七年二月十九日下午四点，在华老的居所约见我们十六局的四个人。

我专门从蓝岛大厦购买了一部索尼牌相机，目的是为这次难得的拜见留下一生最为珍贵的瞬间。相机买好了，我又想，如果能再让华老留下墨宝那是最有意义的了。我很欣赏华老颜体味浓而气势磅礴的书法，因为身体原因华老已不给人写字了，但我想无论如何也得向华老表白一下：对于我这样一个酷爱书法的吕梁小老乡来说，是否应该特殊点？抱着试试看的态度，我反复琢磨书写内容，以不让华老为难。最后我以自己曾当了五年的铁道兵，以最能体现铁道兵精神的"志在四方"四个字，作为我对铁道兵生活的纪念，也许华老会同意的。出发那天我带上了签字本和新相机，西装革履地打扮一番。同行的除了我、宋华、沈处长外，还有我同年入伍的战友程光平先生。

初春的北京，和煦的风抚慰着云彩的艳色泡沫，显得格外祥和温馨。车子驶过天安门广场，缓缓行驶在长安街上，庄重而神秘。过了府右街转了几个弯就到达了目的地。在三进式四合院的尽头的一所小院里，就是华老的住所，古老的红墙高大、朴实。华老家里十分简单，一个三人和两个单人沙发都是用普通的豆黄色咔叽布做的外套，白纱围着的小圆桌朴素大方。我们进入华老家，华老已经坐在沙发上等候大家了。当曹秘书和于秘书向华老介绍我们是刘老带来的客人时，刘老赶忙接过去向华老介绍说，"这几位是十六局、原来的铁道兵十一师转业过来的几个战友"，华老一听说我们是过去的"铁道兵"，年已七十六岁高龄的老人家，带着浓重的山西交城口音说："铁道兵最辛苦！铁道兵是为国家立了功的！"说到最后的几个字特别有力！我想华老对铁道兵是很了解的，也是很关怀铁道兵的。在华老与众人的交谈中我却一直端详着他的面容入神：高大的鼻梁圆润透光，饱额浓眉，两只大眼格外有神，脸色红润，没有一丝皱纹，两鬓稀疏的白发像带霜的松针向后俯贴着，苍劲而傲岸，根本看不出是年逾古稀之人。听人说"天庭饱满、地角方圆"是贵相，眼前的这位气宇轩昂、十分慈祥的老人，却是我平生未曾见过的。我被他仍保留着年轻时的英姿和伟岸惊呆了，一时无语。至今，拜见华老的这一幕，仍萦回在我的脑际。

沈处长不知什么时候一下子提到"四人帮"，华老提高了嗓门，声音有些加重：

"'四人帮'可了不得！"然后语速稍微慢下来，"一个人要光明正大，不要搞阴谋诡计；任何事情要经得起时间和历史的检验！"

华老言语虽少，却很精炼而晓畅。因为事先跟秘书说好与华老见面只限一小时，业已七十多岁的刘老还没等我反应过来，就从我手中夺过相机，趁华老在与我们交谈的兴致中连连按下了快门。我们几个悄悄轮换着座位，在离与华老最近的沙发上每个人都与华老留了影。当我们欲起身告辞时，在一旁的于秘书说，跟华老合个影吧，大家很高兴与华老在家中合影。当华老站起来跟我们合影时，我看到他的魁梧与高大，我这一米七六的个头竟在华老面前矮了一截。临别，刘老把我们准备好的签字本，交给了于秘书。

当年七月一日，正好是香港回归日。在这之前的一天，刘泽生老首长通知我到他家取华老的题字，我们一共放了三个签字本，唯独给我用毛笔书写了"志在四方"四个大字，落款时间，一九九七年七月。我想华老是有意写在香港回归的日子。

第二次拜见华老是在千禧之年的春天，我的老团长、时任中铁十六局副局长刘再华偕夫人孙贤敏，还有原十六局文联秘书长王现松，我们一行四人去了华老家。这次，我更有了经验，去荣宝斋买了四本大开页宣纸的签字本，借千禧之大吉让华老为我们题字。我化用王羲之《兰亭集序》中名言撰得"观宇宙之大，养吾浩然之气；察品类之盛，丰我有为之学"作为我人生的座右铭。又建议刘老让华老给他写"千禧之年"。而王秘书长准备了诸葛亮名言"志存高远"，让华老赐写墨宝。

那天，天气特别好，我们跟着刘老于下午四点钟准时来到华老家。平时十分健谈的刘副局长，与华老的交谈轻松而有趣。当刘副局长说到"北京有四傻"时，华老风趣地说："吃饭点龙虾"，然后他看了一眼刘老说，"老刘，是不是还有什么买东西在燕莎？"

刘老说："是，这您也听说过？"大家都笑了。

华老兴致很好，刘老借机说，"他们还想请您写几个字？"我赶紧把准备好的本子和特大号的签字笔递给华老，华老在旁边的圆桌上写起来，我抽出早已写好的纸条，一边念，华老一边写，也偶尔停顿下来，当华老低头书写时，微微颤动着高大的鼻翼和露出炯亮的眼神，同时伴随着他那刚劲有力的书写节奏，看得出他曾经的气度和威严。华老身着一件灰色的坎肩，里面露出白色的衣领，风采依旧。华老正要搁笔，我又请他在封面题了"萃文斋"三个字，作为我的书斋号。

这次拜见华老，我们都高兴而来，满意而归。至今，我一直把华老给我题的两件墨宝，小心翼翼地珍藏着。"萃文斋"

三个字还作为我诗集的书名出版。我常常因拥有华老的墨宝而自豪！我的老朋友——时任中国铁道建筑报社副总编辑的田望生先生，见到华老题书的"萃文斋"三个字，一时诗兴大发，一首绝句夺口而出：

> 乡情由来堪投意，官园拜谒华主席。
> 国锋亲题萃文斋，蓬荜增辉赵君喜。

这首绝句还先后录入我的《萃文斋诗集》（中国文联出版社出版）和田老的《天趣堂诗文选》（新华出版社）中。

第三次拜访华老是二〇〇〇年的中秋节前。听刘老说华老很喜欢吃家乡的月饼，每年中秋节刘老都要特地从老家捎几盒月饼亲自送给华老。我陪同他一起去看望了华老。那时华老已七十九岁高龄了，据说他的心脏不好，还患有糖尿病，我们去的时候华老的夫人也出来迎接我们，华老和夫人很感激刘老来特地看望他们。后来听说华老身体状况不太好，我也再没有机会去看他。

二〇〇八年八月二十日十二时五十分，华老在北京逝世，享年八十七岁。那天中午北京下大暴雨，雨水夹着冰雹，持续下了整整一个下午，这是我在北京几十年来从没见到的。莫非苍天落泪，为这位老人送行。

当晚，中央电视台广播华老去世的消息："中国共产党的优秀党员，久经考验的忠诚的共产主义战士，无产阶级革命家，曾担任党和国家重要领导职务的华国锋同志，因病医治无效……"我在家中听到这里，顿时，泪水涟涟。

2008 年 9 月

母　亲

母亲极其俭朴而慈善。

记得我上中学的时候，弟妹年纪尚小，我和姐姐都在离家十五里地的一所中学读书，全家八口人仅靠父母的辛勤劳动来维持生活，日子过得非常清贫。

我和姐姐每半月才回家一次。看着我们消瘦的面庞，母亲总要为我们改善一下生活。那时候家里最好吃的就数白面了，母亲把做好的热面条端给我们，心疼地说："看，瘦成啥样子了，好好地吃，吃饱点哦！"看着母亲瘦弱的身体，我不忍说："妈，您也吃吧！"

"快吃你们的！妈等会儿再吃。"母亲似乎有些嗔怪。

当我吃完后发现锅里煮的竟是红面条！母亲啊，您这么疼我们，儿女用什么才能报答您的恩情呢？姐姐毕竟长我几岁，不知什么时候背着我们留了一碗白面条倒在母亲的碗里，含着泪说："妈，看您身子成啥样子啦，如果您……"母亲才勉强吃上一碗。

母亲就是这样，常常同我们吃两样饭，把最好吃的东西留给我们，以至形成了惯例，天长日久，她的身体渐渐垮了，四十岁时两鬓就出现了白发，清癯的面颊爬上了道道的皱纹。

高中毕业后，我参了军，到部队最使我放心不下的就是母亲的身体。姐姐常在信中说，母亲心绪很好，只是吃饭的习惯一直没改。到了第二年春天，姐姐突然来信说，母亲得了风湿性关节炎，两腿麻木，有时难以下炕，中午常常搬着凳子到院子里晒太阳，家里人几次劝她去医院诊治，她执意不肯，总是说："不要紧的，咱庄户人家……"其实那时家里的生活条件已大大改善，姐姐也参加了工作，家庭收入远非昔比。母亲的病一直发展到后来不能下炕时，才被姐姐强雇一辆毛驴车驮着她送进了县医院。

转眼三年过去了，我探亲回到久别的故乡，家里的景况令我吃惊：盖起了五孔崭新的砖窑洞，宽敞明亮的屋里摆设着一些时新的组合家具，还添置了电视机、录音机等电器，母亲拉着我的手高兴地说：银行还存了两千元呢！以前吃粮靠救济，现在的存粮三年也吃不完，吃的尽是白面，弟妹们穿着也赶上了时尚，家里的变化真大呀！

目睹这一切，我激动不已，可母亲呢？依然穿着那件褪得发白的粗布裤子，膝盖上还多了两块巴掌大的补丁。我赶忙拿出给母亲买的呢子上衣让她穿，她脸上竟没有一丝笑容："这么高级的衣服，得花多少钱？"

"不贵，才四十五块。"我若无其事地说。

"什么？四十五块还不贵？我这么大年纪穿着像啥，还是留着给你姐穿吧！"

母亲的脾气就是这样，只要她决定了的事，别人劝也无用。她小心翼翼地把衣服包了起来，嘴里还一个劲儿地唠叨："唉，现在生活好了，你们什么都忘了，咱庄户人家节俭的本性可不能丢啊！"

为了这个家，母亲吃够了苦，操碎了心！我抬起头望着母亲，她的两鬓又添了些许白发，额头上的皱纹也越发多起来。当她转身走向衣柜时，眼泪不知不觉地涌出了我的眼眶。

原载 1993 年 5 月 15 日山西《吕梁报》

梦里情怀

记得那天午后，我们第一次在南国的芙蓉树下相识。那天，天空下着蒙蒙细雨，如丝的细雨浸湿了你的秀发，你白皙的脸庞透着红晕，晶莹而闪烁的明眸，顷刻让我心生爱慕之情。树上，呢喃的小鸟好像对我说：多么般配的一对哦，小伙子，你要勇敢点噢！我实在控制不住自己的情绪，趁你抬头仰望天空的时候，突然牵住你那细嫩的双手，心头像电一样流过……

打那以后，你就是我心中的偶像、梦中的情人。在无数次夜里我梦见你，梦见我们相逢的情景。虽然我们天各一方，但我时时想起你的音容、忆起我们相识的岁月。在想你的夜里，我能清晰地听到你急促的呼吸声，嗅到你那诱人的、充满乳香的唇……

咳，我多么期待有一天能再次见到你。

终于有一天，我突然收到了你的来信。信中说：还记得吗？我们邂逅的那条小路，南国的细雨淋湿了我的秀发，但淋湿不了我爱你的那颗滚烫的心；亲爱的，如果我没有记错的话，今天还是你的生日，祝福你！这是我第一次给你写信……信还没读完，我的眼泪就打湿了那温馨的纸笺。这封信我一直保存了好几年，那一年我搬家不小心给弄丢了。我很惋惜！但那带着芳香的墨迹永远留在了我的心底。

前几年我发愤读诗写诗，忽然有一天读到了李白那首"云想衣裳花想容"的诗，勾起我对往事的回忆，多么像我们的故事啊！我遂化用了诗仙的语言写给你《致丽人》：

云想鬈发花想容，春风拂面玉华浓。
群玉山头觅不见，月下瑶台亦难逢。

这是我再次对你的思念和呼唤。花美，人比花更美。我梦中的恋人啊，你在我心中不知比当年杨贵妃还要美多少倍？人间的鲜花难比你的妩媚和多娇！

昨晚我爱人在我的衬衫上发现一丝金发，我怦然中从容应对。夜晚我似乎又在微酣中听到你熟悉的声音，我辗转思念一夜未眠……

我真想发誓，如果还有来世，我会用我的灵魂去寻觅你的踪迹，把我拥有的一切献给你。在我的心灵中写给你这样的信条：

如果上帝真的给我的财富像一座城堡，我愿将整个城堡交给你；

如果上帝赐给我那颗真诚的心，纵然比金子还珍贵，我也要把它和盘托出献给你；

如果上帝给予我的生命尽管只有一次，但我愿将它作为我对你爱的唯一赌注。

认识你，是上帝恩赐于我俩的缘分；

爱上你，也是我们前世修来的福分；

爱到今天，是我们生命中必将注定的命运，请一定自珍、自重、自爱，珍惜我们的今天以至未来……

1993 年 11 月 24 日拂晓

铁平的婚事

听说堂弟铁平娶媳妇了，我又是惊讶又是欣喜。

在我儿时的记忆中，铁平身材矮小而又十分瘦弱，一双小眼睛虽睁着却无关一切，让人觉得缺乏灵性，凌乱的卷发紧贴在后脑勺上，好像他就从来也不洗头，沾满污垢的小脸上又常常被流淌的汗水冲刷出一道道痕迹，加上两行好像是永远也流不尽的清鼻涕，见了人不问不答，说也是让人听不懂的一种自白……村里人都管他叫"傻铁平"。

说铁平"傻"，是因为他头脑反应有点慢。那时，铁平兄弟姊妹九人，他排行老五，父母都是勤劳朴实的农民，在过去那个年代，要养活一个十一口之家，不要说吃好，能吃饱肚子就算不错了，他家的日子过得十分艰难。每逢吃饭的时候，他母亲总是先盛满九份饭，然后站在家门口的那棵大槐树下扯着嗓门吆喝：吃饭喽！一会儿孩子们从村子的四面八方跑回来，冲进门，每人端着一大碗饭就走了。他的母亲只要数一数摆在炕头的那九只粗瓷碗，就知道是谁还没有回来，每次晚到的总是铁平，他母亲哀叹一声："傻小子，连吃饭都不知道！"

其次，铁平常常受人诱使干些"偷鸡摸狗"的事，于是人们说他不知好歹，"傻"。村子里谁家要是丢失了东西或发生了什么事情，总怀疑是铁平干的，铁平当然就成了人们所谓的"坏孩子"了。

长大以后，我参了军，铁平在村里务农，我每次回家探亲，他总是要来看我。一见面就喊着我的乳名："奴拴哥，你甚时候回来的？"然后找个地方坐下，就再也没话了。你问他有事没有？他说没事，便转身一声不响地走了，谁也不知道他是什么时候走的，更有甚者，不少人几乎就不知道他的存在。

再后来我又回过几次老家，他却再也没有来看我。我很惊奇，于是便问母亲："铁平现在怎样？娶媳妇了没有？"母亲告诉我："自从村里开了煤矿，铁平就去下窑了，每月还能挣个两三千呢！可是……""傻小子，谁嫁给他？"在一旁的父亲总是叹息着说。此时在我的心头掠过一丝凉意，数年过后就再也没问及他的婚事了。

铁平真的傻吗？最初连我也弄不懂的事儿，如今又重新显现在脑海。我重新审视着印象中铁平的影子，作为一个庄稼汉，能诚实、懂礼，又不懒惰，也是难能可贵的哦！

今年国庆节前夕我回到老家，一天上午，本家的羊锁叔来看我，进门就对我说："咱的铁平也娶媳妇了，你知道吗？"

"铁平娶媳妇了？！"我半信半疑。

"是的，还是我管的媒呢！"羊锁叔说得很认真。

还说铁平家境这些年好多了，每天去下煤窑，媳妇都要下一碗鸡蛋面条给他吃，两口子过得好着呢！

我听了感到十分惊喜！我们还是不出五服的叔伯兄弟，他比我小一岁，今年该有四十五岁了。打了二十多年的光棍，如今娶上了媳妇，村里人对"傻铁平"的看法说法也变了，说他厚道，老实，能干，不怕吃苦。这不，迟来的爱情之神、幸运之神终于降临在这位憨厚、朴实、勤劳的庄稼汉身上。

我为他庆幸，也为他祝福！

原载 2008 年 10 月 23 日《中国铁道建筑报》

我心中的老师

半个世纪了，我遇到过许多许多老师，但在我心灵深处有两位老师让我久久难忘，几乎长期占据了我心灵的一角，并影响着我的一生。

那年我七岁，上三年级。因为文化大革命的驱使，我二年级未读完就升入三年级。有一天，姐姐带着我去见三年级的老师，刚进教室，忽然从里屋走出一位男老师：高高的个子，脸上长了许多小麻点，两眼笑眯眯的，上身穿着一件蓝色外套，他走到我面前，喊着我的乳名说："奴拴，你就坐这个位置吧！"我就在靠近窗户的一个座位上坐下来。

老师什么时候知道了我的名字？我的心里瞬时掠过一丝宠意和惊喜。从老师的表情和与我说话的神态中，我察觉，他像一位慈祥的长者，是那样的和蔼可亲！跟他在一起，不但没有丝毫的紧张，反倒觉得有一种被人关怀的温暖，那是一种莫名的希望、快乐和自由。很快，我知道了这位老师姓武。

武老师从办公室拿来一个带方格子的本子和一支铅笔，递给我说："拿着用吧，是老师送给你的！"我把它们轻轻地放在桌子上，端详着崭新的还散发着墨清香的作业本和带有精美图案的铅笔，再看看老师会心的笑容，窃喜自己能得到老师馈赠的"宝贝"。那时，我觉得这比世界上任何东西都要珍贵！因为这是我平生第一次得到别人的礼物！在那时的环境和条件下，有许多的农村孩子是买不起学习用具的。一个小小的本子、一支精致的铅笔，对于农村的孩子来讲那是何等的珍贵啊！我把它当作"心爱之物"珍藏起来，每次书写作业时，我都小心翼翼地打开，生怕把它弄脏。

一个学生得到老师的"施舍"，该是莫大的快乐啊！以至于后来给我的人生增添了许多的自信。

过了一会儿，武老师给我们上作文课，他具体讲了一些什么，我似乎没有听懂，只是觉得他讲得好听，之后，他让大家自拟题目，随意写作。那时我根本不知道什么是作文，以及怎样写好作文，完全是懵懵懂懂的样子。我翻开语文书，随便找了一篇课文，将书中的内容原原本本地抄写下来："没有共产党就没有新中国，中国共产党是领导我们事业的核心力量……"这就是我所作的第一篇作文，至今觉得十分好笑。

可武老师并没有批评我。诸如此类的"临摹"和"仿写"，对一个初学者来说，也是一种"入门"的途径。武老师这种不拘一格的教学方法，让学生保持最大的学习兴趣，对我后来爱好文学和在写作方面取得的一些成绩，有着很大的关系。现在回想起来，这仍是我一生中感到最愉快的事情！

然而，幸福的光景并不长久。没过多久，我最喜欢的武老师突然调回县城工作了，换了一位姓张的老师教我们。有一天，我正在菜园里劳动，忽然听到有人在低声嚷："这就是调来的新老师啊！"儿童们最关心调换老师的事了。我赶紧回过头，看到一个中等身材、留着平头、脸色白皙、浓浓的眉毛、目光威严的男子从家门口的小路上走过。没等他的背影完全消失，就传来了小孩戏谑的声音：这老师好像是个"猫眯眼"。"猫眯眼"，后来也就成了同学们给这位老师起的外号了。

果然，过了几天，由这位姓张的老师接替了武老师，开始教我们了。而且终于有一天，他把我叫到了办公室，十分严厉地说："你快点回家找你爸妈，把你订杂志的钱给我交上来，必须在中午之前交到！"他两手叉在腰上，侧着身子，扭着头，浓黑的眉毛下露出了威严的目光。现在回想起来，我仍感到他那目光的冷峻和逼人的气势。

当我转身离开他的时候，感到很不对劲：老师今天是怎么回事？为什么不叫其他几个没交费的同学？怎么偏偏叫我呢？分明很不公道。我越想越生气，越想越感到委屈。我不敢"违命"，一路小跑到家，当时母亲正在家做饭，我还没来得及开口，眼泪就夺眶而出。当我把情况向母亲说明后，母亲安慰说："孩子，再跟老师说说，等几天我把家里攒的那几个鸡蛋卖了再交老师吧。"我又跑回了学校，告诉了张老师，他却十分生气地说："没有钱，就把你家的鸡蛋拿来抵吧！"当时，一个鸡蛋大概值五分钱左右，我订阅的那份《红小兵》杂志一毛多钱，我又只好回家向妈妈讨了两个鸡蛋，才抵上了那份杂志钱。

事后，在一次妈妈责怪爸爸的话语中我才明白老师为什么硬逼我回家要钱：原来担任生产队保管员的父亲，在发给老师生产队补助给他的粮食时，是按大队规定的比例粗细搭配的，而没有像老师所希望的那样能多发给他点细粮——小麦。所以，老师就拿我来向父亲"报复"。

一个老师把对家长的"成见"加在孩子身上，使一颗幼小的心灵受到极大的伤害，甚至成为我一生难以抚平的伤疤，时至今日回想起来我仍感到内心隐隐作痛。

后来我也为人师了，在我的教学生涯中曾有过这样一个故事。有一天，有位学生突然没来上学，下午才打听到他是因为父亲不久前去世，母亲生活艰难，交不起学费不敢来上学了。我听到这个消息后，让一个同学把他请到学校来，我从自己身上掏出二百元钱说："孩子，拿着去交学费吧。"学生半晌不知所措，也不敢接钱。我把钱塞到他手里说，"拿着吧，这是你爸爸当年留在我这里的钱，就是让你上学的。"孩子瞪着大眼半信半疑。我说："真的。"孩子喜出望外，撒腿跑了。第二天我听说这孩子到校上学了。如今这个孩子已经成了某企业中一个不可多得的高级人才。每每谈起过去，他总是说："你把我从人生的十字路口扶上了正道……"

我曾有过十年的小学教师经历，我时刻告诫自己：一定要善待每一个学生，善待每一个儿童，一定要一视同仁，不因权势、金钱、地位而倾斜了育人的天平，不要让孩子们纯洁的心灵蒙上世俗的雾霾，让他们在校园的净土中健康成长。

二〇一一年教师节即将来临，我禁不住想起了过去的往事，我在想：我有今天人生的可喜收获，应该发自内心地首先感谢武老师给我人生上了最为珍贵的那堂课。

原载 2011 年 9 月 8 日《中国铁道建筑报》

我家住在黄土高坡

"我家住在黄土高坡，大风从坡上刮过"，每当我听到这首高亢激越、充满浓郁西北风味的歌曲时，我的心中不免有几分惆怅、几分羞涩，同时又充满了几多欢乐、几多自豪！

我出生在晋西山区的一个小山村，那是典型的黄土高原，歌中描绘的不难让人联想到这样的画面：一排排土窑洞、沟壑纵横的黄土地和那散落在山坡上的牛羊……黄土高坡似乎是贫瘠和落后的象征。然而，黄土地也有它独具魅力的地方：勤劳质朴的人民，以及覆盖在黄土下面的丰富资源，着实让你感到它的神奇、伟大和富有。

冬去春来，当万物还没有完全苏醒时，黄土地上已经透出了春天的气息。你看那荒芜缥缈的山坡和广袤的田地间，阑珊的冬雪逐渐开始融化，从地面露湿的泥土中、从残雪覆盖着的地表下交织丛生的溪流中，细心的人们就会发现黄土高坡的春天已经来临，它们来得那样从容、那样悄然！哪怕寒风依然，它们也会把这风当成春的信息、希望的告白。每每这时，那些祖祖辈辈靠黄土地生存的山民们，他们迎着春天的风前行！

当我清晨站在村口边瞭望：那黄土高坡上一行人扛着锄头、挑着粪筐，迈着坚实的步伐、迎着鲜红的朝阳，早早走在弯弯曲曲的山路上，走在通往田地间的小道上，他们不时交替着肩膀上的担子，担子在他们肩上不是压力，而是一种悠扬的歌儿，担儿上下呼扇着发出吱吱呀呀的声音，伴着山里人口中的晋腔调，那原本就是一首快乐的劳动赞歌。山里人的那种自由与洒脱，真让我羡慕不已。

黄土高坡的风的确很大、很猛，特别是春季，说来就来。偶然刮起一阵风，便天旋地转，飞沙走石，昏天黑地，瞬间让你伸手看不见五指，大风从高坡上卷起，带着雷鸣般的吼声，令人毛骨悚然。但对于黄土高坡的人来说那是严冬过去春天来临的诉说，他们早已对此习以为常。记得小时候，我父亲给我讲述过他亲身经历的一件事：有一年春节刚过，爷爷带着父亲给生产队拦羊（放羊），一百多只山羊放牧在一个山谷里的坡地上，忽然刮起一阵风，呼啸的西北风裹挟着冰雪纷至沓来，百来只山羊一下子被大风刮得四处逃散，领头羊也自顾不暇，几只小羊被大风卷走，不知去向。爷爷十分着急，叮嘱父亲一定要守住大群，自己挥动着手里的羊铲，呼唤着咩叫声，四处寻找小羊，后来在一个幽深的洞穴中找到那几只坠落的小羊，爷爷不顾安危，纵身跳入谷中，将那受到惊吓的小羊救了上来。在爷爷、父亲的呵护下，羊群安然无恙。这件事后来让生产队长知道了，不仅在大队表扬了爷爷，爷爷还被推荐为公社的劳模。父亲和爷爷觉得就这么一点小事算得了什么？本来就是放羊的人，保护好生产队的羊群是他们的职责，生产队给这么多的荣誉，让他们心中何安？

黄土高坡的风啊，你凶猛、豪放，你纯朴、可爱，是你让那里的人变得更加顽强。

想想吧，黄土地真的有那么贫瘠吗？我常常在思忖：上天是何等的公平啊！山西境内几乎百分之九十的地区都被厚厚的黄土覆盖，黄土地植被稀少，比起南国的苍山碧水来风景逊色不少，但是，山西地下煤炭的储量却占了全国的三分之二，为全国的经济和本地的发展作出了极大的贡献，也是当地人民致富和谋生的主要出路。我那方圆不过百里的县城，平均每五公里就分布着一座煤矿，年产量都在一百万吨以上，按目前的规模开采，至少在二十年以上。全县三十多万人口，数亿元以上的煤老板不下十几人。这是老天爷的公道，也是黄土地人的福分！然而，黄土地人也是十分有良心的，致富不忘党恩，致富不忘灾区。去年舟曲遭受特大泥石流，我们县联盛公司的老总一下捐款二千万元，在人民大会堂受到党和国家领导人的接见。当我从电视屏幕上看到这一消息时，也为之感到激动和自豪！

苍茫的黄土地，大漠的黄沙风，卷走的是污浊，洗去的是尘埃，留下的都是大风洗礼后的精华！物华天宝，人杰地灵。自古以来，三晋大地就是中华文化的发祥地之一，它西临黄河，东接太行。文人骚客多诞于兹。著名的思想家、教育家、文学家荀子出生山西安泽，"唐宋八大家"柳宗元故里永济，白居易并州人也，大诗人王维、王之涣、"初唐四杰"王勃、宋代大文学家司马光均出生于山西。

多变的是黄土高坡的风，不变的是黄土地人的性格。我庆幸，黄土高坡，我的家！

原载 2011 年 2 月 15 日《中国铁道建筑报》

故乡的春天

　　我的故乡位于晋西吕梁山区，小小村庄坐落在一个平缓的山坡上，它背靠大山，山下有一条小河向西流入黄河，也可称得上"依山傍水"了。在儿时的记忆中，故乡小小村落，袅袅炊烟，布谷啼鸣，山雀喳喳，幽静而又喧闹，朴实而又大方，虽属典型的黄土高原，但故乡的春天一样充满生机。

　　初春，茫茫的黄土高原还覆盖着一层层薄薄的冰雪，山上的积雪慢慢开始融化，从山坡上先是渗出点点水滴，继而变成细流，时而在悬崖峭壁上又结成"冰乳"，冷空气过去，它们在阳光的抚摸下又不断瘦身，那窈窕的身姿在春光的映衬下形状各异，五光十色，俨然一个个伫立在山崖上的美女，真可谓大自然的鬼斧神工，让人遐想，让人怀恋。黄土地，我的故乡。这就是生我养我的地方。

　　冰雪融化在道路上、田埂边，尽管有些泥泞，可是，那些挑着大挑粪筐的山民们，小心翼翼地走在蜿蜒的山路上，时而快、时而慢，时而还能清晰地听到扁担发出的吱吱声，那声音洒落在山坡上，是一串充满希望的音符，是一首充满丰收的赞歌。闻声望去，那山民们挑起的不仅仅是两箩筐肥料，更是他们一家人的生活，也是他们一年的希望。

再过些时日，天气渐渐暖和，雪已经融化，人们开始了紧张的春耕，田间地头布满了男女老少，他们犁田翻地，有说有笑，一派忙碌的景象。放学回家，偶然去家门口的菜园里翻地，边翻边拍打掀起的新土，一缕缕泥土的清香扑鼻而来，感到格外新鲜，也感到有几分自信！此时，不经意回头看看园边的那几棵枣树，淡黄色的雏叶酷似含苞的花蕾，不知什么时候蔓上了枝头，一阵风吹来，泥土的清香和枣叶的芬芳，沁人心脾，令人心旷神怡，这时你能真正嗅到春的气息，春的迷人。故乡的春天，来得悄然、来得缓慢却急速！

待到阳春三月，村子周围、田地间的桃树盛开了粉红色的桃花，河岸边的柳树吐出了新绿、垂下了新条，田地里、山坡上的小草已经发芽，满山遍野一片新绿，故乡的春天正焕发出盎然的生机。

"儿童散学归来早，忙到河边折桃柳。"最有趣的是，儿童们为了找寻春天，放学归来，纷纷跑到河边、地头，攀折桃柳。女孩子们往往喜欢折几枝含苞待放的桃枝，拿回家插在瓶子里，供全家人观赏；男孩们往往折枝嫩柳条，削制成口哨，当作最好的"乐器"，吹奏乐曲，那滋味、那感觉、那心情，说不出的畅快，表不尽的清爽。每每这时，母亲就说：该脱外套了。真的，明天一早，我准穿着单褂上学去。

这时，如果有人问我：故乡的春天在哪里？在山坡、在田间？在枝头，在河边？在孩子们的笑声里，在大人们忙碌的身影中……

啊，故乡的春天令人陶醉，故乡的春天令人神往，故乡的春天令人回味。故乡的春天不知给我孩提时代带来多少欢乐、多少幻想、多少憧憬！

故乡的春天永远珍藏在我的记忆中。

原载 2008 年 4 月 12 日《中国铁道建筑报》

老家的变迁

一个没有离开过故乡的人，他就没有故乡。我从小离开了故乡，如今我感到了故乡的亲切，我是幸运的，幸福的。尤其看到老家今日的变迁，更让我对故乡平添了几份深深的眷恋。

今年仲秋时节，我有幸回到了分别多年的故乡。早在回家之前，我小妹在电话里说：从县城到咱们村都修了柏油马路了，你下次回来方便多了！

是啊，心里虽然想着社会总是在前进的嘛，可脑海里依然是三十年前我离开故乡时那抹不去的影子，窄窄的小路上走着一串串牛车，一辆马车过来了，因为牛车走在前面，马车无法超越，那马车的速度也就如同牛车。可这回我从太原下车后我的妹夫开着自家车来接我了，在车上又说又笑，说是用了两个多小时就到县城了，可我觉得也就二十分钟。因为那些年，走这段路除了要翻越两座山之外，还要我把太阳从东面一直背到西面，那感觉，远哟！

而这一天，我在县城妹夫家小憩之后，就驱车直奔乡村。我本想这一路可不好走了，没想到，出门一看，一座青灰色高架桥矗立于县城东北角，雄跨南北两座高山之间，桥下一条宽阔的柏油路一直伸向东边的山谷，我正疑惑之际，我的妹夫开口了："哥，你知道吗？那是正在兴建的太（原）绥（德）高速公路离柳段青龙特大桥，预计年底建成通车，桥下面新建的这条公路一直通到你们村啦！"我给他点燃了一支烟，边聊边欣赏窗外的景色。小车在公路上疾驰，秋日的山岭满目碧翠，一座座村落掩映在山坳中，一片片红枣树遍布村寨和道路两旁，芬芳的泥土夹杂着枣儿的香味不时袭入车窗内，令我陡生"红枣之乡"特有的骄傲；岸边隐约可见一座座矿山和高耸的井架，展示了"煤乡"特有的魅力！车行一刻钟便到了我的故乡——赵家庄村。

啊，到家了！我禁不住地赞叹！我赞叹什么？连我自己也说不清楚，我只觉得家乡的一切都是崭新的。

路，这条祖辈们生息的道路，曾留给我多少悲欢的记忆啊！在儿时的记忆里，故乡"山路十八弯"，一条小河从村南端始出，环绕一座又一座的山丘一直向西流去，沿着这条小河而行便是通往县城的唯一通道，人们每每赶集去，往返县城一趟需要把太阳背上一天。夏天如遇洪水，道路常常被中断，洪水过后人们在其细流处垫上一块块青石，行人们踩着这些青石才能渡过河岸，如不小心踩滑石头就会坠入河中打湿鞋袜，让你感到一天的懊悔！小时候，因为家里穷，兄弟姊妹多，每到年终父亲就要把节省下来的粮食挑到县城去卖，人们称作"粜粮"，父亲趁天不亮就挑着小米、麦子和各种豆类沿着这条小路出发，到傍晚时分才能回来。每当父亲去"粜粮"时，我们兄弟姊妹几个就十分高兴，盼望父亲能给自己买上一身过年穿的新衣裳和换回一些糖、饼之类的美食，当天黑父亲还没有回来时，我们兄弟姊妹几个就跑到村西口的枣树边，对着漆黑的夜空，"呜……呜……"呼喊，山谷中传来回应声，就证明父亲就快到家，此时，我们的担心和焦虑也就消失了。

啊，故乡的路啊，你历经沧桑，述说着故乡历史的变迁，印证了现代社会的文明，更是父辈们辛劳的象征啊！

车在村口的公路边停当，我极力寻找当年那条通往自家院落的熟悉小道，可半天也找不出"头绪"。昔日的小路已没了影踪，取而代之的是一排排崭新的平房跃然其上，从村子东口一直延伸到西北边，错落有致，布局合理。与昔日依山而建的砖窑洞、半砖半土的窑洞和土窑洞，形成了极大的反差。从古老的窑洞到新式的平房，代表着人们审美的变化、思想观念的更新，更是富裕的象征。据家里人讲，村子里已有一半多人从山上的窑洞里，搬到岸边的平房中来了。我为他们的幸福而快乐着。

第二天，我初中时的同学，现在的村支书锁大来看我，攀谈中他告诉我全村一百多户人家基本都安装了程控电话，大部分年轻人都有了手机，彩电已经普及到家户，自行车已被摩托车取代。老一辈人曾梦想的"电灯电话，楼上楼下"，今天都已变成了现实。

是啊，我为他们高兴，也为眼前的这位老同学而自豪。

村支书接着说：村子里前几年开采出来的煤矿，现已被人承包，承包商除每年发给每个村民一千元现金外，还免费提供烧煤和代交电费，去年还投资百万元为村里打了一口六百多米的深水井，使全村人都吃上自来水，年迈的老人再也不为挑水吃发愁了！

过去农民最犯愁的事是"看病难"，小病很少就医，一旦得了大病也是拖着、忍着，人们常常因为支付不起那笔"昂贵"的医疗费而耽搁治疗，以致延误了生命。可现在大不相同，村里为村民们上了医疗保险，村民如遇大病需要住院时，百分之八十的医疗费可以报销，个人只承担很少的部分，农民们的医疗问题基本得到了解决。

我真不敢相信我那偏僻的小山村如今正越来越与喧嚣而富绰的城市拉近了距离……

故乡啊，故乡！你更迭了我脑海中几十年旧有的影子，你让我更加思念，你让我更加怀恋。

原载 2007 年 12 月 13 日《中国铁道建筑报》

2007 年 12 月 30 日《吕梁日报》

故乡的柏洼山

在我老家县城的东北角，有一座名山叫柏洼山。为何叫柏洼山，因为这里生长的松柏树很奇特：凡有松树的地方，就有一棵柏树与它共同生长、结为"连理"；无论在山坡上、道路两侧，还是峰顶和宫殿的院落里，所到之处，你会看到它们盘根而上、比翼齐飞。这种现象，恐怕你在其他任何地方都不曾见过。

十月四日，天气晴朗，柏洼山却略带秋意。表弟用车把我们直接送到山上，而山下的那段"曲折"被甩在了脚下。回眸望去：一棵古松格外显眼，它躯干挺拔、枝叶葳蕤，傲然屹立于山寺脚下，与苍茫的群山遥相呼应；劲松古刹与蓝天白云相映，好一处世外桃源风光！我很惊诧，几十年来我经常回乡，竟未发现家乡有如此美丽的景致！

掩映在群山苍松翠柏下的道观，呈 Y 字形依山而建，它始建于金代。沿着陡峭的台阶而上，在它的中轴线上，庙宇、亭台、屋舍（窑洞）若星罗棋布，仰望参天的古松柏、浏览斑驳的石碑，扫视历经千年风尘、仍流光溢彩的神仙道像，我虽心存虔诚、敬畏，却未作焚香、叩拜，只是匆匆参观完真武庙周围的景点，就径直向上攀登。

在通往圣母庙建筑群的小路上，满山的葱茏使我放缓了脚步：丛林山野不时飘来的清风，透着故乡的气息，让我清醒、让我留恋。我站在路边，俯视山下的森林，漫山遍野的松树、柏树，杂间其上，在春光的映照下显得更加妩媚、富有生机。松树保持着翠绿，浓绿的松针密密匝匝、整齐地排列在枝头；柏树微绿中透着灰白，展开它那松散而又悠扬的叶片，在风中竭力表现它的恬静与舒展，唯独露出斑白的树干，有如我在新疆和东北见过的白桦树，让人感到格外的新鲜和亲切。在离我最近的一片丛林中，我发现只要有一棵松树生长的地方，就一定长着一棵柏树。有的松树已经长大，但它旁边长出的柏树还很小，在风里雾中，显出十分稚嫩的样子；它们有高、有矮，或胖、或瘦，总是并列生长着，好像一对孪生兄妹，相互依偎着、厮守着，静静地屹立在那里。你目之所及，随处可见它们清晰的倩影。我由衷地赞叹大自然的鬼斧神工！

在柏洼山戏台西侧的一块巨石下，有一株同根双枝古柏破岩而出，被称为"镇山之宝"。我小心翼翼地来到"破石"下方，仰望柏根犹如九龙盘壁，两人难以合抱的树干斜刺云端，傲然挺立；在这块巨石下面，生长出各种斑驳的、毛茸茸的苔状植物，少说也有上百年的历史，纹理清晰可辨。我十分好奇，伸手去触摸、抚摸它，那种虔诚犹如摸着佛脚一般。在这棵双枝柏的四周，还分布许多古松柏：诸如龙爪松、凤尾松、迎客松、望客松、千岁柏、万寿柏，以及更多叫不出名来的古松柏，它们千姿百态，栩栩如生。柏洼山，素以松柏为奇而著称。

人以山名，山以人名。柏洼山另一出名的原因，是清朝的傅山先生曾在此隐居过。据说明末清初，傅山先生多次来到中阳县，与当地有名的"三进士"之后王晵切磋诗文、医道，他以行医为掩护，积极进行反清复明活动。傅山于康熙十三年八月访王晵于"介石山房"，与王晵结为密友，朝夕相处，在柏洼山历时一年。在毗邻的小屋内存有一块斑驳残损的石碑，碑阳记载傅山路过"介石山"与王晔相遇并在此一宿，笔力遒劲、字迹圆润的摩崖石刻，为傅山亲笔手书；碑阴为南极老人所题七言绝句，据讲解员讲它不是傅山所作，但我从书法的结体和章法风格断定，必属傅山所为。傅山也是修道之人，这篇草书气势雄伟，潇洒奔放，章法严谨，体现傅山深厚的功力和修道之超然物外的境界：

> 雨润桃园瑞云臻，金丹九转按阳阴。
> 南山青山高更盛，玉液来庆老长庚。

此碑呈不规则三角形，富有自然之美，成为中华稀世珍宝和柏洼山最为重要的文化遗产。

时近中午，我们选在寺内的"龙泉观"小憩。在龙泉观的昭济圣母殿前有"八角琉璃井"，造型玲珑别致，泉水甘洌清醇。游人至此，争相畅饮龙泉圣水，传说饮此水可消灾免难、医治百病。我哪肯放弃这难得的良机，上前舀了几勺，便大口大口地喝了下去，临行又灌了满满一杯。讲解员还给我透露，她爱人也爱好书法，正在此处的茶馆内习练书道。她热情邀我去喝茶并与其切磋书艺，我欣然应允。看着风清云淡的天空，望着红墙碧瓦、绿树环抱的古刹，我忽然来了灵感，当场挥毫即书：

> 洼山秋来风景异，风轻云淡松柏奇。
> 天命之年返故里，此生难忘殊胜地。

2014 年 10 月 12 日于北京

门前的老槐树

在我很小的时候，我家门前长着一棵茂盛的老槐树。它的树干稍稍前倾，酷似一位被压弯了腰的老人，令人尤生敬爱和怜悯之情。

老槐树长得不算太高，却很粗壮，要两三个人才能搂得住。沿着青褐色的树身分出几个虬曲的枝丫，不约而同地向着有阳光的方向伸展，向东和向南的两枝特别茂密。每到夏天，密密匝匝的枝叶把整个树冠围拢起来，浓郁的树冠远看像个"大绿球"，站在远处和对面的山头遥望，整个山村最亮丽的风景就数我家门口的这棵老槐树了，老槐树不但是我们家的"地标"，也给我们这拥有千把来人的小山村增添了生机。

春天，绿色的叶子像一片片风帆在空中摇摆，一阵风吹来，波光粼粼，浪花翻卷，摇曳的枝叶发出瑟瑟的响声，足以让你凝神静气，尽享这躁动中的安宁。

夏天，槐花盛开时，白色的槐花点缀在绿色的树叶中，绿白相间，一片芬芳。站在院子里或房前屋后，都能闻到它扑鼻的芳香。槐花也能招蜂惹蝶，炎热的中午正是蜜蜂采蜜最忙的时候，乡邻们围坐在树下一边吃饭，一边乘凉，一边欣赏蜜蜂在槐花中采蜜的情景：灿烂的阳光洒满树枝，透过碧绿的叶子倾泻在白色花蕊上，在暑热中散发出阵阵清香，扑鼻而来，沁人心脾，引得蝶飞蜂舞，树下乘凉的、吃饭的人，只能听到嗡嗡的声响，却看不见蜂蝶的影子。这时，几个顽皮的小孩趁大人们不注意，像机灵的小猴子三下五除二就窜上树梢。爬上老槐树的小孩十分得意，他们一边摘着槐花，一边还不停地大声呼喊：哇，这么多！好香啊！大家快来摘啊……正当他得意之时，只听到耳边嗡嗡声响，与他"抢食"的蜜蜂让他猝不及防，被蜇得嗷嗷直叫。眼角立时鼓起像核桃大小的肿包，第二天见了伙伴们自觉羞愧，无语中大家知他一定没干好事！

小孩们摘槐花，纯属调皮、好玩。而大人们采摘槐花却是正经事。我的父亲每到槐花盛开时，就带上"捞钩"爬上老槐树，把采集下来的槐花晾干后出售给药店，赚几个零花钱供我们上学用。槐花是一种很好的药材，晾晒干后的槐花具有抗菌、止血、清肝泻火的功效。老槐树，因此成了我家的摇钱树。

最有趣的还是与小伙伴们在老槐树下玩捉迷藏。我们几个小伙伴，吃过晚饭就来到老槐树下，当蒙眼的小伙伴喊一、二、三、四……我飞也似的跑到老槐树的树根下躲藏起来。越是危险的地方反倒越安全，藏在"猎人"的眼皮底却是最安全的，等那个捉猫猫的小孩把远处的"猫猫"找回来时，我却早已回到了大本营，即便遇到危险和麻烦，我也能转危为安。一旦有人来树下搜寻，只有你屏住呼吸贴紧树身，绕着树身慢慢转圈，对方是很难发现的。小时候，我们农村的孩子最喜欢玩的就是捉迷藏。我们在老槐树下玩捉迷藏、踢毽子、夹蛋蛋、打纸宝等，老槐树给我的童年带来了无穷的乐趣。

儿童在老槐树下玩耍，大人们在老槐树下纳凉，左邻右舍在树下拉家常，老槐树成了最聚人气的地方，一天到晚聚集着许多人。白天在田地里干了一天活的男人，放下锄头，来到老槐树下叼起大烟袋，吧嗒吧嗒地抽着，随着飘起的轻烟消散了他们一天的劳顿；吃饱饭的妇女，懒得赶忙回去洗刷锅碗，把碗旁边一撂，唠起嗑来没完没了！不管男女老少大家围坐在老槐树下，张家长、李家短，津津乐道、有滋有味！在农村谁家有棵老槐树，谁家就会有好人缘，哪个地方有棵老槐树，那个地方的人气就很旺。在我童年的印象里，一个村子里要是没有几棵老槐树，就意味着这个村庄不够大、不够气派，在外村人面前就有一种自卑感。我小时候常常以自己家里有一棵老槐树而感到骄傲和自豪！

终于有一天，老槐树遭了厄运。一天我放学回家，看到整棵老槐树身首异地：身子横躺在地上，蔫蔫树枝拖着长长的大尾巴仰翻着，四脚朝天的树根像断了气的"小蚂蚱"，旁边还留着一个大土坑。那时我大概上小学一年级，有点懵懂的样子，全然没有理会这些。过了几天，躺在地上的老槐树又被人"抽筋剥皮"剥去了外衣，白花花的身子裸露在外面，孤零零地躺在地上，任凭烈日暴晒。后来就再也没见到它的踪影。直到我上中学、后来当兵，每次我回家路过门口时，总感到缺少点什么，隐隐约约中总想起了那棵老槐树。直到前年回家探亲，我问起老父亲关于老槐树的事时，父亲才道出实情：那年，公社供销社装修库房需用一批木材，父亲以十一元钱卖给了供销社。父亲说完，我半天无语，那时候农村是靠挣工分吃饭的，我们全家八口人全靠父亲干活养活，父亲一年挣的工分还不够全家人的口粮钱，几个孩子上学、还有柴米油盐酱醋，哪来的钱啊？唉，父亲实属无奈啊！我很理解父亲，又为之而惋惜！

哎，我也不知道为什么，随着年龄的增长和客居他乡越久，老槐树在我心里占有的比重就越重，我越来越怀念老家门口的那棵老槐树了。

家的感觉

什么是家？家是一种什么样的感觉，天天为生计而忙碌，似乎几十年来我从来没有机会想过，然而，偶然的一个电话，像瞬间的闪电掠过心头，让我猛然回头，想起了"家"。

昨天晚上，我照例给老家的父母去了个电话，接电话的是我那慈祥的母亲，她说："你父亲去县城了，给老三家送豆子去了！"

"送豆子干啥？"

"二月二煮豆粥呀。"听了母亲的话，我顿吃一惊，家父已年过七旬，专门乘公交车给住在县城的小弟家送豆子！心想：要是自己在老家，恐怕父亲也会来给送豆子的！我并非妒忌三弟，心里却不免有些怅然若失的感觉。在父母的眼里，孩子总归是孩子，即便飞得再高、走得再远，那份牵挂线总还是绕着父母的心！这天夜里，我翻来覆去睡不着，对"家"这个问题思索了很久……

家，到底是个什么样的概念？恐怕无人能说得清楚。可能各人的经历和身世不同，对家的感觉也是不尽相同的！

记得小时候，我很喜欢跟大人们去田地里干活，每当父亲去地里干活，我就非要缠着跟他一起去，无奈之下，父亲只好应允了。到了田地里，看到大人们锄草、犁地、割麦子……一切都感到很新鲜、很好奇！于是也学着大人的样子干起活来，帮着人家牵牵牛、撒撒种子等，干点小孩子们力所能及的事情！直到傍晚和大人们一起归来。此时，站在洒满余晖的山坡上，眺望着那夕阳笼罩下的小山村：袅袅炊烟、潺潺溪水、绿树成荫、屋舍俨然……就像一幅画，煞是美丽！每当此时，总感到自己的家是居住在村子里最热闹的地方。春天桃花绽放，夏天绿树掩映，秋天果实累累，冬天冰雪皑皑。我的家最大，我的家最美。这就是我儿时家的概念。

儿时的感觉，充满了梦幻般的色彩！那种感觉原始而又真实、简单而又幼稚。她虽然是人生中短暂的一瞬，然而却给我带来了一生的快乐，以至现在回想起来，也是一件很幸福的事情！

长大以后，随着年龄的增长和处境的变化，对家又有了新的认识：家，应该是男女之间的一种默契和组合吧。小伙子找一个美丽善良的姑娘，姑娘找一位称心如意的郎君，结成伉俪终生为伴，恐怕就算是"家"了。二十二岁那年，我恰好赶上兵改工，随部队集体转到地方工作，荣幸的是还留在了繁华的都市，"鲤鱼跳龙门"，一夜之间实现了人生的最大转折和梦想。心想还可以娶个北京的媳妇，多好啊！嘴上也常常哼着："我想有个家，一个不需要多大的地方……"梦想早日找到那位"意中人"，建立那个属于自己的"家"。终于有一天，期盼已久的爱神降临在自己的头上，像是匆匆地、甚至是做梦般地择定了家的"另一半"，很快在亲人和朋友的祝福声中、在鲜花般的赞美声中举行了婚礼，收获了人生中最大的快乐——拥有了一个真正属于自己的"家"。从此，小两口甜甜蜜蜜恩恩爱爱，并伴随着柴米油盐酱醋茶和锅碗瓢盆交响曲，开始奏响了"家"的生活篇章。随着人类的繁衍生息，我也有了可爱的儿子，我把一切希望都寄托在他身上。天天为他忙，天天为他乐，无论有多累，那都是一种幸福和快乐。这时，我才觉得这是一种完整的家。为了这个家，更多的是为了儿子，我猛然想起一句古人的话：不养儿不知父母亲。家，父母视儿女为全部的希望，儿女将父母当成全部的依靠。

当人到中年，本应对家的认识更加成熟，反而对家的概念有些模糊了。家固然是温馨的，但更是一种责任和义务。生活的重负、家庭的矛盾和工作的压力，常常使人感到很累。且不说为人父、为人母，上有老、下有小，就说生活中往往比房子的大小、比职务的高低、比孩子上了重点没有……物欲感变得越来越强、精神的压力越来越大，世界观、人生观、价值观也光怪陆离，五光十色。有的人重物质、轻精神；有的人重精神、轻物质；也有的人一手抓物质，一手抓精神。我在这个家中到底要扮演一个什么样的角色？

想了太多，苦了太多，我最后倒倾向于第二种人，家是精神的乐园，是心里疲惫时停靠的港湾。大凡看透宇宙之理的智者，认为宇宙洪荒，始于无却归于无。古人云"修短随化"、"盈缩之期、不但在天"，人的生命也同宇宙万物一样，有生有灭，有始有终。物质终毁，精神不灭。人生之短暂，物质的东西不可贪恋，精神的东西却能存留千古。追求点精神的高雅，乃是人生的最高境界，也是人生的最好享受。于是，人到中年感到了时间的宝贵，更感到精神方面的匮乏。当你沉思静想时，猛然间发现，世界上最宝贵唯有精神，精神才是万世不朽的，中华民族的悠久历史靠的是文化的传承，在这个家庭里，我为儿孙留下什么？用什么传承家的文化？也是给后人留点精神方面的"纪念品"，比任何东西都有价值。于是，抓紧有生之年，多出点"精神产品"，譬如工作上成果总结、生活当中经验累积，人生的种种感悟，哪怕一篇文章、一本书，都可以成为家庭文化的传递者，绵延一代又一代人。

也许，人生不同年龄阶段，对家的感觉不尽相同。少时像白驹过隙，美丽而又短暂；青年时期像奔驰在原野上的骏马，洒脱而自由；中年以后则像一头跋涉的骆驼，负重前行，而越往前，越感到担子的沉重。"家"，甜蜜而苦涩，温馨而繁琐，快乐而劳累，希望不灭也常会有褪色……

原载 2009 年 4 月 7 日《中国铁道建筑报》

山路弯弯

"这里的山路十八弯
这里的山路水连环……"

每当听到这首嘹亮而又充满乡土气息的山歌时,我的脑海里便想起了家乡那弯弯山路,虽然我的家乡不像歌中所描绘的那样富有南国水乡的诗意,但也充满了崎岖与艰险。

我怎么也不会忘记第一次走出大山的情景:那是一九七八年冬天,我应征参加铁道兵,临行前,七十岁高龄的爷爷拉着我稚嫩的手说:"拴子,这次出远门,要经过吕梁山的最高峰薛公岭山,那里都是盘山公路,坡陡、路险,山上天气寒冷,要多加小心哦!"看着爷爷慈祥的面容和那长满老茧的手,听着他关爱的叮咛声,我心头顿时掠过丝丝暖意,同时也增加几分好奇。不用爷爷说,其实我小时候也曾听大人们说过有关吕梁山薛公岭的传奇故事。

小时候常听爷爷们讲,薛公岭,与天比高,飞鸟临界都要歇三脚方可飞过山头。日本当年侵略我家乡,他们不信,派兵进山,结果在那弯弯的山道上转了三天也没有翻过薛公岭,后来退回去乘飞机翻越,结果第一架飞机就撞在了半山上,落得机毁人亡。薛公岭高,高得让人不可逾越。可我今天,为了保卫祖国边疆,就要从这大山深处走出去,而是自觉自愿的。

那天天不亮我们就从家乡出发，乘着一辆用红绸布扎成大红花绑在车头的轿车上缓缓前行。当车从县城驶出五十公里时，吕梁山的主峰薛公岭山却展现在我们面前：眼前突兀数峰出，"连峰去天不盈尺"。只见薛公岭山叠嶂参差，嵯峨而上，攒簇入云，山下一条宛若飘带似的公路直通山顶，但又在远处的山坡上突然消失了，我们乘坐的轿车拾级而上，在大山的腹地里转过一圈又一圈，翻过一座座山，绕过一道道梁，重复着那长短不一、高低不同的山路，如负重爬行，我不知盘旋了多久，终于到达了峰顶。当站在山顶看到头顶的太阳时，已近中午，虽然我们才翻越了薛公岭山的一半，但大家好像看到了一点希望，因为我们要走出大山，那是我心中的希望！

第一次攀登如此高大的山峰，我的心情格外惬意，虽然天气十分寒冷，空气明显感到稀薄，车窗上结满了厚厚的一层冰雪，刺骨的寒风发出阵阵的尖叫，令人心悸，谁也不知道何时才能到达目的地，人人心中产生了迷茫，继而，随着将要走出大山的极度好奇，对眼前的困难也就无所畏惧了。

车子在峰顶没有停留，继续前进。我倚窗俯瞰，又一条蜿蜒的飘带落在山的东麓，一条溪沟以山顶为发源地，一直泻入东边的谷底。车子刚出峰顶准备下坡时就遇到一个大峡谷，司机来了一百八十度的大转弯，我屏息观察着司机猛烈地打着的方向盘，生怕方向失灵或他的不慎操作让我们坠入那万丈深渊……以后就在我们的战战兢兢中，车子驶过了一道又一道急弯险谷。当车行到谷底时，我看到一片从悬崖坠落到谷底的货车残骸还散落在山坡上，霎时毛骨悚然。如此险要的山路生平第一次看到，车子下了谷底，又走了一段长长的山路，忽然，一片茫茫的原野映入眼帘，啊！那是一望无际的大平原。我们终于越过了薛公岭！这就是我第一次走出大山，也是第一次见到平原。行程一百多公里，整整用了一天的时间，到达了宿营地孝义县城。

那天，我回头一望薛公岭，好像看到了一样东西，是什么，我一时还说不好，只是在多年后我才弄清当时的感觉。那高耸的薛公岭就是黄土高原人挺起的脊梁，憨厚而又顽强，那弯弯的山路就如吕梁人不屈的性格，纯朴而显坚韧。没有什么困难能使他们屈服，没有什么艰难不能被他们战胜。

山路，曾给我带来了勇气；山路，培养了我坚强的性格。之后，我在部队以至于后来又转入地方工作的几十年中，我就是凭借着这样的性格完成了一项又一项起初连我自己都不相信我能做到的事情，从一名普通的战士走到今天育人的团队中来。

山路也曾给我带来几许的自卑和几多的自信。年轻时如果有人说他也来自山区，我不免生出几分自卑。那时，在我的心里山区就意味着贫穷、落后和愚昧，至少也会让人说井底之蛙，总不如城里人那么见多识广，有时也恨自己为什么没能生在大城市里呢！随着年龄的增长和阅历的丰富，如今，我倒觉得山里也有更多优越处：山里不仅空气好，是养生的好去处；山里，还有太多的机会让人去感受人生的苦难，这份苦难并非完全是悲伤，它还含有人生的磨砺，毛泽东不也是从韶山冲里走出来的领袖人物吗？我的家乡不也出过战国时期赵国的上卿蔺相如、"清朝第一廉官"于成龙吗？我常以此聊以自慰。仁者乐山、智者乐水，山水兼备，富足天下。我那小小的县城，怀揣数亿的"煤老板"也不少啊。随着科技的发展，山区的好处越来越多，我那小小的吕梁山如今早已通了高速公路，太中银高速铁路通过了我的家门口……生在山区也感到非常的荣幸啊！

弯弯山路是我成长的起点，印记着我跋涉他乡而又回归故里的种种足迹，既有成长和成功的欣喜，也有失落和遭遇挫折的苦恼；弯弯山路是故乡的象征，充满了我对故乡的特殊情结和无限的眷恋；弯弯山路更是一种感恩的回报，让我在人生的道路上艰难前行而又时刻不忘知恩图报。

弯弯山路，将永远存留在我的记忆中。

原载 2010 年 11 月 18 日《中国铁道建筑报》

厚重的山西文化

二十世纪七十年代末，我从山西当兵到北京，有一日，在王府井书店购得一本小册子，书名叫《太原史话》。书中介绍唐高祖李渊从太原起兵，到后来建立大唐王朝。据说，李氏反隋之前在太原城（又称晋阳城）建立的宫殿和城楼富丽堂皇，规模和豪奢程度不亚于当时的都城长安。那时我刚从山西出来，一提到家乡的名字就热血沸腾，何况从中国最大最权威的书店里购得此书，得悉这些鲜为人知的历史知识，更是激动万分。书中还介绍许多像荀子、王之涣、王维等山西先贤、文人骚客的故事，更让我大为惊讶。在这片看似贫瘠的黄土地上，曾经的辉煌与拥有，令我感到骄傲和自豪。

一九九五年，读了余秋雨先生《抱愧山西》一文，更让我震惊。余先生说："长期以来，我居然把山西看成是我国特别贫困的省份之一，而且从来没有对这种看法产生过怀疑。"在十九世纪乃至以前相当长的一个时期内，中国最富有的省份不是我们现在可以想象的那些地区，而竟然是山西！直到上世纪初，山西仍是中国堂而皇之的金融贸易中心。北京、上海、广州、武汉等城市里那些比较像样的金融机构，最高总部大抵都在山西平遥县和太谷县几条寻常的街道间，这些大城市只不过是腰缠万贯的山西商人小试身手的码头而已。"看来，山西之富在我们上一辈人的心目中一定是世所共知的常识，我对山西的误解完全是出于对历史的无知。唯一可以原谅的是，在我们这一辈，产生这种误解的远不止我一人。"我身为山西人，竟不知道山西曾几何时是何等的富庶，有过如此闻名天下的巨贾晋商，读了余秋雨的这篇文章，这种自信和自豪一直延续至今。

后来我去了乔家大院，顺道看了晋祠；参观过云冈石窟、应县木塔和悬空寺。近几年，又到了绵山、平遥古城。从榆次的常家大院、王家大院到皇城相府，从北到南，我几乎走遍了整个山西。通过目睹、实地参观考察和阅读史料等，我对山西的历史文化有了更加全面、翔实的了解，山西人口在全国三十多个省份排倒数第七八位（三千五百多万人口），但文化底蕴没有几个省能与之相比。有句话说："中国五百年看北京、三千年看陕西、五千年看山西。"山西从传说中的尧舜禹，到"春秋五霸"的晋文公，再到"三家分晋"后"战国七雄"之一晋国的崛起，至今已有五千多年的历史。今以管窥之见撰得《厚重的山西文化》一文，一来抒发我多年以来对家乡充满的骄傲自豪之情；二是握管权作抛砖引玉，让更多的人写好山西、了解山西。

帝王之都　龙池凤阙

山西地处中原腹地，黄河穿越全省西部。若把母亲河比作千里长龙，那龙脉之枢则在山西；如果把中国地图比作一只"金鸡"，那金翅膀正好长在山西。所以，山西素来是"龙池凤阙"之都、帝王将相华诞之地。

传说中"三皇五帝"的许多故事都发生在山西。"三皇"中人皇女娲的故事，据有关资料证实，就发生在山西南部。目前国内有五处女娲墓，山西就有两处：一处在芮城县的风陵，一处在洪洞县的赵城。《文献通考》《寰宇记》《九城志》等记载，女娲是一个真实存在过的历史人物，传说女娲活动于黄土高原，她的陵寝位于山西省临汾市洪洞县赵城镇东的侯村。女娲陵的存在时间可能在三四千年以上，同黄帝陵一样，也是中国古代皇帝祭奠的庙宇。

"五帝"中的尧、舜均在山西。黄帝以后，黄河流域又先后出现了几位杰出的部落联合体首领，他们就是尧、舜、禹。传说中尧又称陶唐氏，发祥地在今山西汾河流域，现在山西临汾市南的伊村有"帝尧茅茨土阶"碑，尧庙村有尧庙，临汾市有尧陵、神居洞。古书载："茅茨不剪，采椽不斫，粝粢之食，藜藿之羹，冬日裘，夏日葛衣。"尧帝生活非常简朴，但对百姓却很关心。舜又称有虞氏，出生在姚墟（今山西垣曲东北）。传说他在接替尧担任部落联合体首领之前接受尧的考察时，曾在历山（中条山别称）耕田，在雷泽（今山西芮城北）捕鱼，在河边的陶城（今山西永济蒲州镇北）制陶，后来尧把他封在虞地（今山西平陆西南），担任部落联合体首领后，又迁都蒲坂（今蒲州镇），他的活动中心就是在现在山西的西南部，今天山西运城市安邑镇还有舜帝庙、舜帝陵。山西南部也是炎、黄二帝的主要活动区域，高平的羊头山是炎帝神农氏种五谷、尝百草之地，羊头山上神农城、神农泉、五谷畦、神农庙等遗址遗迹犹存，高平有炎帝陵，光祭祀炎帝的庙宇达三十余处，据考证，高平才是真正的炎帝故里。

另外，值得一提的是山西运城地区，位于山西省最南端，是豫、陕、晋三省交会之所，黄河水唯独到运城的风陵渡一带变得清澈起来，是难得的"风水宝地"。在这个小小的地级区域，历史上曾出了荀子、关公、柳宗元、司马光这些如雷贯耳、大名鼎鼎的人物，让我对运城肃然起敬。"舜都蒲坂""禹都安邑"，后稷教民稼穑于稷山，祖养蚕于夏县，都发生在今天的运城地区，难怪运城人把自己的家乡称作"古中国"。去年我从运城转机返京，从河南灵宝出发，经三省交界的三门峡市到运城。初春的晋南春气氤氲，比北京要暖和得多，我从车窗眺望，沿途山川风物、一草一木似乎带着一种厚重感，仿佛把我带到那久远的年代，回到北京半个多月我仍难以释怀。运城的文化底蕴让我暗自折服，就连忽必烈建都至今已有五六百年的北京城，那种古老、厚重感，难与今天的运城相比。

山西曾有过建都的历史。山西夏县，是中国奴隶制社会第一个朝代夏朝建立的都城所在地。大同是北魏时期的都城，公元398年，北魏道武帝拓跋珪迁都平城（今山西大同市），时间长达九十多年，直到公元495年（太和十九年）孝文帝从平城迁都洛阳。省会太原市，史称"龙城"，有四千多年的历史，也是"九朝古都"，出的皇帝数不胜数。赵简子、赵襄子以太原为基地成就"战国七雄"之一的晋国，汉文帝刘恒八岁来到太原成为晋王，十六年后即位，开创文景之治，成就西汉盛世。西晋末年（公元316年），南单于首领刘渊在山西西部起兵，创立自己的政权后，从离石（吕梁市）迁都于平阳（临汾市），从此拉开了十六国及北朝历史的序幕。隋炀帝杨广即位前为晋王。太原留守李渊及其子李世民，从晋阳起兵，攻入长安，夺取了隋朝政权，建立了唐朝。五代十国，李存勖、石敬瑭、刘知远和刘崇兄弟凭借晋阳争夺天下，走马称帝分别建立了后唐、后晋、后汉、北汉。山西出的帝王确实不少，中国历史上唯一一个女皇帝武则天是并州文水人；慈禧太后也是山西长治人（据刘奇考证，公元1835年，慈禧出生在山西长治县西坡村一个贫穷的汉族农民家庭，四岁时被卖给本县上秦村宋四元为女，十二岁时又被卖给潞安府知府惠征为婢，公元1852年，以叶赫那拉惠征之女的身份，应选入宫）。中华人民共和国成立后，一九七六年毛泽东去世时选定的接班人华国锋，是吕梁交城人，当年以华国锋同志为首的党中央一举粉碎"四人帮"，为中国实现安定团结和改革开放的发展局面奠定了基础。

文臣武将　光耀华夏

山西从地理位置看，有表里山河、拱卫京城之重。高山流水，风霜雨雪，不知哺育多少有识之士；垣墙厚土，古塞萧关，蕴育了无数忠良贤将。最早战国时期赵国的上卿蔺相如，是著名的政治家和外交家，他出生于我的老家柳林县的孟门镇。小学课本里有一篇文章叫《将相和》，讲的就是蔺相如足智多谋、不畏强暴，出使秦国，留下了"完璧归赵"的千古佳话；他为了国家利益，忍辱负重，使大将廉颇负荆请罪，历来为世人景仰和传颂。到汉代，山西晋南闻喜县裴柏村的"裴氏家族"，自秦汉魏晋兴起，历六朝在隋唐红盛，直至明清时期，家族兴盛长达两千多年。公侯一门，冠裳不绝，名卿贤相，相继争辉。据史书中记载，裴家先后出过五十九位宰相，裴氏家族做到知府、刺史、太守以上官职者有千余人，在中国历史上极为罕见。到唐朝武则天时代，著名的太原籍丞相狄仁杰，宦海浮沉，两次任宰相之位，辅佐武则天，匡正革弊，为上承贞观之治，下启开元盛世，立下汗马功劳。北宋著名丞相司马光出生于山西夏县，是北宋杰出的政治家、史学家、文学家。他历仕仁宗、英宗、神宗、哲宗四朝，为人温良谦恭、学识渊博，编著的《资治通鉴》成为历代统治者安邦治国、摄政兴稷的经典。到清代康熙时期，山西阳城又出了一代名相陈廷敬，他当过康熙帝的老师（经筵讲官），任过"四部"（工部、吏部、刑部、户部）尚书，是《康熙字典》总撰。陈廷敬为人谦和、擅诗文、精为政、尚清廉，深得康熙帝赞赏，康熙大帝曾两次下榻他的老家"相府"。还有一位被康熙帝赞誉为"清官第一，天下廉吏第一"的于成龙，任过两江总督、直隶巡抚和兵部尚书。于成龙是吕梁方山县人，四十四岁出仕，从他的老家跋山涉水去广西罗成任县令，在二十余年的宦海生涯中，三次被举"卓异"，以卓著的政绩和廉洁的一生，深得百姓爱戴和康熙帝的赏识。晚清的祁寯藻，山西寿阳人。历官军机大臣，左都御史，兵、户、工、礼部尚书，体仁阁大学士，曾为道光、咸丰、同治三代皇帝授课，人称"三代帝王师"；民间以"忠君、勤政、爱民、崇俭"为称，成为官吏楷模、晚清一代名相，他还是一位著名的学者、诗人和书法家。

山西的文臣还远不止这些，历史上还有不乏声名赫赫、威震华夏的武将。春秋时期赵国的老将廉颇，太原人，战国末期与白起、王翦、李牧并称"战国四大名将"，廉颇因勇猛果敢而闻名于诸侯各国。他以"固守"成功抵御过秦军、勇敢击退了燕国的入侵，斩首燕将栗腹，并令对方割五城求和。武功卓著的廉颇，在唐德宗时被列为"武成王庙六十四将"，宋代追列为"宋武庙七十二将之一"。到汉朝，山西出了名将卫青、霍去病。卫青，河东平阳（今临汾市）人，汉武帝在位时封大司马大将军，卫青奇袭龙城，使汉匈战争反败为胜，曾七战七胜，收复河朔、河套地区，击破了单于，为北部疆域的开拓做出重大贡献。霍去病是卫青的外甥，善骑射，会用兵，骁勇无比，初次征战率领八百骁骑深入敌境数百里，把匈奴兵杀得四散逃窜，在两次河西之战中，霍去病大破匈奴。在漠北之战中，霍去病封狼居胥，大捷而归，可惜他英年早逝。三国时期，山西出了大将关羽、张辽。最负盛名的还是关云长。中国有"文圣"山东的孔子、"武圣"山西的关公。凡看过《三国演义》的，无不对那个骑赤兔马，提偃月刀，过五关斩六将的红脸大汉抱几分敬畏之心。他人长得帅，"卧蚕眉，丹凤眼"，再把绿战袍一披，呵，比雄孔雀还漂亮呢。连曹操这样的大男人见了都有几分羡慕与嫉妒。他人品棒，不好色，不嗜酒，不贪钱，不慕权，忠肝义胆，有勇有谋，罗贯中在《三国演义》中，对这个山西老乡大加渲染。历代的皇帝更崇拜他，总是加官晋爵，封帝尊神：为"关公"，为"关帝"，为"关老爷"。最有趣的是在泰国，法院开庭时，宣誓对象不是国家元首，而是关公。他早已跨越时空，超越人种、民族与国家的界限，神化成一种中华文化或精神的图腾。

从汉代以来，随着北方少数民族对汉族的掠夺和骚扰的加剧，边塞战事连绵不断，山西独特的地理环境，自然担当起拱卫京城（长安、洛阳、开封、北京）的"职能"，抵御匈奴、卫国戍边，名将辈出。仅唐朝山西就出现了"三大名将"：初唐大将尉迟恭，武艺高超，多次冒险救李世民于危难中，列"凌烟阁二十四功臣"，并获"隋唐十八好汉"美名，后人将他恭为门神，画图流传至今。平定"安史之乱"的郭子仪将军，祖籍山西汾阳人，他一生经历了唐代"七朝"，并"四朝"为将，在平定"安史之乱"、收复两京、智退吐蕃回纥的战斗中功勋卓著，誉有"权倾天下而朝不忌，功盖一代而主不疑"，在历史上享有崇高的威望和声誉。唐朝还有薛仁贵征东、征西的传奇故事，薛仁贵，山西绛州龙门修村人，也是初唐名将，著名军事家，政治家。他从小力大过人，勇猛无敌，曾率军大败九姓铁勒、降服高句丽、击破突厥，留下"良策息干戈""三箭定天山""神勇收辽东""仁政高丽国""脱帽退万敌"等神奇故事。到北宋，山西出了著名的"杨家将""呼家将"。几百年来，保住"大唐""大宋"江山，若不是靠这些力抗千鼎、勇冠三军、气吞山河的山西忠良贤将，保边戍疆，守城护国，就不可能有当时的太平盛世和后来中华民族的繁荣稳定。在中国历史上，山西竟出过如此众多的民族英雄将领！

直到近现代，山西同样有不少叱咤风云人物。清末维新派代表人物，"戊戌六君子"之一的杨深秀，山西闻喜人。五四运动领导人高君宇，山西静乐人。二十世纪上半叶控制中国政治、经济命脉的"四大家族"之一的孔祥熙，任过国民政府行政院副院长兼财政部长，早年曾留学于耶鲁大学，他是山西太谷人。被称为山西"土皇帝"的阎锡山，曾任国民政府行政院长兼国防部长，山西五台人。他在全面治理山西方面卓有成效，并与中国共产党通力配合，使我党取得了著名的"平型关大捷"的胜利。与阎锡山同为五台老乡的徐向前元帅，被毛泽东亲自授予中国"十大元帅"。党和国家领导人彭真、薄一波、程子华、姬鹏飞、纪登奎等都是山西人。中共第十八届政治局两位常委，中央书记处书记刘云山和中纪委书记王岐山也都是山西人。

山西，自古以来依托"五河"（汾河、沁河、涑水、滹沱河、桑干河）、"两山"（吕梁山、太行山）而生存，在战争中勇敢担当、乃至牺牲付出，包括"和亲"，形成了良好的民族素质，加之明初晋商的出现，成为中国最富裕的地区。所以，到明朝时朱元璋将素质优良的山西人迁往各地，朱元璋和他的儿子在五十年间，将一百多万山西人迁移到山东、河南、河北和他的老家安徽等地，"要问我老家在哪里，山西洪洞大槐树"的说法流传在民间至今，山东许多二十代以内的家族，都能排出他们的先祖是源于山西。

文人骚客　多生于斯

山西历史上出现中国最早的文学家之一荀子，是战国时期儒家学派的代表人物之一。到魏晋南北朝时期，有河东(今安邑)卫氏家族，是诗书名门、儒学望族、书法世家。隋末的大儒王通，是著名的教育家、思想家王勃的祖父。唐朝，山西有"初唐四杰"的王勃、"诗佛"之称的王维、七绝高手王之涣、边塞诗人王昌龄、太原籍诗人王翰，有"三大诗人"和"诗魔"之称的白居易，有"唐宋八大家"之誉的柳宗元。在唐朝将近三百年的历史长河中，山西籍的诗人、文学家几乎占了半壁江山。

宋代，山西出了一位伟大的文学家叫司马光，他既是名相，又是文学家。千古名句"今宵酒醒何处？杨柳岸，晓风残月"的作者柳永，北宋大词人，他的先祖也是河东人。到元明清时期，山西文人代有人出，仍是风光无限。元代著名的文学家元好问，山西忻州人，是金末元初著名的诗人、历史学家。"元曲四大家"之一的白朴是山西河曲人。在明清小说取代戏曲之时，中国诞生了"明清小说四大家"，其中《三国演义》的作者罗贯中，是并州（太原）人。明清之际著名的思想家、书法家、医学家傅山先生，也是太原人。直到中国近现代，山西有著名的作家赵树理，"山药蛋派"的创始人；《吕梁英雄传》作家马烽、西戎；"民国四大才女"之一的石评梅女士。山西地盘不算大、人口不多，但著名的文人、学者却群星闪烁。

商贾云聚　富甲天下

自明初到清末，晋商在中国商界兴盛长达五百年之久，足迹踏遍天下。有人说"凡有麻雀的地方就有山西商人"，山西商人的足迹伸到欧洲、日本、东南亚和阿拉伯国家。他们"横波万里浪""称雄商界五百年"，非常了不起。近代思想家梁启超曾骄傲地以明清晋商而"自夸于世界人之前"。令人折服的是，在人扛马驮的年代，山西商人千里走沙漠，到阿拉伯国家贩运货物，到莫斯科、彼得堡开办商号，最先到朝鲜、日本开办银行。在国内开辟了"万里茶道"，将武夷山、湖南等地茶叶运到内地，再转往其他省和国外销售，远比古"丝绸之路"伟大。前年我去武夷山游玩，导游说这里曾经是乔致庸的采茶场，我听了半信半疑，山西到福建武夷山，多遥远啊！尤其在那个交通极不发达的年代，岂不是天方夜谭！今年我去山西榆次常家大院参观，目睹了常家当年的"万里茶道"图，常家当年最早到达闽赣交界的福建崇安，还有湖北蒲圻、湖南临湘，以南方优质产地为茶源，在当地加工后，经九江、汉口、襄樊、洛阳运到山西，再销至东北、新疆和莫斯科等地。晋商以勤俭、吃苦集聚财富，靠厚德、诚信取信于天下，以至将山西的商号、票号遍布全国各地，乃至欧洲、阿拉伯、朝鲜。这些票号的总部大都设在平遥、太谷、祁县、介休。最早的票号是平遥的"日升昌""蔚泰厚""蔚丰厚"；还有"先有复盛公，后有包头城"之说的祁县乔家的"复盛公"等十几家票号。"蔚"字号在上海、苏州、杭州、长沙、哈尔滨、成都、兰州、广州、桂林、西安、昆明、太原等全国三十五个城市和地区设有分庄，这就是山西商人最早发明和使用的"异地兑换""汇通天下"的票号，为中国银行业形成打下了基础。山西商人深爱自己的家乡，生意做到哪里，就把会馆建在哪里。据统计，晋商在全国建立的会馆包括台北，共计五百五十八所，光北京就有七十一所，今天北京的"六必居"酱园店，就是山西临汾赵氏三兄弟开办的。会馆，成为他们会友、洽谈生意和娱乐的主要场所。山西商人之富，富甲天下。遐迩闻名的晋商有蒲州张氏、蒲州王氏、平阳府亢氏、介休范氏、祁县乔氏、介休侯氏、祁县渠氏、榆次常氏、平遥李氏、太谷孔氏等，他们资产少则几百万银，多则上千万，中国大量的资产坐拥在山西商人手里，有挟资产而雄视天下之气魄。明清山西之富，有案可考。康熙帝说："朕七年巡行七省，惟秦晋两地，民稍有充裕。"咸丰时惠亲王绵瑜称："伏思天下之广，不乏富庶之人，而富庶之省，莫过于广东、山西为最。"山西商人赚了钱却能慷慨解囊，勿忘国家。当时清政府国库微薄，捐输频繁，而山西商人频频出手，大量捐赠。据咸丰时管理户部事务祈隽藻奏称："自咸丰二年二月起，截止三年正月止，绅商士民捐输银数，则山西、陕西、四川三省最多，山西共计捐赠一百五十九万九千三百两，山西商民捐银占全国捐银的百分之三十七。"山西商人还经常为朝廷垫付军商和外债，有人说山西票号是清政府的财政部，一点不假。光绪二十六年庚子事变，西太后、光绪帝西逃，途经山西时，向山西商人借银二十万；次年，西太后、光绪帝返京，仍由山西平遥、祁县、太谷票号继续办理"回銮差款"。阎锡山曾一次就向晋商渠氏借银三十万。皇帝、官府向山西商人借钱司空见惯。

晋商还有一个显著的特点，就是注重文化。山西商人骨子里流着三晋古老文化的血脉，有着不同于一般商人的眼界和文化视野。从乔家大院、王家大院、常家大院的建筑风格、楹联字画、砖雕木雕、后花园中，无不蕴含着晋商们的道德审美、价值取向和人文理念。我原本以为晋商以"商"、以"钱"为本，恰恰相反，晋商主张"学而优则贾"，让我十分震撼。以榆次的常家为例，常家先让家族后人读书，把书读好了，再去经商。从康熙到光绪近二百年间，常氏取得秀才、贡生、举人、监生等多达一百七十六人，其中入仕者一百三十二人。在侯氏家的大厅有一副对联：

读书好经商亦好学好便好
创业难守成亦难知难不难

侯家也把读书放在第一位，以警示后人。晋商中的读书人，不乏做到三品、四品官的。看看今天装饰在乔家、王家、常家大院门楼上壁画、砖雕，里面几乎囊括了中国儒道思想、风水学、文字学的全部内涵，剥一块常家大院的砖雕、浮雕，恐怕都是价值连城的艺术品！山西商人有文化理念、有文化视野，不得不让人佩服。他们的经营思想、管理理念、管理手段无不蕴含着中华深厚的文化底蕴。遗憾的是，这支驰骋中国商界几百年的精英队伍，在战争和战乱、清政府的扶持不力以及他们因循守旧的思想影响下败落了。

神话故事　渊源于兹

山西神话故事传说很多，流传中国民间的神话故事如《女娲补天》《大禹治水》《精卫填海》《愚公移山》等都发生在山西境内。《寒食节与介子推》《西门豹治邺》的真实故事，成为流芳千古的美谈。许多成语故事，如尧天舜日、完璧归赵、秦晋之好、唇亡齿寒、围魏救赵、纸上谈兵等都与山西有关。著名的《资治通鉴》首先从"三家分晋"说起。世界三大悲剧之一的《赵氏孤儿》和《苏三起解》等历史名剧，写的也是山西的故事。中国民间剧种三百多种，山西就有一百多种。中华诗词古诗韵以北方话为基础，据说最早以山西方言为标准。中国百家姓有三百多种，而源于山西的姓氏就有三十个。中国道教"八仙过海"中吕洞宾，被尊称为吕祖、吕祖师、吕仙祖、纯阳祖师，钟吕内丹派代表人物，他是山西芮城人。中国佛教名胜五台山，是印度僧人建完洛阳的白马寺，第二年在山西建的中国最大的佛教寺院。中国古代"四大美女"有两位是山西人，在诗仙李白笔下"云想衣裳花想容，春风拂槛露华浓"的杨玉环，是山西蒲州永乐（山西永济）人。"吕布戏貂蝉"中的三国时美女貂蝉，山西忻州人。元杂剧《锦云堂暗定连环计》中，貂蝉对王允说"您孩儿又是这里人，是忻州木耳村人氏，任昂之女，小字红昌"。

还有句话说："地下看陕西，地上看山西。"山西拥有全国最庞大的地上文物群，在这古老而美丽的黄土高原，沉睡着许多珍贵的历史文物。据悉，山西境内景点高达三千八百多处，国家级重点文物保护单位近三百多处，排全国第一。国内现存的元代以前的木结构建筑，有百分之七十以上在山西。一位日本朋友来过山西后说："如果日本拥有山西十分之一的历史人文景观，日本将立即可建成全世界的旅游大国。"据推测，这些旅游资源将是山西人一百年后吃饭的饭碗！那个时候山西的煤一定已经挖得差不多了。

我出生于山西，对山西有着特殊的情怀。《太原史话》中说：中国古代在朝廷做官不少于三百人的省份，有山东、江苏、山西省。从远古的尧舜禹时代，到今天的盛世中华，千百年以来，薪火相传，江山代有人才出，恐怕源于老祖宗的庇荫和福祉。山西西部有吕梁山、东部有太行山，当年秦国难克赵国有吕梁作屏障，胡马不能度过阴山也有吕梁、太行为北部防守；日本人进山西掠夺煤炭资源，太行山受阻，阎锡山又把轨道变窄，让日本人干瞪眼。山西"山环水抱""人杰地灵"。上世纪七十年代我从北京回老家，当火车路过河北井陉，过了娘子关到了山西境内时，看到两边光秃秃的山峦和厚厚的黄土，不免心生一丝悲凉，家乡的风景比起河北大平原和南国的青山绿水，是有些逊色。如今当我走遍大江南北，再回头看看家乡的名胜古迹和深入了解山西以后，感到十分欣慰：奔腾不息的母亲河纵贯南北，"人文始祖"尧、舜帝都之所源于山西，山西人承载完成了华夏文明的最早的"蜕变"；山西物华天宝、人杰地灵，是人文荟萃之地，历史上出现许多的杰出人物，为推动中华文化发展和历史进步做出了巨大的贡献；山西号称中华地上文物的王牌省份，有尧舜故里、洪洞大槐树以及大院文化，这都是中国人过去乃至未来寻根问祖、祭拜贤哲，找寻"中华文化"的故里的朝圣之地；山西有得天独厚的煤炭资源，源源不断地运往全国和世界各地，用能源"点亮中国，照遍全球"，为中国乃至世界的发展做出的贡献，功不可没。我要说：黄土有多厚，山西人就有多厚道！山西，黄土高原上一颗明珠，其厚重的文化底蕴，必将放射出更加璀璨的光芒。

2017 年 10 月

神秘的五台山

五一长假，我应朋友之邀与家人一起，游览了中国佛教"四大名山"之首的五台山。遐迩闻名的五台山，留给我的印象不只是寺院古老的建筑，而是充满了一种神秘和神圣之感。

神秘之一：在五台山，你所到之处都有一种异样的感觉，那就是弥漫在空气中的特殊的静谧与神圣。当我们步入景区时，一股清风拂面而来，微风轻轻吹起你的衣襟，让你略感有些凉意；但这种凉意似乎在驱使你去寻觅山里的那份神秘。我们驱车赶往台怀镇，台怀镇是五台山最集中、最精华的景点。在台怀镇我每到一处、每观一景，只是一个人在静静地看、悄悄地想，很少与同行的人大声说话；行人中也没有看到大声喧哗、吵吵嚷嚷和嬉笑打闹的。在我们的车子驶入宾馆的路上，当穿过一片树林时，两旁高大的白杨树在默默地为我们祈福，山野里微微刺骨的寒风也带着几分温暖和真诚向我们致意。宾馆中陈列的书刊、文房四宝弥漫着佛教的文化气息！更奇怪的是住在旅馆一宿，我与爱人说话也是屏声静气。我的第六感官觉得，好像有一种神秘的东西在抑制着你、束缚着你，使你变得更加理性、更加安然，始终处于一种安详、恬淡和虔诚的状态中。

神秘之二：五台山似"天上人间"和世外桃源。当我们进入台怀镇时已是下午三点，夕阳的余晖洒在峰巅、树林和金殿上，使古老的寺庙隐约着森郁，辉煌的碧瓦中透着流光，青翠的松柏中弥漫着紫烟，给五台胜景披上了一层神秘的色彩。站在台怀镇放眼四望，整个五台山笼罩在金碧辉煌的世界里。当你回眸西山脚下，层楼叠翠的寺庙，雾色朦胧，一条弯曲的小道若隐若现，从山脚盘旋至寺庙门口。当我转身把目光移向正北面时，低矮平缓的山坡上，各种古建筑参差错落，依山而建的五爷庙、塔院寺、显通寺及菩萨顶等寺庙群，掩映在古松翠柏中，那蓝天白云下，红墙、碧瓦、白塔，要比北京的红螺寺、卧佛寺及全国其他地方的佛教名山，更显宏伟壮观，庄重典雅。

我们沿东边的小路上山，只见两边琳琅满目的杂货店、小饭馆，干干净净，敞亮的店面不时飘来诱人的山西刀削面、饸饹面的香味，如果没有其他同行的外地朋友，我真想尝一碗家乡的面食。紧挨店面东边的一条河谷上裸露的沙滩、石砾，它们静静地、安详地守候在亘古的河道上，见证着五台山的古老。我徜徉其中，极目远眺，由衷地感叹：五台山真是人间仙境、世外桃源！

当我们到达显通寺时，感觉这里离天很近。柔和的阳光好像从头顶上倾泻而下，流光洒在寺庙的琉璃瓦上，洒在殿宇的各个角落里，像是人间的天市；不时从东墙里传来僧人们打坐诵经的声音，断断续续、时隐时现，感觉从天上传来，像与天上的人对话。行人路过此地，大有"不敢高声语，恐惊天上人"的味道。

在回京的路上，我一直在想：为什么五台山许愿、求缘的人那么多、那么灵？五台山北依恒山，西接沟壑纵横的黄土高原，东临逶迤绵延的太行山，南拥中原大地，谷内溪水潺流，这种依山傍水、山环水抱的形势，恐怕形成了五台山这种特殊的气场和神秘的氛围。除地理环境独特外，五台山建寺悠久。最古老的显通寺，是中国第二座佛教寺院，当年汉明帝请来印度僧人摄摩腾和竺法兰，在京都洛阳建了白马寺，同年两人来到五台山建造了显通寺，使五台山成为中国寺庙群中规模最大、历史最长的"祖寺"。五台山集千年日月之精华、聚天地万物之灵气，成为"天人合一"的修炼佳处和占卜之灵所。香火最旺的五爷庙，传说供奉的是东海龙王第五个儿子。屋外一棵千年古柏，盘龙直上，葱翠柔软的枝条奔拉在五爷庙的屋顶，天地之气聚集于一鼎，积淀了自然界的精华。"心诚则灵"，在这里祈福者恐怕能与天地之灵得到感应。五台山是文殊菩萨的道场，是智慧的象征。五台山又有千百年来历代僧人薪火相传弥足珍贵的善缘"佛种"，佛光亘古，香火延绵。虔诚求缘拜佛，希冀能与佛祖通灵。清朝康熙、乾隆皇帝曾经先后到这里朝拜，毛泽东主席当年进京路过五台山也曾在此小憩。

　　如果有机会我还想再去一趟五台山，好好领略那里的旖旎风光、探寻那深邃久远的佛教文化。

2015 年 6 月

王家大院的楹联

我从山西王家大院归来，原本以为看到的是大院规模的宏大、建筑的精美或王家生活如何阔绰等，但始料未及的是被林立的门楼、牌坊，造型别致的各种拱门、侧门和大门上镌刻的一副副厚重古朴的楹联、匾额所吸引。它们如同一颗颗璀璨的明珠闪烁出中华文化的光芒，其内容之深邃、内涵之丰富，上窥天文、下探地理，融四书、通五经，涉猎宗教、建筑、绘画、雕刻等诸多艺术，几乎囊括了整个中华文化的精髓。从王家大院，看到的不仅是王家的经商发迹史，而是大院蕴含的深厚文化底蕴。纵然一个文学博士、历史学家恐难通晓机杼，昭然诠释整个楹联、匾额的精义内涵，让我这个地地道道的山西人着实感到骄傲和自豪。王家大院简直是一座立体的中华文化宝库，是精彩纷呈的华夏文明史的缩影。

王家大院位于山西晋中盆地的灵石县静升镇，距县城十二公里。它依山而建，气势宏伟，蔚为壮观。在这座古老的建筑群里，最引我驻足观瞻的是静升文庙的高家崖建筑群中的几副古联：

东壁图书府

西园翰墨林

东壁，二十八宿中两星。《晋书·天文志》："东壁二星主文章，天下图书之秘府也。"故以东壁称藏书所。西园，汉上林苑，或曹操所建的西园，因曹氏父子为建安文学的主要人物。翰墨，指文章。翰墨林，比喻文章汇集之地，犹今日文坛也。上联意为：主文章盛衰的东壁二星，光照图书秘府，将有文士出现；下联意为：西园文坛，文笔出众，汇集奇诗佳文，挥毫染翰子弟。从这副对联中可以看出王家十分重视读书，期冀王氏家族的后人能笃学诗书、人才辈出。

在凝瑞居后院正窑上赫然写着：

大道母群物
广厦枸众才

枸，《诗·小雅·南山有台》："南山有枸，北山有楰。"将枸树喻为良木良才，正道和常道教育和抚养人类万物，使其通天理，明道德，合乎自然法则。高大宽敞的厅堂，聚集和容纳众多的人才，能为国家献计献策，富国兴邦。反映了王家作为商贾之家能心忧天下、富国强民的博大胸襟。

穿过古道幽径，来到桂馨书院，在疏篱竹影下的西月洞门上，飘逸着一副洒脱的行草书联：

篦簌风敲三径竹
玲珑月照一床书

三径，指家园。西汉末，王莽专权，兖州刺史蒋诩告病辞官隐居乡里，于院中辟三径，唯与求仲、羊仲来往。后常指家园或隐居处。书院翠竹青青，微风吹拂，谦怀的读书人手捧宝卷、漫步吟诵；晶莹的月光照在书橱上，散发出清馨的书香味，营造了读书人喜欢谈诗论道的学习氛围。在商贾之家的深宅大院，能看到如此玲珑雅致的书院，让我惊讶至极，一阵微风吹来，似乎飘来淡淡的桂花香气，沁人心脾。我由衷赞叹一代儒商巨贾的睿智、博学与通达。

在红门堡建筑群里，典雅古朴、气势磅礴的楹联更是琳琅满目，譬如：

礼仪传家宝
诗书裕后珍

礼仪，义同仪，指《周礼》《仪礼》《礼记》中所规定的儒家礼法道义及品德伦理原则；诗书，诗即《诗经》，书，一为《尚书》，二为《四书》，即《论语》《大学》《中庸》《孟子》。寄寓王家后人，遵礼守节，世代相传，以《诗经》《书经》教育后代，使其成为栋梁之才。王家大院的楹联用典讲究，引经甚多，大多取自《尚书》《诗经》《周易》《礼记》，以及子书、史书等。

又如：

风格谦和归子慕
胸襟高旷晋渊明

归子慕，此为倒装句，实为慕归子。归子，归来子，名晁补之，字无咎，北宋文学家、元丰二年进士，与黄庭坚、秦观、张耒为苏门四学士。陶渊明，又名潜，字元亮，号五柳先生。上联之意：思慕学习和向往晁补之谦虚、和中、热爱祖国的品德和务实的文风；下联之意：要学习陶渊明远大抱负、豁达开朗和不与门阀士族同流合污的高贵品质。从这副对联看出王家眼界宽广，志趣高雅，非一般商贾之家所能比肩。

王家大院的楹联、匾额数量之多，据统计共有八十三副楹联和一百二十多块匾额，质地有石雕、木雕、砖雕，从字体书法看有楷书、行书、草书、篆书，从内容看有歌功颂德、写景抒情、宣扬忠孝节义、抒发志向、警示教育后人等。我是一个读书人，从小对经商不大感兴趣，但对王家以商贾传家、诗书继世，从商而又不失文化之雅致，却格外景仰。

王家由始祖王实迁入静昇定居，距今已有七百年的历史，穿越元明清三个朝代，家族由农到商、由商到官，最终以官宦定位，家族兴盛长达四百五十余年。王家从卖豆腐的小生意做起，从一般商人、读书人做到朝廷二品官，从小农经济发迹，到红顶商人，说明了王氏家族源远流长的文化情结和深厚的文化底蕴。

当我匆匆结束参观时，回眸凝瑞居前院大门上的一副长联：

听汾思波涛天下惟心路须静
望绵知崎岖世上岂蜀道才难

让我再次得到启示：王家大院背依连绵吕梁，东望茫茫太行，古老的汾河从脚下流淌，黄土高原依山傍水、钟灵毓秀；独特的地理环境正如风水先生所言，便于王家文化的萌发和积淀，恐怕这也是王家成为晋商巨贾、兴盛几百年的一个特殊原因吧。

2016 年

从"丰德票号"家训看晋商文化

关于晋商和晋商的历史，最早还是从余秋雨先生《文明的碎片》中《抱愧山西》一文中了解到的，此文以纤丽的文笔、愧疚的心态，描述了曾对山西的"印象"和山西"平遥票号"的发展、鼎盛和衰落的历史。"北有晋商，南有徽商"，而晋商最大的功绩就在于发明并推广应用了"汇票"支付手段，从而成为中国银行的雏形，为中国银行业的诞生奠定了基础。当时不仅仅是在大陆的各大城市，就是远在俄罗斯、新加坡、日本也能做到以一纸"汇通天下"。晋商之所以能够把"票号"做到达三江而通四海，靠的就是"诚信"两个字。二〇〇九年秋天，我在国家大剧院观看了山西话剧院表演的话剧《立秋》，被其中"丰德票号"几代人传承的祖训所折服和惊叹："天地生人，有一人应有一人之业；人生在世，在一日当尽一日之勤。""勤奋、敬业、谨慎、守信"，这是发现晋商继"诚信"之后，又一具有更广博、更精深的文化内涵的为商理念。

曾几何时，在中国大地，有多少的家训、校训，有多少的家族企业和国有企业，他们的理念和经营之道，有谁能够超越像清华大学"厚德载物"和"丰德票号"如此家训的深厚文化底蕴。清华大学的"厚德载物"源于《周易》中的坤卦：

地势坤，君子以厚德载物。而丰德票号则将宇宙中的"三才"天、地、人，囊括到经营理念中来，按照道家的理论，人法地、地法天、天法道，道法自然的宇宙之理，融入了家族企业的经营理念，中国古代的哲学思想无不在晋商的经营理念中体现得淋漓尽致。首句用天道、地道、人道的宇宙观，来引申到人应该"敬业"，因敬业才会有创业和守业，讲的是天地宇宙中宏观的东西；第二句则顺势粘连"人生在世"，强调的是人生关键在一个"勤"字，有"勤业"才会有勤劳、勤奋和勤俭，这都是中华民族的传统美德。只要有"勤业"精神，就会激励和鼓舞员工恪尽职守，为事业献身的那种忠诚感、忠实感和责任感，这是微观的，是个体应具备的品德。古朴中见雄奇、古朴中见伟大、古朴中见神圣。就是靠这样神奇的理念、神圣的理论指导指引着晋商们叱咤风云、搏击商海而蜚声海外。"丰德票号"几代人始终秉承这一祖训，这也是支撑和支持着晋商们发家致富的"秘密武器"。由此可见，商业与文化的渊源，商业与文化的互成，商业与文化的不可分割性。用"丰德票号"老板马洪翰的话说："丰德号在北方吃过北极的冰，跨过大漠尝过飘飞的雪花，东面蹚过东瀛的海水，南方也喝过岭南的雨水，长江、黄河岸边有我们的分号，就连西洋的彼得堡也有我们的票号。难道我们的胸怀还不够大吗？"可是，为什么晋商后来却逐步走向了没落和衰败呢？主要是因"战乱"所致，特别是清政府的腐败无能，慈禧太后将晋商的大量白银赔给了外国列强，任何经济都会受当时的政局和社会稳定之影响和制约，晋商们也不例外，他们最终也没有逃脱这种悲惨的命运。这不仅是晋商们的悲哀，也是中国人的悲哀。

　　我们姑且不论晋商当年在商海中如何的繁华和阔绰，以及他们辉煌璀璨的发展史，究其"丰德票号"家训背后蕴藏着深厚的"玄学"经义，正是华夏文化瑰宝的神奇与魅力之所在，也是令今人叹服之处。

原载 2012 年 1 月 14 日《中国铁道建筑报》

写尽江南风流的山西诗人

"江南好，风景旧曾谙，日出江花红胜火，春来江水绿如蓝。能不忆江南？"白居易的《江南好》道出了江南如诗如画的美丽景色。"东南形胜，三吴都会，钱塘自古繁华"，继白居易之后又一赞美江南的佳什要数柳永的《望海潮》，据说金主完颜亮看后，便羡慕钱塘的繁华，恨不得策马南下，居然引发了他侵吞南宋的野心。无数诗人赞美过江南，然而写尽江南风流的莫过于这两位大诗人，他们的祖籍都是中国北部的黄土高原——山西。

白居易，生于公元772年，字乐天，号香山居士，祖籍太原。白家到其曾祖父时迁居下邽（今陕西渭南），而白居易生于河南新郑。被誉为唐代三大诗人之一的白居易，在许多诗中以"太原白居易"自称。元代大诗人元好问在《感兴四首》中有云："并州未是风流域，五百年中一乐天。"看得出他对这位山西籍老乡的敬佩和青睐。白居易写江南的诗不算少，他在任杭州刺史时作的《钱塘湖春行》：

孤山寺北贾亭西，水面初平云脚低。
几处早莺争暖树，谁家新燕啄春泥。
乱花渐欲迷人眼，浅草才能没马蹄。

最爱湖东行不足，绿杨阴里白沙堤。

　　这是一首赞美江南春天的诗。阳春三月，绿杨阴里，乱花飞溅，迷欲人眼；萋萋芳草，没过马蹄，谁家新燕衔着春泥构筑自己的新巢，不远处的黄莺在新绿的枝头欢唱；漫步在这白沙堤里，是何等的惬意啊！写的是西子湖畔的春天，何曾不是祖国大江南北的春天，这首诗把春天写到了极致。古来不乏丹青手，寥语妙笔绘春图！唯此是也。

　　说起白居易，也让人忘不了那首他在长庆二年，赴任杭州刺史途中所作的《暮江吟》：

　　一道残阳铺水中，半江瑟瑟半江红。
　　可怜九月初三夜，露似珍珠月似弓。

　　人往往第一感觉很重要，何况是这样一位伟大的诗人。虽是初来乍到，但钱塘江夕阳西下时，一道残阳铺入水中，波光粼粼的水面半绿半红。把一幅夕阳西沉、晚霞映江的绚丽景象，和弯月初升、露珠晶莹的朦胧夜色呈现在人们的眼前。读罢余音绕梁，令人陶醉在江南的月夜之中。江南的春天美，江南的月夜更美。

　　柳永，原名三变，祖籍河东（今山西永济），其祖从山西徙居福建崇安。柳永善为诗文，"皆不传于世，独以乐章脍炙人口"，世人称之"凡有井水饮处，即能歌柳词"，他以"白衣卿相"自许，为婉约派创始人，对后世词作影响之大。他的名作《望海潮》：

　　东南形胜，三吴都会，钱塘自古繁华，烟柳画桥，风帘翠幕，参差十万人家。云树绕堤沙，怒涛卷霜雪，天堑无涯。市列珠玑，户盈罗绮，竞豪奢。

重湖叠巘清嘉。有三秋桂子，十里荷花。羌管弄晴，菱歌泛夜，嬉嬉钓叟莲娃。千骑拥高牙。乘醉听箫鼓，吟赏烟霞。异日图将好景，归去凤池夸。

据罗大经《鹤林玉露》记载，这首词是柳永献给旧友孙何的作品，孙何当时任两浙转运使，驻节杭州。透过"竞豪奢"这样的表面现象，我们可以看到"市列珠玑，户盈罗绮"的盈实富庶、"羌管弄晴，菱歌泛夜"的轻快欢欣，以及"乘醉听箫鼓，吟赏烟霞"的风流潇洒。"重湖叠巘""烟柳画桥""云树绕堤沙""三秋桂子""十里荷花"，深描浅韵，勾勒出钱塘的"形胜"与"繁华"。相传后来金主完颜亮听唱"三秋桂子，十里荷花"后，一心想南下侵吞南宋。宋人谢驿有诗云："莫把杭州曲子讴，荷花十里桂三秋。岂知草木无情物，牵动长江万里愁。"可见，这首词的艺术感染力很强。

据说柳永死于润州（今镇江），在王安石"春风又绿江南岸""京口瓜洲一水间"的美丽润州，他却写下了《迷神引》："暂泊楚江南岸。水茫茫，平沙雁、旋惊散。烟敛寒林簇，画屏展。天际遥山小，黛眉浅……"如叶小舟轻帆舒卷，暂时停泊在楚江南岸，江水白茫茫，沙滩上栖息的大雁，顷刻间全部被惊散，远眺天边遥遥群山是那么细小，如同美人的弯弯黛眉。又一番江南纤细婉约的风景跃然眼帘，如同一幅淡淡的山水画。

江南之美，恐怕在这两位山西籍诗人的眼里笔下，看透了说尽了，江南人却没有道出，而让山西的才子写尽了它的风流。

　　"人人尽说江南好"，晚唐陕西籍诗人韦庄在他的《菩萨蛮》中也写江南好，说的是"垆边人似月，皓腕凝霜雪"的江南美女。而山西籍两位诗人写的则是江南的美景。

2017 年春

三晋文人知多少

大多数人只知道山西是产煤大省和明清时期出过晋商，却很少有人知道在这块看似贫瘠的黄土地上，还产生过中国历史上十分有影响的一代又一代的文学巨匠。山西，西部是奔腾咆哮的黄河水，东部有苍茫叠翠的太行山，以黄河为文脉，以太行为笔锋，成为文人荟萃和风流雅士诞生之地。

我国最早的文学家荀子，名况，山西安泽人。荀子曾游学于齐国，韩非、李斯都是他的入室弟子；荀子是第一个使用赋的名称和用问答体写赋的人，同屈原一起被称为"辞赋之祖"。他晚年著作有《劝学》，是儒家代表人物中最早称为文学家的人。

到魏晋南北朝时期，有河东（今安邑）卫氏，是诗书名门、儒学望族、书法世家。卫氏的始祖要追溯到汉卫青，到东汉的卫凯，受儒学传家的影响，以才学著称，尤其以文章而名扬天下。最著名的是卫氏书法，卫氏书法在魏晋南北朝全国五家名士之中居首位，为西晋书坛的第一门户。卫氏书法在当时中国的南方、北方都有广泛的影响力。卫氏不仅是魏晋时期与钟、王并获重名，而且卫氏书家延续家声的时限，要比钟氏绵长五十余年，又比琅琊王氏早百余年。"书圣"王羲之的启蒙老师卫夫人，堪称中国古代书法的"王后"，在一定意义上讲，没有卫夫人的启蒙教育，也就没有后来的书圣王羲之。杜甫在《丹青引赠曹霸将军》诗中写道："学书初学卫夫人，但恨无过王右军。"卫夫人的代表作《古名姬帖》，其笔法古朴肃穆，姿态自然，是楷书中的上品。卫夫人撰有《笔阵图》一书，对中国后世书法发展影响很大。

隋唐时期，山西文人辈出。"初唐四杰"中的王勃，山西古绛州龙门（今山西河津）人。他的名句"海内存知己，天涯若比邻"，据说是王勃二十岁时所作，他才情超群，名列"初唐四杰"之首。著名的《滕王阁序》中"落霞与孤鹜齐飞，秋水共长天一色"，成为千古绝唱。毛泽东在读到此句时竟感叹曰："王勃何许人也？"可惜他二十七岁溺水而亡，英年早逝！有人说李白是"太白金星"，王勃是"文曲星"，他在天上迷路下凡到人间。王勃出身名门望族，是隋末大儒王通的孙子，诗人王绩的侄孙，王家当属山西名门望族，诗书世家。

说到唐代诗人，不能不提王维。王维，字摩诘，河东蒲州人（祖籍山西祁县）。二十一岁中状元，官至尚书右丞，后称王右丞。王维自幼聪颖，九岁时便能作诗写文章，是盛唐诗人中的杰出代表，有"诗佛"之称。苏轼评价其："味摩诘之诗，诗中有画；观摩诘之画，画中有诗。"并与"诗圣"杜甫、"诗仙"李白双峰并峙；与孟浩然合称"王孟"，其知名度曾一度超过李白、杜甫。他是唐代诗坛"山水田园"派的代表，一生创作了许多不朽的山水田园诗作。王维擅长各种诗体，尤以五言律诗和绝句著称，如《汉江临泛》"江流天地外，山色有无中"，《山居秋暝》"明月松间照，清泉石上流"，以及《九月九日忆山东兄弟》"每逢佳节倍思亲"等，成为千古传诵的经典名句。王维不但有卓越的文学才能，而且是出色的画家，是文人画的南山之宗，是开宗立派的大师。他精通音律，善书法，好篆刻，是少有的全才。王维在其生前以及后世，都享有盛名。唐代宗曾誉之为"天下文宗"。

说到王家，山西光姓王的著名诗人就很多。在山西永济鹳雀楼上写下那脍炙人口的名篇"白日依山尽，黄河入海流。欲穷千里目，更上一层楼"的是盛唐诗人王之涣，其祖籍晋阳（今太原）。著名的边塞诗人王昌龄，也是晋阳人，他的"秦时明月汉时关，万里长城人未还"充满气魄，被后人誉为"七绝圣手"，与高适、岑参同为边塞诗派的代表。盛唐诗人中太原籍的还有一位叫王翰，也是边塞诗派著名诗人。他的"葡萄美酒夜光杯，欲饮琵琶马上催。醉卧沙场君莫笑，古来征战几人回？"更是绮丽雄强，成为七言诗的压卷之作。唐人中还有一位初唐诗人叫宋之问，山西汾州人，他善五言诗："近乡情更怯，不敢问来人。""风来花自舞，春入鸟能言。"格律严谨，才情并茂，连武则天都极为赏识，但宋之问因"因诗杀人"的低劣的人品而遭人唾弃。

接下来说说被称作我国历史上"三大诗人"之一和"诗魔"的白居易。白居易，字乐天，号香山居士，祖籍山西太原。白居易也和王勃、王维一样，少年崭露才气，十六岁时写下"离离原上草，一岁一枯荣"的应制名篇，被唐代名士顾况赞曰："长安米贵，居大不易。"他官至太子少傅，无论走到哪里，他的诗往往以"太原白居易"自称，可见他没忘本，没忘家乡的情怀。在文学上他积极倡导新乐府运动，所作《新乐府》对后世影响很大。他三十五岁作长篇叙事诗《长恨歌》、四十五岁作《琵琶行》，这两首长诗对中国的文学贡献和影响巨大。我曾想，在中国的文学史诗中如果没有这两首长诗的诞生，恐怕中国的古典文学会黯然失色；它们是中国灿烂的文学星空中熠熠生辉的"双子座"，如果没有它们的存在，中国的文学就失去了夺目的光彩。白居易和元稹并称"元白"，和刘禹锡并称"刘白"，是中国文学史上负有盛名且影响深远的著名诗人和文学家，他的诗在中国、日本和朝鲜等国都有广泛影响。白居易的弟弟白行简也是晚唐著名的诗人。

山西在中晚唐时期还出了一位顶级的文学巨匠，被称为"唐宋八大家"之一的柳宗元。柳宗元，字子厚，祖籍河东（今山西省永济市运城、芮城一带），世称"柳河东""河东先生"，为唐代政治家、文学家、哲学家、散文家和思想家。柳宗元的诗苏轼评价说"所贵乎枯淡者，谓其外枯而中膏，似淡而实美，渊明、子厚之流是也"，把柳宗元和陶渊明并称。柳宗元的散文与韩愈齐名，堪称中国历史上最杰出的散文家之一。柳宗元虽然活了不到五十岁，却在文学上创造了光辉的业绩，在诗歌、辞赋、散文、游记、寓言、小说、杂文以及文学理论诸方面，都做出了卓越的贡献。

在唐朝将近三百年的历史长河中，山西籍的诗人、文学家如群星闪烁，几乎占据了中国诗坛的半壁江山。

到了宋代，山西又诞生了伟大的文学家司马光。司马光，字君实，号迂叟，北宋陕州夏县涑水乡（今山西运城安邑镇东北）人。司马光是北宋政治家、文学家、史学家，历仕仁宗、英宗、神宗、哲宗四朝。他主持编纂了中国历史上第一部编年体通史《资治通鉴》，自古流传"半部论语治天下，两册史书安民生"（两册史书指《史记》和《资治通鉴》）、"天下文章两司马"。司马光一生著述甚多，在《通鉴》系列著作中，还有《通鉴举要历》八十卷、《历年图》七卷、《稽古录》二十卷、《本朝百官公卿表》六卷。另外，尚有其他著作二十种，二百余卷，为我国史学、经学、诗词、哲学乃至医学等方面的研究提供了极为重要的价值。"司马光砸缸"的故事、"司马光教子"的故事对后世的教育和影响也极为重要。司马光作为一代重臣，声名显赫，但我认为他的天赋才情以及文学的成就和贡献超越他官职的影响。

宋代还有一位山西籍词人叫柳永，这位以"白衣卿相"自称的北宋大词人，据史书记载他的先祖是从河东迁入福建的，我推测他应该是柳宗元"柳氏"的后裔。他的名篇《雨霖铃》《八声甘州》《望海潮》，足以奠定他在北宋词人中的重要地位，他才情超然，可以与苏轼、辛弃疾、李清照媲美，是婉约派词人的杰出代表。据说苏东坡对柳永的才气也暗中折服。

山西文人薪火相传，到元明清时期，仍处鼎盛发展时期。可以说山西在历朝历代都产生过一些文坛巨匠或者说有一定影响的人物。

元代文学家元好问，字裕之，号遗山，太原秀容（今山西忻州）人，他是金末元初著名的诗人、历史学家、文坛盟主，是宋金对峙时期北方文学的主要代表，被尊称为"北方文雄""一代文宗"。其诗、文、词、曲，各体皆工，其诗作成就最高，尤以"丧乱诗"闻名；他的词为金代一朝之冠，可与两宋名家媲美；其散曲虽传世不多，但在当时影响很大。他的《论诗三十首》在中国文学批评史上颇有地位，堪与杜甫比肩。我曾作过一首《读元好问论诗》："诗家璀璨若星辰，遗山才情更无伦。纵论前贤三十首，万古风流一师尊。"他的经典名句"问世间情为何物，直教人生死相许"被多少痴情男女视为人生之真谛！

元朝的戏剧是中国文学继唐宋诗词以后发展起来的新文体，在这个转折时期，中国出了"元曲四大家"，其中白朴是山西人。白朴，原名恒，字仁甫，后改名朴，字太素，号兰谷，祖籍陕州（今山西河曲）。他是元代著名的杂剧作家，与关汉卿、马致远、郑光祖并称为"元曲四大家"。他的代表作主要有《唐明皇秋夜梧桐雨》《裴少俊墙头马上》等。白朴与元好问是山西老乡，也是交往甚密的好朋友。

在明清小说取代戏曲之时，中国又诞生了"明清小说四大家"。其中《三国演义》的作者罗贯中，是山西并州太原人，号湖海散人。他是元末明初著名小说家、戏曲家，是中国章回小说的鼻祖。罗贯中十四岁时母亲病故，辍学随父去了苏州、杭州一带做生意。元朝末年，天下大乱，群雄并起，罗贯中也曾参与其中。罗贯中与施耐庵以师徒相称，一同参加位于平江（即苏州）的张士诚反元起义政权，他秉性刚正不阿，连圣皇朱元璋也敢对立。在明朝成立之后，罗贯中放弃读书人步入官场的机会，创作《残唐五代史演义传》《隋唐志传》等著作。

明清之际山西还出了一位著名的思想家、书法家、医学家——傅山先生。傅山是山西太原人，他博学多才，他的诗、书、画造诣颇深，成就之大，在清初诸儒中，无出其右者。傅山的诗赋继承了屈原、杜甫以来的爱国主义传统，主张诗文应该"生于气节"，以是否有利于国家和民族为衡量标准。傅山一生著述颇丰，留存于世的仅《霜红龛集》和《两汉人名韵》两部。傅山的书法无论真、隶、草，无所不精，尤以草书著称，被时人尊为"清初第一写家"。他与文徵明并为明清书法大家。他的书法在中国历代名家中占有重要的地位，是继颜真卿以后中国不可多得的"草书大家"，被誉为中国古代"十大草书大家"之一；他的画也达到了很高的艺术境界。另有"医圣"之誉，著有《傅青主女科》《傅青主男科》等传世之作。

山西文人在历史上从未出现过"断层"。中国近代有著名的作家赵树理，山西沁水县人，他的小说代表作《小二黑结婚》在二十世纪可以说是家喻户晓，风靡中国广大农村；他开创的文学"山药蛋派"，成为中华人民共和国文学史上最重要、最有影响的文学流派之一，在中国现代文学史上占有重要地位，与鲁迅、郭沫若、巴金等齐名。在中国近现代作家中还有马烽、西戎紧续其后，所著《吕梁英雄传》又给山西的"山药蛋派"增添了绚丽的色彩。在近代山西还出了一位女作家、革命活动家，即"民国四大才女"之一的石评梅女士，她出生于山西省平定县，是北京女子高等师范学校毕业的高才生，一生中创作了大量诗歌、散文、游记、小说，有"北京著名女诗人"之誉。还有写《雨中登泰山》的作者李健吾，山西运城人，是中国现代著名的作家、戏剧家、文艺评论家和翻译家。

2006 年

第二辑 东鳞西爪

难忘新兵岁月

那是一九七八年的冬天，年仅十六岁的我在大学梦破灭以后，毅然应征入伍，当上了铁道兵。

记得离家的那天，天气阴沉沉的，家门前一大早就挤满了来送行的乡亲。在村口旁的小路上，我含着热泪告别了依依不舍的母亲，还有那敲着锣打着鼓欢送的人们。当村口的那条小路模糊了我的视线时，我转身对着纵横在黄土高坡下的小山庄深深地鞠了一躬：别了，故乡！

辞别吕梁山，登上北上的列车，一切对我来说都是那么新鲜稀奇。这是我第一次出远门，也是第一次乘坐火车。在车上我用好奇的目光扫视着高大的椅背和头顶上长长的行李架，还不时地眺望着窗外的风景。满天的鹅毛大雪下个不停，列车不断发出哐嚓哐嚓的轰鸣声，时时拨动着我初别家乡的不安与思念。在车轮的撞击声和汽笛的轰鸣声中我们很快过了娘子关，第一站来到保定车站。下了车一眼望去，但见皑皑白雪覆盖着白洋淀，偌大的华北大平原使我一下子豁亮起来，内心充满了愉悦和激动。人们说当兵就是为了开阔一下眼界，我觉得，今天看到这么大的平原，就是开阔了眼界。

列车在保定兵站停留吃午饭，新兵们一下火车就一窝蜂似地拥上去，挥舞着手中的盆勺，抢着吃那热腾腾香喷喷的白米饭和猪肉炖粉条，大家随便吃随便打，宽敞的大厅里挤满了一拨接一拨来吃饭的新兵们，这就是在我印象中很气派而又很热闹的"吃大锅饭"场面。至今，只要一提到"吃大锅饭"这个词，我脑海里便想起当年在保定车站吃午饭的场景。

第二天黎明，我们换乘的闷罐车停靠在河北滦平县境内的一个小站。一下车，大家就被早已等候在那里的部队的汽车接走了。汽车在蜿蜒的山路中颠簸着，恍恍惚惚中来到了一个山洞口，这时，接我们新兵的鲁排长，操着浓重的云南口音说："同志们，穿过这座山，就到了我们的目的地了，大家千万要注意安全。"我们在鲁排长的带领下，徒步穿越黑漆漆的隧道，脚下的钢轨几乎看不大清楚，时明时暗向着洞口的方向延伸着。我们背着背包，深一脚浅一脚地向着洞口行进，足足走了大约五公里多才走出这座山洞。出了隧道，我已浑身是汗，沉重的双腿像灌了铅迈不开步。这么长的山洞是怎么打出来的？简直是一个奇迹！我心中不由得赞叹着，这是我当铁道兵以来走过的第一座隧道。后来才知道这是我们铁道兵第十一师刚修建完的沙通线南大庙隧道。

穿过这座隧道，接着又走过了一座大桥，顺桥而下便是我们新兵三连的宿营地。一道道用青石板筑起的高高的围墙和一座座用油毛毡搭成的营房，散落村庄的平地周围，插在营房顶上的鲜艳的"八一"军旗迎风招展，让我骤感"绿色军营"的威风。在营房前面，一条小溪顺流而下，一直延伸到远处的山谷中。我们卸下行装，忽然传来"嘟嘟……"的军号声，声音清脆而激越，在操场上空回荡着，一下把我们全体新兵都搞懵了，带我们新兵班的郑班长说：这是午饭号，你们哪两个同志去打一下饭？我和另一名新战士主动拎起饭桶跑到伙房打来了饭菜：午餐是二米饭（高粱米和大米掺和在一起）和猪肉炒白菜。看着大片的肥肉，我直流口水，就是不敢下嘴，我怀疑：这是猪肉吗？河北的猪肉跟山西的猪肉一样香美吗？几次放到嘴里都没有吃下去，最终，那新兵连第一餐饭菜里的猪肉我还是一口也没吃下去。

现在回想起来十分好笑。十六岁的少年是懵懂的，十六岁的少年是幼稚的。十六岁的我初次离别故乡，看到外面的一切都新鲜。如今想来，哪怕那时的感觉是错误的，也会在我心中留下今生最美好的一份记忆，我到如今都珍藏着这份记忆，是因为我走进铁道兵就走进了快速成长的人生。

原载 2011 年 12 月 31 日《中国铁道建筑报》

在当兵的日子里

如果人生有一次当兵的经历，那是永远值得骄傲和自豪的。

一九七九年三月二十二日，是我永远难忘的日子。吃过早饭，太阳刚刚露出山头，突然一阵紧急的哨声，全连一百八十多名新兵集合在操场上，背上背着背包、手里拎着脸盆，齐刷刷地注视着连长。连长的表情十分严肃，手里拿着一份名单向大家宣布：赵银秀、张友宝，分到十九连；曹丕文，汽车一连；赵生伟，团司令部军务股打字员……我简直不敢相信自己的耳朵，进团机关？这是许多新兵想都不敢想的呀！当大家被所分配到老连队的同志接走时，一辆绿色敞篷车缓缓驶到我跟前，从车上跳下来一个瘦高个、白脸庞的老兵，麻利地把我和另一名老乡小马的行李接过去放在车内。小马是被分到团部电影队的，他比我长两岁，据说在家放过电影。我们俩坐在驾驶室激动地东张西望，当看到新训三个月的战友一个个消失在我的视野里时，眼泪不禁溢出了眼眶。

我们新兵团一千多人，分到团部的只有三四个人，我那个县总共来了十九人，除我还有一名班长分到汽车连外，其余的同志都分到施工连队。我恰是年龄最小的一个，也是唯一分到团部的新兵，我暗自庆幸自己，多么的幸运啊！

汽车从新兵连出发，沿着蜿蜒的山路盘旋，翻过大山穿过一个长长的隧道，便来到团部机关驻地——于营子。带我的师傅是一九七五年入伍的广西兵，名叫蒋丕远，他一见我就热情地喊了我一声"小赵"，然后向我微微一笑。他示意我坐在旁边的藤椅上，转身就去给我打洗澡水。一会儿，他把打来的一桶热水倒在一个低矮的木盆里，对我说，好好洗个热水澡吧。我好奇地看着四周冒着热气的、十分精致的木澡盆，迟迟不敢动手，这是我生平第一次享受如此厚遇！直到现在，我还时时回忆起那幕温馨的情景。

第二天早上一上班，师傅就叫我背字盘表。密密麻麻的字盘表，分布着两千多个常用字，我的脑子一下就懵了。字盘表被划分成七八个区，每天早上开始背，一天差不多背一块，一个星期下来还是模模糊糊的样子，以后就边打边记，三个月下来我基本能完成一些一般的公文打印和简单表格的制作。伴随着噼啪噼啪的打字声、闻着清新的油墨香味，然后把打印好的东西马不停蹄地送到机关各个科室，每天就是这样单调而重复地工作着。记得最有趣的是师傅教我打羽毛球，上下午每两个小时中间都有二十分钟的活动时间，一到休息时间，军务股、作训股的参谋们纷纷出来和我们一起打羽毛球，有山东的陈参谋、山西的张参谋、江苏的邹参谋，还有我们新兵团教练西安籍的张建奇参谋，通信股一九六一年入伍的上海籍金参谋，大家在门前的半沙地上拉起球网，上下左右挥舞着球拍，打得汗流浃背。打完了回来擦擦汗，又投入工作，一天下来时间过得很快。一年以后，我的羽毛球技艺大有长进，只要我和我师傅配对，司令部很少有人能打得赢我们。

业余时间，我们还帮来队的家属种种菜。每逢夏天的晚上，我师傅就带着我，拎着小水桶帮几个军务参谋浇菜。记得浇得最多的是张参谋。张参谋是山西代县人，微胖，脸有点发红，中等个，我第一次见到张参谋时就在他房前的菜地里，他操着浓重的山西口音问我："小赵，你是哪里人？"当他听说我是山西人时，亲切地对我说："要好好干！"当我听说张参谋也是山西人时，激动得不知如何是好，心里感到格外的温暖。在部队要是遇到同乡，该是多么的高兴啊！不过第二年张参谋就转业回家了，我现在还时时惦记着他。

当兵印象最深的是出早操。无论春夏秋冬，无论刮风下雨，每天的早操是雷打不动要出的。只要起床号一响，大家还在睡意蒙眬中，就得穿上军装，扎好腰带，不到十分钟时间，就要跑到操场上集合完毕。冬天，空旷的操场上，除了听到大头鞋的嚓嚓声和响亮整齐的"一、二、三、四"的口号声外，只有天空闪烁的晨星和寒冷的北风陪伴着我们。立正、稍息、报告首长、集合完毕……这些铿锵有力的口令，至今萦回在我的耳际。

人生最珍贵的是战友情，当兵最难过是老兵退伍的时候。每年冬季是老兵退伍的高潮期，当连长宣布完退伍名单时，有的高兴，有的难过，农村的战士希望能留下来转志愿兵；而城市入伍、服役期满的只盼回家找个正式工作。当把战友送到车站时，随着火车开动的汽笛声，大家握手、拥抱，告别的眼泪洒满了车厢。这些南来北往、五湖四海的兄弟今日分别，恐怕永生再难相见；那种难舍难分的场面令人感动，让人一生不能忘怀。

当兵是一种资本，当兵更是一种荣耀；当兵的情结永远萦绕在当兵人的心头，当兵的人总会把当兵的记忆永远珍藏。

2005 年 12 月

五十岁的男人

男人到五十，随着年岁的增长，心态愈显沉稳，事业功成，家庭和睦。五十岁的男人内心又常常不自觉地流露出自赏自叹之情：风光的人生、耀眼的光环、不可言状的一切美轮美奂的东西，时时荡彻心扉，让温暖的心灵变得更加慰藉、温馨。欣慰之余、喧嚣沉静之后，他们便暗自思忖：匆匆的时光、飞逝的岁月，悄无声息地吞噬着人世间的一切，有时像划过天际的流星、掠过蓝天的小鸟，瞬间打乱了你幸福的心绪和美好的回忆，突然间让你感到一阵惊悸和恐慌。宇宙的法则、人世的"规律"，让深谙世理的男人们越来越感到诚惶诚恐。珍爱生命、珍惜光阴，活在当下，成为智者的顿悟。于是乎加快人生的脚步，提高生命的质量，成为五十岁男人的人生真谛。有人说，知天命的男人，是幸福的、成熟的，也是焦躁不安的。幸福与焦躁时刻伴随着五十岁的男人，使他们的想法越来越多。

五十岁的男人更重感情。五十岁的男人对金钱不是很看重，却对人间真情和友情十分珍惜。五十岁的男人"功成名就"，该有的已经有了，对名利开始看淡了，对金钱的占有欲小了，对友情却格外珍重了。如果一旦有人提议搞个同学聚会，什么初中同学会、高中同学会、大学同学会，还有什么战友会、乡友会，应有尽有的各种聚会，只要有空闲，就会想方设法参加。五十岁的男人要的是体面和尊严。

五十岁的男人顾及面子、讲究规矩，因此做事格外小心、谨慎。平时很注意上下左右之间的关系融洽，注意邻里之间的和睦交往。五十岁的男人对父母的孝心变得越来越重、感情越来越浓、心情越来越迫切。无论从时间上还是金钱物质上，都毫不吝惜。有条件的设法给父母办个七十大寿、八十寿辰；三天两头给老人打个电话，拉拉家常、问候问候身体情况，是常事。只要有时间就想回家看看，陪陪老人，连细小的方面也想得十分周全。让父母颐养天年，乡邻艳羡，做子女的才感到脸上有光，才有社会地位和尊严。男人五十恪守"齐家治国平天下"的儒规，绝不想给自己留下"子欲孝而亲不在"的遗憾。他们除了尽孝道，肩上还有沉甸甸的重担，要把子女培育好。此时的男人，正值孩子上大学、就业或谈婚论嫁的年龄，对子女的前途和人生大事考虑得也较多，子女的学业和职业的抉择，也时时困扰着五十岁的男人。

五十岁的男人常常流露出新的欲望。老婆近年来常在我耳边戏言："男人学坏，五十开外。"玩笑之后，我觉得老婆讲的有一定道理。男人到五十岁左右，由于长期的精神积压、繁忙的工作、琐屑的家庭生活，使夫妻间的感情逐渐淡漠，过去的"夫妻情"慢慢转变为"亲情"，此时的男人对生命和时间的危机感越来越强，一闪念的意识时时袭上心头：人世间许多美好的东西还没有尝试，回过头来已是黄土埋半身了。生理年龄渐老，可心理年龄还很年轻：譬如，年轻时见到美女羞涩、腼腆、不敢正视，更不敢多言，如今见到美女，眼神贪婪、呆滞、不饱眼福绝不罢休；年轻时有色心没色胆，现在是有色心也有色胆。私下常常听到一些男友聊天："过去皇帝'三宫六院七十二嫔妃'，古人也有'续妻纳妾'之规，我们为什么不能有个'小三、情人'之类，潇洒一回！"所以，五十岁的男人容易"移情别恋"，什么"出轨""婚外情"之事多易发生。五十岁的男人也是多事之秋啊！五十岁的男人欲望还很高，可心里却很累。

五十岁的男人对人生追求要求很完美。东晋著名的书法家王羲之在《兰亭集序》中有一段对生命的感慨："修短随化，终期于尽。古人云：死生亦大矣，岂不痛哉！"对读书人来讲是一句振聋发聩的人生警语。李白在《将进酒》中直抒胸臆："君不见高堂明镜悲白发，朝如青丝暮成雪。"生命对每个人来讲十分珍贵，人生短暂，俯仰之间，已为陈迹。但凡有所作为的男人，一定会想：此生我做了什么？还想留下点什么？这是五十岁的男人常常思考的沉重命题。趁有生之年、趁旺盛的精力，一鼓作气把自己未竟的事情做好做完的愿望，使五十岁男人心急如焚、如坐针毡。古人云：人生在于立德、立言。大人物重于立德，小人物重于立言。大诗人白居易倡言："世间富贵应无分，身后文章合有名。"这是他四十三岁自编诗集十五卷成稿时写下的题诗。白居易的才情和对人生的定位敝人顶礼膜拜，如果我在有生之年，也能写出点东西，哪怕只是"片言只语"，留示后人，当是我人生莫大的追求，也是我此生最聊以自慰的事情。

2012 年 12 月

老婆的手

一天夜里，老婆摩挲着我的右手，蓦地，我心里凉了半截。老婆的手什么时候变得如此粗糙？黑暗中我察觉老婆的手突然少了往日的光滑和细腻。莫非如人们说："摸着老婆的手就像左手摸右手。"此时老婆才四十七八岁，为什么在这个年龄段会出现如此景况？老婆真的变老了吗？我一夜未眠，陷入了沉思。

我想起与老婆恋爱和结婚的当初。我与老婆恋爱时已二十七八岁，在城里也属大龄青年。因我来自农村，迫于父母的催促和世俗的压力，从谈恋爱到结婚匆匆忙忙仅一年多的时间。那时我在外地上学，老婆在北京刚刚参加工作，记得暑假我回到北京住在单身宿舍，老婆下班后骑着一辆白色的自行车，穿过机关的林荫大道和学校那个红色的拱门来看我。当我听到那熟悉的银铃声时，准知是她来了。我向窗外望去，一个白里透红、身姿纤细的姑娘出现在我眼前，我带着几分羞涩去牵她的手，纤纤的小手和光滑的肌肤，像触电一般使我全身麻醉。当我把她迎进我的小屋时，恨不得一口吞下她的"玉手"，那充满稚嫩和青春的气息，令我满心欢喜。

婚后不久，小孩呱呱落地。小孩的尿布、衣服和家里的被褥，都要她打理，自行车的银铃声不见了，只听到卫生间里的那个半自动的北京白兰牌洗衣机发出的隆隆声，后来条件改善了换了台全自动的，声音虽比以前小了，但洗衣时的那种躁动仍让人感到烦躁。老婆忙里忙外，衣服、被子在屋里屋外堆得像小山似的，冬天屋里冷，她一边做饭、一边洗衣服，有时忙不过来，便笑着说，"老公，来搭把手！"厚厚的窗帘和一叠被罩，她先拧一遍，然后我们各把一头，一齐喊着："一、二、三！"我看她拧衣服时攥着红红的两手，发出由衷的赞叹："老婆真能干！"

夏天来临，老婆更忙了！吃过饭，先给满头大汗的孩子洗个热水澡，洗毕，打上痱子粉，换上一身整洁的服装。孩子噔噔跑下楼去，一溜烟消失在人群里。过一会儿，他又气喘吁吁地跑回来，一身臭汗，衣服、鞋子满是污渍，老婆嗔怒道："看你，这么淘气！刚穿好的衣服又弄脏了，脱下来自己去洗吧！"一边说着气话，一边把脱下的衣服扔进澡盆里，等小孩熟睡时，她又钻进了卫生间……

冬去春来，老婆就是这样日复一日年复一年，用她的那双手，洗去了岁月，洗去了青春，洗去了稚嫩，洗磨了光泽。

几十年来，时光像汩汩清泉流逝，而老婆的手随着岁月的流逝渐渐消磨了先前的光泽，显得有些粗糙了。

老婆的手，是生活的印记！手上的每一道皱褶，都是岁月的留痕！

老婆的手，是一种付出！付出得越多，皱褶越多，粗老得越快。

女人的手变粗糙了，而男人的心也变得粗了！整天忙忙碌碌的我，无暇顾家，忽略了家庭和自己的女人，忽然有一天当我发现自己老婆的手真的变粗糙了、真的变老了，只好留下一声长叹："唉，老婆，对不起，平时对你关心太少，你为家庭付出的太多！"抑或这是一种遗憾，一种无法弥补的遗憾。

从老婆的手上，我读懂了人生。

家书两则

致儿子的一封信

爱儿翰强：

　　星期五收到你们学校捎给家长的来信，看完了信，我的心情一直没有平静下来，加上前几天刚参加了学校召开的初三年级家长会，两件事交织在一起，我的心情感到异样的沉重，我真想写信和你谈谈，说说我的心里话。在动笔之前，我的眼眶已经不知不觉地润湿了，我怀着十分激动和感伤的心在给你写这封信。

　　孩子，你已经是初三年级的学生了，在这中考最后冲刺的关键时刻，我真有许多的心里话想给你说，有些话平时在你面前不知唠叨过多少次，但我觉得在这里有必要重复一下，或许对你这次中考、对你今后的人生会有所帮助和启迪。

　　翰强，你知道爸爸妈妈当初为什么送你到"拔萃"上学吗？我和你妈妈的愿望：只要你能成才，我们选择最好的学校，不管花多少钱、不管吃多少苦，我们都心甘情愿。为了你今后的美好前程，我们发誓将不惜一切代价来培养你！记得第一次交学费，正值爸爸出车祸，许多叔叔阿姨来医院看望我，他们慰问我的一万多元钱全部给你交了学费，这学费可来之不易啊，这里面包含着爸爸多少伤痛的泪水啊！

时光荏苒。转眼间，三年的初中生活很快就要结束了。记得在初一学年和初二的第一学期，你的学习成绩和各方面的表现还是不错的。上课爱发言、下课也常到老师那里问问题，作业按时完成，书写也还工整，成绩比较稳定。还不时会爆出"冷门"，有几次数学测验排在全班前三名，家长会上受到老师的夸奖。我和你妈妈也感到欣慰。可是，不知怎的？到了初三的第一学期末和本学期以来，你有些"落伍"了。看着你的成绩在一天天地"滑坡"、不时听到老师们的批评声，我感到非常痛心！有一次家长会后，我找到你们的语文陈老师，我跟他说："我是赵翰强的家长，翰强的语文怎么样？"陈老师满带责备的口吻说："能怎么样？你瞅他那字！"老师的话虽然批评在你的身上，可是却像鞭子抽打在了我的心上！我真无颜再向陈老师问下去，也只敷衍了几句，就拖着沉重的脚步离开了学校。翰强啊，你真不为我们争气！我和你妈妈当初给你起名"翰强"，就是希望你能写一手好字、将来能成为一名作家和书法家啊！可是你……

爱儿翰强，你再好好思索一下：想想爸爸妈妈当初寄予你多么大的希望啊！你能让爸爸妈妈失望吗？你能不能从今以后下决心把字写好，把作业书写工整？这既是培养你从小养成做事认真的好习惯，也是当前提高各门成绩的好方法，我们拭目以待。还有你最近一段时间特别贪玩，尤其是痴迷玩篮球，每星期五回家，你草草写完作业就去打球，第二天又从下午四点一直玩到晚上六七点钟，本该争分夺秒投入紧张的中考复习了，你却沉迷于玩球，把宝贵的光阴浪费掉，真不应该啊！听徐老师反映，这段时间你上课老走神，有几次语文背诵全班就你一人背不下来，我听了很生气，真想回来狠狠揍你一顿！那天我回家后就把篮球里的气全部放掉，贴上封条，在上面重重写了《警示吾儿》：

> 毁掉一球，挽救一人；
> 少玩二月，幸福一生。

这件事可能有点过分，但我认为我的本意是好的，是让你警醒、警醒！这件事难道对你没有触动吗？

孩子：你如果考不上重点高中，将来很难考取大学，如果考不上大学，将来就意味着很难找到理想的工作。未来社会竞争愈来愈激烈。因此，能否考取北京市重点高中，在一定意义上决定你的命运和前途。我们给你定的目标是：这次中考争取总分在五百分以上，进入八十中（去年分数线五百一十五分）。我相信，你的基础还是不错的，只要发奋努力，奋起直追，是完全可以实现这个目标的！你一定得有信心啊！

现在距中考只有六十八天了，发起最后冲刺的时刻到了，时间紧迫、时不我待。你一定要珍惜这最后两个多月的时间，克服懒惰和松懈情绪，一鼓作气，争取优异的成绩。

爸爸妈妈相信你一定会成功，也一定能成功！

我们将等待你的好消息！

你亲爱的爸爸
2006 年 4 月 15 日中午

致儿子的第二封信

爱儿翰强：

记得有两年多没有给你写信了。今天爸爸给你写这封信，是你将要进入十八岁而步入成人之初的时候，具有更加特殊的意义。此时，爸爸真想和你说说心里话。

十八岁，是一个人进入成人阶段的开始，是告别幼稚走向成熟的标志，是从依附父母逐渐走向独立生活的开始，是立志奋发努力登攀高峰，走向成功彼岸的起点。因此，如何打好成人以后的基础，为未来美好的人生做好铺垫，对于人的一生来说至关重要。

儿子，可能是爸爸爱你太深，对你的期望值太高，因而对你的苛求也比较大。自你进入高中阶段以来，我对你的那种"絮絮叨叨"越来越多，有时可能让你心烦。我对你的责怪、批评，有时还表现得有些粗暴，我始终把你当作"小孩"来看待，而忽略了你在慢慢长大、慢慢变得成熟，也正因为如此，使你变得越来越"逆反"。我感觉我们父子之间的沟通越来越难，障碍越来越大，我担心这样下去，不但会影响你的学习，还会影响到我们父子之间的感情。这可能是我们做父母的教育的方式方法有些不对，这是我的失误，我真有些后悔！可能在某些地方批评的不对，甚至是过分，如果存在这样的问题而委屈你了，爸爸在此向你"道个歉"。

记得上次月考，你的成绩比以前下降了不少，那天下班回家，你妈妈在做饭，我却等着你回来准备好好教训一顿。当你回来后，爸爸把你叫到客厅，你坐在沙发上，我蹲在茶几旁的毯子上，我的态度并没有像我事先准备的那样，不知怎的看到你那低沉的样子，我反倒变得冷静平和起来，而你也比平时老实了许多，话题不知从何开始。你说你这次考试有的科还能多得些分，只是因为粗心了一些；有的是因为头天熬夜太多，第二天头脑有点昏晕所致。我们谈得很投机，你还很自信地告诉爸爸，"我要考一本"，我很高兴，就顺便对你说："要确保二本！"

这次我们交谈我很开心。我真为你的自信和信心而骄傲，同时也感到了你真的不是我过去一直认为的"小孩子"了，而已经是一个"小大人"了，这使我十分的欣慰！我对你充满了信心，相信我的爱儿一定能成功，一定能成为"强中之强"者。

孩子，十八岁是成人之初，人生的道路漫长而又艰辛。漫漫人生路，要靠自己把握、自己创造，一句话，做任何事情不要依赖别人，要靠自己；要从小有意识地锻炼自己的毅力和意志，要培养自己适应环境和独立生活的能力。人生是美好的，但美好的东西不是靠上苍的恩赐，而是靠自己的努力和付出，付出的越多，收获也就越多。因此，做任何事情都不要偷懒，要学会勤奋、学会刻苦，"天道酬勤"，记住，成功将永远属于那种勤奋和吃苦的人。

孩子，高考在即，人生的关键冲刺阶段将要来临，如何应对高考，我想给你提几点希望：

首先，要注重基础知识的学习和掌握。目前你们还是在高考第一阶段的复习之中，这一阶段十分重要，主要是全面系统的复习，重在掌握基础知识和基本技能，基础分高考可能占到百分之六十。另外，基础掌握得好，对综合问题的解答和对重难点的突破也很有利，因此，不要好高骛远，力求基础扎实过硬。其次不要重复错误。要把平时的错题积攒起来，梳理、分析、归纳问题的原因所在，下课后要勤问老师，这些问题解决以后力求不再重犯，这也是学习中的一个诀窍。三是不要搞疲劳战术。有句话说得好"补氧比补脑更重要"。意思是说不要让脑力消耗过度，脑力消耗需要不断补充氧气，补氧最好的办法是加强锻炼和休息好，因此，要注意劳逸结合，晚上不要老是熬夜，不要非熬到十一二点才罢休，晚上睡眠不充分，必然影响第二天的学习，希望你要适当锻炼，晚上早睡觉。

祝你来年圆上大学梦，金榜题名人人夸。

深爱你的爸爸

2008 年 11 月 20 日夜

幸福的眼泪

偶然有一天，打开电脑，忽然老婆的一段文字吸引了我：题目是《儿子，即将开启新的人生》。

> 时光荏苒，转眼之间儿子已经大学毕业了，即将就业的毛头小伙子，一副天生来的乐天性格，凡事微笑面对。内心很庆幸培养了一个积极开朗乐观向上的孩子，可以放心地让他融入社会这个纷繁复杂的大熔炉了。他对自己的未来充满信心，也有着美好的憧憬，不管成功与否，至少目标是明确的，很有思想！
> ……
> 也许几年之后他的思想会有些许波动，但愿不要像我总把希望寄托于来世，好卑微，好无奈，只能屈从于命运的安排。而应该活在当下，趁着青春年少凭借实力打拼自己的天下，无憾幸福地度过人生的每一天！
> 祝福你，亲爱的儿子！

读完老婆的这段话，我的眼眶湿润了。这是老婆送别儿子那天留下的"独白"。报到那天，是老婆亲自开车把儿子送到地铁四惠站，我能想象出老婆目送儿子渐行渐远，直至儿子的背影消失在人群中时，那一刻，她的心绪是多么的激动和复杂啊！那几天，甚至后来很长一段时间，我的心情一直平静不下来。这段发自肺腑的祝福，饱含了老婆的多少期待、多少深情、多少泪水啊！几年来为了孩子的今天，她不知付出了多少。

记得儿子上小学五年级时，由于在局子弟小学的成绩不很理想，有一天下班回家，老婆对我说："干脆把强强转到我们学校去上吧？"我心里一怔，亦喜亦忧：喜的是孩子换个环境又在母亲的亲自监督下，学习可能会好些；忧的是老婆的负担不更加重了吗？那时她带一个毕业班，教"双科"（数学、语文）还要兼班主任工作，每周二十多节课，压力多大啊！我于心何忍？后来考虑再三，还是把孩子转到她所任教的东坝中心小学。每天天不亮，她就起床给孩子做早点，匆匆忙忙吃完饭，就骑上我给她买的那辆小"嘉陵"，一溜烟似的消失在晨雾里；无论春夏秋冬，风霜雨雪，母子俩往返于机关大院和学校的路上，冬天，淘气的儿子，不时伸出双脚拍打着车椅，羽绒帽里露出冻红的小脸像个小苹果，他两手紧搂着妈妈的腰，宛如依偎在母亲怀抱里的小鸟，温馨而又可爱。

晚上回来还要备课，星期天还要抽查孩子听写、口算练习等；到毕业时，孩子的成绩居然从原学校的中下等生提高到班里的前九名。毕业那天，儿子得意地把成绩单递给我："爸爸，这是我的毕业证，你给我保管吧！"接过孩子满意的"答卷"，看着旁边一直专注我表情的老婆，我欣慰地笑了，对儿子说："要谢谢你妈妈哦！"

说真的，要不是老婆的明智之举和辛勤付出，哪有孩子的今天啊！老婆啊，我也很理解你，你在孩子的教育上是不服输的，在事业上你也是一个强者。你是一个顶呱呱的老师，论能力和水平，你绝对胜任做一名小学教导主任，可是，正如你所说"只能屈从于命运的安排"，我有时也为你埋怨世态的不公，内心也为你打抱不平，虽然"领导"这个角色此生与你无缘，但为了孩子，值！

初中上学孩子选择了住宿。考入重点高中时，你又"重操旧业"，每天一大早就起床给孩子做早饭，每当我还在温馨的梦乡中，厨房里已响起锅碗瓢盆的敲打声，这时，我心头像绵针一样刺痛！儿子三年高中，你没睡过一个懒觉、一个安心觉啊！

当儿子拿到高考录取通知书时，你说我们开车送他到石家庄，回家的路上，我看到你的鬓角平添了不少白发，眼圈里的血丝更红了！

今天，英俊潇洒的儿子，像出笼的小鸟放飞他的梦想，实现人生新的目标、新的理想时，你该是多么的激动和高兴啊！你字里行间，饱含着无言的心酸；你愉悦而深情的期盼与祝福，又让我潸然泪下。

然而，这是我充满幸福的眼泪！

2013 年 7 月 3 日

系在心灵的红线

　　唐代诗人杜荀鹤在《泾溪》一诗中有云："泾溪石险人竞慎，终岁不闻倾覆人；却是平流无石处，时时闻说有沉沦。"这首朴实无华的诗句，却蕴涵着深刻的哲理，它让我联想到领导干部在"用权"和"为政"方面，要"常怀律己之心，常修为政之德"，才能在"平流无石处"而不至于"沉沦"。对平头百姓来讲，在日常的生活中，要有做人处世的准则，要有道德的底线，不干昧良心之事。无论为官还是为民，心中都要有一根"红线"，那就是防腐败、防堕落、防犯罪的界线。

　　一是心存善念。佛道讲修炼之人切不可有"妄念"。妄念和妄想是走向堕落和犯罪的开始。大千社会，芸芸众生，大凡生活在五光十色的社会环境中，免不了遭受各种诱惑和干扰，尤其在这样一个经济发达、物欲横流的社会，每个人的思想、行为、生活方式，都会受社会发展变化的影响。有的人整天想着如何发财，如何当官，想着金钱、美女，久而久之势必"想"出问题。某企业出纳员梦想一夜"暴富"，利用职务和工作之便，挪用项目部公款来购买彩票，给企业造成直接经济损失上百万元，因犯挪用公款罪被地方中级人民法院判处有期徒刑十五年，教训深刻，悔之晚矣。

　　要做到心存善念首先要有一个健康的思维方式。也就是要有一个正确的世界观、人生观和价值观。人生短暂，切不可为名利所动、为名利所误；切勿整日无所事事，思情欲、思贪逸、思谋利、思发财。二是要有健康的生活方式。要追求格调高雅有益身心健康的生活方式，多提升自己的精神品位，提高自身的综合素质。不要沉迷于低俗奢华的生活，搞灯红酒绿，整日烂醉如泥，要戒贪、戒赌、戒毒，勿贪图享受，更不能以身试法、铤而走险。

再是入心反省。古人云：君子日参省乎。我们要对自己的言行负责，做到慎言慎行，在工作中不出纰漏、少出纰漏，减少失误。应该像古人那样，静坐常思己过，经常参省、反思自己的所言所行，多查找自身的缺失，多开展批评与自我批评。作为领导干部和共产党员，要时刻谨慎用权，时时警惕金钱、权力和利益的诱惑，时刻以共产党员的标准，以党纪政纪条规约束自己，避免失误和失范。每个领导者，手中都有一定的权力，甚至也有一定的社会地位，周围大多是赞扬、拥护之声，往往听不到、听不进真实的批评与建议，久而久之，容易沾沾自喜，自我尊大。因此，要注意加强学习，要经常地自重、自省、自警、自励，要慎权、慎欲、慎微、慎独，严于律己，严格要求，防微杜渐，防患于未然。

三是公心做事。公心，其本质和核心的问题就是做事出以公心。无论是领导干部还是普通群众，首先要做一个公道的人。做人公道了，做事情自然也会公道。自身正派公道，才会无私无畏，才能顶得住压力、挡得住诱惑。其次是公道用人。在用人问题上更要讲公道，要用德才兼备之才。不能感情用事、意气用事，不能"远贤人、亲小人""疏他乡、亲老乡"，不能搞小团体、小帮派，不能搞"灯下黑"，否则，就会失去民心，失去民意，败坏风气，助长威风邪气和消极腐败影响，甚至会把一个单位搞垮。许多单位出事，除了制度不够健全外，关键就是用人不当。治企理政，贵在一个公字，难在一个正字。心正则公，公则不为私利所惑，正则不为邪恶所媚。"公生明，廉生威"是为殷鉴。只有廉洁奉公，秉公办事，才能得到老百姓的拥护和爱戴，才能得到职工群众的理解和信任。

"一念"之差，谬失千里，"一线"之隔，天地之别。我们每个领导干部和共产党员，千万不要忘记在心灵中系上一根防腐拒变的红线，时时拂拭心灵上的尘埃，保持自身的一片净土。

2012 年 12 月 3 日

做真实的自己

走在熙熙攘攘人群中，那个你还是你吗？历经人情世故的洗礼，你不会迷失自己吗？走在钢筋水泥的城市森林，面对着从未有过的令人窒息的生活和工作压力，你还能从那里找到最真实自然的自我吗？恐怕多数人的回答是否定的。

太多的理智，就是压抑；太多的压抑，并非理智。写在脸上的微笑，并非全部发自心底；发自心底的微笑，并非全部写在脸上。人啊！什么时候才能够敞开心扉，坦诚相见，吐露真实的心声，做回真实的自我呢？

真实是最本真的，本该是最自然的也是最容易的，如今却是最最难的。太真实的，在别人眼中你也许，不！一定就是非主流的"另类"，被视为情商低下的。我仿佛就是那个"另类"，喜欢说真话，愿意做实事，不愿随波逐流，不愿盲从趋同于别人，我想，是否你也是一样呢？因为无论你戴的面具何等光鲜亮丽，人生的舞台总会有谢幕的那一刻！不是吗？我想，人群中可能大家都在像我一样寻觅渴求，渴望眼睛与眼睛的重逢，渴求心灵与心灵的交汇！

每天应对纷繁复杂的事务，浮现在眼前的常常是孩提时的天真与烂漫；无奈于世俗的熏染，看起来有时表面乖巧机警、甚至应用自如，但那完全是搪塞别人的虚伪的瞬间；如今虽已鬓发渐白，有时善意的谎言也让我心悸脸红；偶尔牵强附会的应允，也会成为日后不解的心结；痴情的叛逆时隐时现，夜半时也让你转辗反侧；长久以来的心痛偶然发作，往事令人不堪回首；不能恪守佛道的戒律，甘愿受罚自酿的苦果；工作中偶有疏忽或粗枝大叶，过后也自觉汗颜；昨晚爱人出差，早晨起来没有给孩子做早点，心头掠过一丝的内疚；心猿意马淹没于力不从心的丛林；无心的敷衍，乃是苍白作为；会心的微笑永远甘甜。

真诚和善良，是呵护我内心的盔甲，须臾不可离开！

任凭春夏秋冬，风霜雨雪，日复一日，年复一年，我仍是一个初心不改的、天真的孩童！

夜深了，荡涤一天的浮躁，沉寂下来，静听自己的心语。真好！就此收笔吧。

明天见！

2013 年 5 月

别了，劳资培训部

二〇一六年六月五日，也就是我所在的劳资培训部被撤销的第五天。那天下午，我独自坐在办公室，面对亮堂的玻璃窗，以及透过玻璃窗映照在洁白的墙面上的夕阳的余光，有说不出的酸楚；端视着悬挂在沙发上方、我亲手书写的"万里云烟"几个大字，心里更难受，眼泪禁不住流下来。

连我自己也觉得莫名其妙？对于我这样一个五十多岁、工作了几十年的大男人来说，至于这样动情吗？几天前局里宣布人事部和劳资培训部同时被撤销，组合成新的部门叫人力资源部。其实改革已是大家熟知的事情，"方案"早就被炒得沸沸扬扬，人们基本猜得"八九不离十"了，我和大家一样已做好了思想和心理准备，今天为何不能把控自己的情绪？

回想从一九八四年脱军装至今已有三十二年了，其间当过工人、任过小学教师、中途上过学，后来调机关做管理工作，尤其在机关工作的二十三年中，在劳培部就整整干了十三年。人生有多少个十三年啊，何况这是我人生中度过最充实最快乐的一段时光。与人分别难，与自己厮守过、成长过、成功过的工作岗位"分手"言别，更为痛心！真不知道今天晚上要吃的那顿"散伙饭"，我该如何面对。

回忆在劳资培训部工作的日日夜夜，想起改革之前我主持部门工作的一百天，其间有多少让我感动的事情啊！记得机关第一次改革，也就是二〇〇三年的一月八日，在教育处整整干了十年的我，并入到劳资培训部。就在宣布改革的当天上午，我来新部门报到。我从七楼兴冲冲地跑到四楼，每下一节楼梯心里都在打鼓，心情一直忐忑不安。按理说从教育部门到劳资部门，这是巴不得的大好事，在人们的眼里劳资要比教育"吃香"啊！但此时的我却有另一种担心，生怕被"重组"到新的单位，领导会"另眼相待"。

我来到东副楼敲开肖部长的门，但见肖部长桌子上摆满了一大堆文件和杂物，昏暗的灯光下他戴着眼镜正在看文件。

"肖部长，我来正式向您报到！"他的沙发上堆满了东西，我挤在旁边的一角坐下，窘迫中带着紧张。不知说到什么事，我问了肖部长一句："我还要搬下来吗？""难道你是独立王国？"肖部长有些诙谐地说。不久，我就搬到四楼办公。有一天，部里召开第一次部务会，肖部长布置完工作，微笑着说："这下我们有教育经费了，可以吃饭了？"我瞥了一眼他略带自信的眼神，马上解释："教育经费是培训用的，可不能用来吃饭噢？再说，要经过局领导审批才行！"我好像表现得有些据理力争的样子。

这两件事给我印象很深，肖部长对我讲的所谓"独立王国"，连他自己后来也忘了；教育经费的事，从那以后他再没问过，有时部里需要开支点东西，他总是谦和地对我说："生伟，给大家买几本业务书籍，你看报销方便吗？"我说："专款专用，没有任何问题。"我还亲自购好发给大家。以后凡遇到此类的事情，肖部长总是客气地和我商量。

很快半年过去了，在一次部务会上，机关党委分配我们支部一名优秀共产党员指标，肖部长首先提议："给生伟吧！"

大家一致同意了。这件事我很受感动。从一九八三年调机关子弟学校，后来到教育处，在教育系统干了近二十年，好像从未评过什么优秀党员，连我介绍入党的同志也不知评过多少回了，可到劳资培训部才几个月，我就得到了这个期盼已久的殊荣，这可真让我如愿以偿了。

第二件值得一提的事是，时隔三年，到二〇〇六年一月八日，我从教育培训科长的位置上提拔为副部长。部里当时同我一起提拔为副处的有四人，我是最年轻的并且是唯一带"长"的，我能"后来居上"很感念劳培部这块培育我的"土壤"。二〇一四年七月，我又被提拔为正处级副部长，自认为这是我政治生涯的"巅峰"，也是在劳培部这个"平台"上攀登的。

在劳培部工作，我感到十分快乐和谐，大家不论职务、年龄，总能平等相处。党部长是一九七五年入伍的老同志，一直保持着部队参谋的干练作风。没事的时候到我的办公室来聊聊天，我递根烟，他歪着头、使劲吸两口，说话时嘴边露出两个小酒窝，显得格外和蔼可亲。他没有架子，只知道埋头干活，从不争权夺利，是机关有名的"老黄牛"。危科长是一九七六年参加工作的老同志，因为他跟韦局长的"韦"谐音，所以大家总以"危老板"来调侃。危科长说话有时古怪，不熟悉的以为他"油腔滑调"，实际上是一个非常"安分守己"的人。他坐在办公室里一天都不动窝，从不串门，更没看见他迟到早退过，俨然一个老工人科长的作风。再说老韩，一九七三年入伍的老同志、老科长，人称"大胡子"。我到劳资培训部，他到项目上干，一干就是十几年，只要他回机关，人还没见，楼道里便传来了他的声音："危老板，你在干球啥？"浓重的山东口音颇带幽默感，我赶紧开门迎接他。

这几个都是当过兵的老同志。剩下的几个年轻大学生，也各有特色。安鸿，一九九四年兰铁毕业的本科生，学桥梁专业。他一毕业就在工地，是从南昆线抽调回机关的。北方人，性格直，做工资管理工作非常严谨认真，可能是职业的熏陶，把他也变成了"刚"性的，工地有人想多拿"进洞"补助，都被他"卡"下来，我了解情况后给领导和同志们做解释，大家才理解他。我暗自钦佩：企业需要他这样的人！张志甫，石铁院隧道专业、与安鸿前后脚毕业，山西籍、北京长大。山西人的厚道、北京人的礼貌集于他一身，是当年跟我一起进劳资培训部的，他一见我总称"老哥"。工作"麻利脆"，我常用羡慕的口吻对他俩说："你们一个学桥梁、一个学隧道，做人力资源管理工作都很在行！"他俩都是一米八〇以上的大个，嗜烟，同一个办公室，有时候"抬抬杠"，但从不伤和气！后来从三公司调来了小张，山东人，精明能干，学公安的，反应快。我们一起去出差，他订票、办住宿、派车，安排井井有条，从不用我提醒。

最后说说我们部里唯一的一朵"花"叫仇冬华。估计她是冬天出生的。她也是石家庄铁道大学毕业的高才生，当过技校老师，算与我同行，也跨上六〇后，我们却是一头一尾。她为人谦虚，综合素质高，一向对我以"您"相称，我也很尊重她。她协调事情、处理问题非常得体、很注意细节，有涵养；她管编制、做技能鉴定，还要管部里的文件收发、会费收缴之类的杂事，一个人干好几个人的活，不论大事、小事，样样都干得好。更让我惊诧的是笔头功过硬，竟是部领导的"大秘书"，这是我后来主持部里工作时发现的。部里汇总上报的材料、党部长的年终述职报告都是她写，有高度、有深度，文字严谨，驾轻就熟，我几乎没有改过她的一个标点。从她身上，我感到女同志不可小觑。

有人说，职场如同竞技场，不争个你死我活决不罢休，即使暂时不论输赢也会明争暗斗，嫉妒、流言甚至诽谤者也不乏其数；有人说，有人的地方就会有矛盾，有矛盾就会有斗争，工作本身就是矛盾，领导和被领导就是矛盾的统一体，关键看你如何处理、如何看待。在劳培部工作的十几年，领导开明关爱，同事们真诚谦让，让我每天只是乐呵呵地工作着。

晚上的这场"散伙饭"，非同凡响。我叫小张拉了一箱北京"牛二"，点好菜，上酒时我叫服务员倒酒，没有一人推辞，就连平时从来不喝酒的仇科长，也没有丝毫推辞的意思。我特意邀请了刚刚退休的党部长，党部长虽不胜酒力，这时也没有二话。我是准备喝多的。等我三句开场白说完，大伙就尽情畅饮起来。十几年的感情，全都斟满在浓浓的酒中，酒过三巡，自由活动，大家轮番互敬，但总感意犹未尽。我们坐在西边临街的一个包间里，晚霞从窗户射进来，与天花板上的水晶灯融合，柔和而温馨，觥筹交错，酒气氤氲，每个人都心照不宣、都在无语中频频举杯，把惜别与真情全部斟满在酒中。我不知喝了多少杯，脸涨得通红，感觉有些云里雾里，后来打的回到家里。第二天我问小张一共喝了多少酒？他说一箱只剩了两瓶。啊！在我们这几个人的"酒史"中，算是创了"天量"，哈哈！

2016 年 7 月 12 日

小黄的园丁梦

　　一名普通工人，一无文凭，二无教学经验，却毛遂自荐要去局子弟中学当体育老师，不免令人费解。但事实竟出人意料，现在八年过去了，他已送走了八届初中毕业生，届届体育统考总成绩在北京市朝阳区九十多所中学中名列前五名；他独创的"体育情感教学法"在全区教研会上交流推广；撰写的教学论文有的被发表，并获北京市、铁道部论文评选一等奖；他曾多次被局评为"优秀教师""文明职工"和"优秀共产党员"。

　　如此能耐，何许人也？他是叫黄明权。铁道部第十六工程局子弟中学的体育教师。说起当教师确实是小黄梦中的职业，他曾在上初中时就立志将来要做一名中学教师。可高考落榜，入伍当兵，甚至在兵改工之后还干了整整四年的"清道夫"行当，命运却总使他与教师职业无缘。

　　一九八八年三月，局子弟中学短缺一名体育老师，局领导决定从机关工人中公开招聘择优选拔。小黄踊跃报名参加，他居然以最优异的成绩被评委们选中。一时人们议论纷纷："黄明权还能当老师？论学历他是'文革'时的高中生，论工作经历和才能……"家长们疑虑，学校领导担心，个别老师也在暗中嘲谑他。报到那天，校长找他谈话："小黄，当老师可不能误人子弟，何况这都是我们职工的子弟！"这时，他深深感到自己肩上担子不轻。但生性要强的小黄暗暗下了决心："我志愿当老师，当然要当一名合格的老师！"

从此，他白天上课，晚上编写教案。为备好每一节课，他刻苦钻研教材，常常熬到深夜，一个月下来身体消瘦了许多。为尽快掌握正确的教学方法，他骑车到附近的地方中学"拜师学艺"，长期拜当地一名有名气的体育教师为师，请他指导，看他作示范课。通过听、看、观摩，他很快熟悉了基本的教法。为系统掌握体育理论知识和教材教法，他购来了《心理学》《教育学》《运动学》《生理解剖学》等有关体育书籍认真阅读，边学边总结经验，由于他潜心钻研、博采众长，勇于创新，很快熟悉了教学业务，并逐渐形成了自己的教学特点。一九九三年他总结的"体育情感教学法"在全校教改中首先取得成功，北京市朝阳区体育教研室还特邀他去介绍经验，并在全区进行推广。几年来他撰写了大量的教学心得体会，许多经验在报刊上发表，其中"浅谈德育在体育教学中的渗透"一文被《铁道建筑教育》杂志刊用，分获北京市教育局、铁道部和总公司论文评选一等奖。业余时间，他刻苦自学大专课程，这一年，他还取得了中央党校函授大专毕业证书，并在当年被局正式聘任为一名中学体育教师。

功夫不负有心人，辛勤耕耘结硕果。当年的门外汉，如今成了内行人。看着黄老师取得的这些成绩，看着他送走了一批又一批的优秀学生，家长们总是满意地说："小黄教的体育真不错，我们放心！"

原载 1996 年 9 月 21 日《中国铁道建筑报》、

1996 年第 5 期《铁路基础教育》

甘奉爱心育桃李

已近不惑之年的禹建梅，是十六局子弟中学获铁道部表彰奖励的先进教师。她，一九七八年毕业于河南驻马店师范学院数学系，一九八四年兵改工后调局子弟中学，在局子弟中学执教十二个春秋，默默无闻辛勤耕耘，用勤劳、智慧和爱心谱写了一曲园丁之歌。

禹老师身材高挑，一双睿智的眼神透着几分亲和。她在子弟中学一直担任初一至初三的数学课并兼班主任工作。数学课抽象枯燥，一下难以引起学生的兴趣。而有着丰富教学经验和扎实理论功底的禹老师，从激发学生的学习兴趣入手，采用形象直观的教学手段，使学生在乐中求学，在趣味中获得新知。如，学生在初学几何课之前，先让练习各种拼图，做"有趣的七巧板"游戏。通过她长期培养，那些原对数学不太感兴趣的学生渐渐喜欢上了数学课，有一名小学时数学成绩一直不好的学生，上初中后特别喜欢禹老师的数学课，数学成绩跃居全班前三名，毕业考试以总分全班第一，考取了北京市重点高中。

注意学生的能力的培养，这也是禹建梅又一教学方法。她坚持利用每周两节活动课，开展"人人都来当老师"活动，锻炼学生主动获取知识的能力，还经常组织一些数学智力竞赛，学生数学能力普遍提高。一九九二年以来，在全国性数学智力竞赛中有一人被预选，有六人获北京市朝阳区中学生数学知识竞赛二等奖。

子弟学校与地方学校不同，学生家长都是机关干部职工，对孩子的期望值较高。不少家庭父亲长年蹲在工点，家里只靠母亲管教孩子，家教有些失衡。根据这些特点，禹建梅把握一条原则：就是尽量做到"一碗水端平"。无论家长职务高低，不论干部还是工人，对学生都是一视同仁，不搞偏爱。对父亲长年在工地，家教主要靠母亲的学生，经常深入家访，与家长沟通，积极配合家庭搞好思想教育。对学生严格要求，严中有爱，爱中有严，是禹老师从事班主任工作以来的一贯做法。有段时间，班里较乱，个别学生放学后专门拆卸自行车气门芯，搞"恶作剧"，少数学生星期天上街与地方小青年发生争吵打架。禹老师发现这些苗头后，及时找学生谈心，对这些学生，禹老师一无责怪，二无训斥，而是心平气和地促膝交谈，使学生心悦诚服。

一分耕耘一分收获。至今，禹建梅教过四届毕业班，每届中考成绩在北京市朝阳区九十多所中学中，排列前十名，其中数学单科成绩均排前六名。今年中考又创佳绩，全班四十三名毕业生，有十八人考取北京市、区重点高中，其中全国知名的北京四中、二中均考取了两人，升市区重点高中率达百分之四十一点八，创建校史上最好成绩。禹老师还多次被评为优秀班主任，受到学校和上级的奖励。

原载 1998 年 12 月 5 日《中国铁道建筑报》

感悟“匆匆”

　　燕子去了，有再来的时候；杨柳枯了，有再青的时候；桃花谢了，有再开的时候……八千多日子已经从我手中溜去；像针尖上一滴水滴在大海里，我的日子滴在时间的流里，没有声音，也没有影子……于是——洗手的时候，日子从水盆里过去；吃饭的时候，日子从饭碗里过去；默默时，便从凝然的双眼前过去。我觉察他去的匆匆了……

　　每每读到朱自清先生的这篇散文，内心总有一种说不出的酸楚、无奈与伤感。我也在心里默默地算着，在我的逝去的生命岁月中，有多少的日子白白的毫无意义滴在时间的流里，一去不复返，无声无息……人生无法复制，不要期盼来世，那是自欺欺人的；人生的轨迹很短，怎样在短暂来去之间定好每一个坐标点，画出美丽的抛物线呢？尽管年轻已经不再属于我，但我仍然可以思考，可以质疑……做时间的主人，不要荒废生命；做自己喜欢的、有意义的事情，不要被烦人琐事所羁绊，坚实地走好人生的每一步。正如奥斯特洛夫斯基所说："一个人的一生应当这样度过：当他回首往事的时候，他不会因为虚度年华而悔恨，也不会因为碌碌无为而羞耻；这样，在临死的时候，他能够说：'我的整个生命和全部精力，都已经献给世界上最壮丽的事业——为人类的解放而斗争。'"我说，为自己的"解放"而斗争，很狭隘，但很现实哦！最后，以《生命，生命》为题的自己曾写的一首小诗作为结束语吧：

生命如水，有时风平浪静，有时也惊涛骇浪；

生命像路，有时平坦笔直，有时也崎岖蜿蜒；

生命如雨，有时细密如丝，有时飘泼倾盆；

生命若茶，有时是淡淡的清香，有时是微微的苦涩；

生命如画，有时浓墨重彩，有时淡笔轻描；

生命似歌，有时轻吟浅唱，有时如黄钟大吕；

生命是酸甜苦辣的融合；

生命是赤橙黄绿的交替；

生命，因我的珍惜而显珍贵！

生命，因我的坚强而美丽！

2003年9月5日晨

找乐"同学会"

人生最美好的莫过于回忆。二十二年前，我有幸考入成都铁路师范学校，在这个美丽的南国蓉城，度过了两年半的中师学习生涯。

一晃二十多年过去了，南国的苍山碧水，校园的一草一木，无时不浮现在我的脑海中。同学之间、师生之间，朝夕相处的点点滴滴，留给我终生难忘的印象。现在回想起来，那情景、那感觉，是局外人无法领略、无法体验到的。假如有人问我：你一生中最难忘的经历是什么？我会毫不犹豫地说：是在成都铁路师范学校上学的那几年。正如我在诗中所述，"成年求学属不易"。那时，大部分同学都已参加工作，年龄参差不齐，经历也不大相同。有的参加工作多年，有的刚刚步入社会；有的已婚，有的正在恋爱。特别是像我已当了五年兵，又任了四年的小学教师，恰又男大当婚的年龄，但为了求学，却舍弃一切，来到一日三餐吃麻辣、夏季闷热难耐的四川读书，真是一件不易之事！在几年的学习生活中，与来自全国四面八方的同学真诚相处，大家互助、互学、互励，彼此结下了深厚的情谊。但岁月的流逝，时光的飞转，并没有消退对往事的记忆，时至今日，对母校、对老师、对同学的情怀却刻骨铭心，挥之不去。

四月的一天，我突然接到苏火荣同学的电话，他说想搞一次同学聚会，以纪念毕业二十周年。我也早有此意，当即欣然应允。放下火荣同学的电话，我在思考：在这个久别重逢的日子，我应该献给母校和同学们什么礼物？忽然有一个灵感：不妨作几首诗吧，温馨浪漫，又富有激情。我想仿杜甫《秋兴八首》作《蜀中八韵》，每首再以优美的书法配之，诗书并茂，不失为一种好的创意。方案已定，我整整花了一个多月的时间，苦思冥想，终于创作出饱含深情的八首古韵。炎热的夏天，我关在屋里，三天涂鸦出真隶行草不同风格的八幅书作，装裱、找人拍照，最后由中国妇女出版社印刷成册，还总算满意吧。

聚会那天，当我把自己的拙作赠送给大家时，同学们无不欣喜备至。大家捧着还散发着油墨清香的诗书册，边读边回忆起往日的情景，会餐、照相、郊游、唱歌、喝酒、打牌，"契阔谈宴，心念旧恩"，把对母校的怀念和师生之情一次次推向高潮。

同学重逢，喜不胜喜，相聚之乐，莫过同学聚会矣！

2009 年 7 月

附:《蜀中八韵》

一

八月八日天气清，同窗又作成都行。
且歌且舞庆欢聚，且饮且呼笑语盈。
青青碧草怀旧梦，深深故园恋别情。
二十春秋恍然度，夜夜期盼今始成。

二

忆昔三载苦用功，同窗朝暮深深情。
堂上课间释疑惑，月下花前吐心声。
韶华已逝虚诞尽，光阴抛落金果成。
回首可爱故园地，锦官自古文化城。

三

曾记寻芳东郊行，携来同侣踏春风。
南陇油菜飘香花，东舍芳草倚美人。
春芳春意有时尽，春江春梦何时醒。
围炉烹煮且为乐，篝火冉冉映天红。

四

金秋十月气高爽，新都公园桂花香。
粉蝶纷纷倚墙过，乳燕双双采撷忙。
群鸥翩翩渚江舞，同窗连连桂花赏。
每当一轮新月出，常忆故园情义长。

五

当年求学锦官城，日日芙蓉学子声。
武侯三绝品书道，草堂茅屋寻诗风。
青城幽境访古道，峨眉秀峰观佛影。
寒来暑往三载中，风雨不惑乃书生。

六

夏日荷花听雨声，点点芙蓉入梦中。

池头蛙声隐若现，树上知了断咽声。
秦岭北横寒不进，峨眉西耸风阻行。
南北夏日无差异，蜀都只是闷不同。

七

自古蜀道难上天，悲鸟号木少人烟。
秦岭仰望盈天际，蜀水极目邈山边。
欲求真知觅真谛，须越关山路重千。
别梦依稀故园事，回首西望常叹怜。

八

二十年来是与非，时光已逝不复回。
风流寄与年少事，轻狂化作烟雨随。
平日桑田勤耕耘，等闲光阴莫付水。
平生不图名与利，谱写华章终无悔。

懂得尊重

看到两则微信，给我一个很震惊的启示：要懂得尊重。

一则：有一位女士带着孩子去公司，孩子一直流鼻涕，她就拿出纸巾给他擦鼻涕。擦完鼻涕，她就随便把纸巾丢在干净的地上。这时在旁边打扫卫生的老人走过来，把纸巾捡起来放进了垃圾桶，什么也没说。女士又把一张纸丢在地上，老人还是静静地把它捡起来放进垃圾桶里。当女士再次把纸巾丢在地上时，老人依然没有说什么仍把它放进垃圾桶里。可这位女士瞥了老人一眼后对儿子说："如果你不努力学习的话，长大后找不到工作就像那个人一样，要干这种肮脏的活，被人瞧不起！"

老人这时候走过来，对女士说："这里是某某公司，只有公司员工才能进来，请问你是怎么进来的？"女士自豪地说："我是公司营销部的经理！"

老人听了，拿出手机拨了一个电话，随后便出来一位青年，老人说："我建议你重新考虑一下营销部经理的人选是否合适。"青年尊敬地回答："好的，我会慎重考虑您的建议。"

原来，那清洁工就是公司的总裁。

可能，很多人听说过这个故事，不知是否真实，但现实生活中类似的事例不少。他告诫我们不要戴着有色眼镜去看人，要尊重身边的每一个人。

还有一个例子，好像是发生在国外。有一个公司的科学家，他很尊重所有员工，就连门卫他每天下班都要行注目礼。有一天下班后，就在他出门的瞬间不小心掉进了一个很深的陷阱里，他拼命呼救都无人应答。第二天正当他已经疲惫至极之时，那个好心的门卫发现一天都没看见这位科学家了，颇觉蹊跷，便四处搜寻，当他来到陷阱边时听到里面发出微弱的呼救声时，便成功地把这位科学家救了出来。

　　你关心别人，别人同样也会关心你。世界虽大，却有狭路相逢之时。人总有遇到困难的时候，往往那个曾经被你关心过、帮助过的人在你落难时，很可能巧遇便能以恩报德，同样会向你伸出爱怜援助之手。佛家讲报应，这也是一种因果报应的关系。

　　君臣之间，更懂得尊重。《三国演义》里"千里走单骑"的关羽，在建安五年（公元200年）被曹操所俘，曹操对其礼遇甚厚，拜为偏将军，封为汉寿亭侯。但关羽身在曹营心在汉，"降汉不降曹"，并对曹操说："吾与刘备立誓生死与共，绝不能背叛于他。"曹操无可奈何，关羽得知刘备的消息后拜书告辞曹操，"过五关斩六将"，终于找到刘备。后来曹操"兵败华容道"，两人狭路相逢，曹操哀求关羽放行，关羽心念旧日恩情，义释曹操，"只为当初恩义重，放开金锁走蛟龙"，使曹操安然回到了江陵。只因为当年曹操礼待关羽，才会有后来的华容道"脱险"之事。生死之间，却系于尊重二字。

　　历史上周公因为有"握发吐哺"之德，求贤若渴之心，礼待贤才，所以才会有天下人才心向往之，从而才会实现"天下归心"之治。尊重是一种高尚的美德，是一个人内在修养的表现，只有你先尊重了他人，才能赢得他人的尊重。有些人只尊重领导，只尊重上司，而忽略了身边普通的人，尤其忽略了比自己地位低的人，比如门卫、保洁工，觉得和他们说话、打招呼有失自己的身份，这不是聪明和智慧之人。其实，人有职务高低之分，却没有贵贱之别；人有贫富之悬，却没有等级之差。人格都是平等的，不能分出三六九等，尊重每一个人，这是做人处世的基本原则。

2016 年 6 月

杨柳情

阳春三月，漫步京城，最撩动人心扉的便是街边、道路两旁、湖堤和小园中的杨柳了。如果你留意便会发现，昨天还是朦朦胧胧、欲发待发，一夜之间它便露出点点鹅黄，又在不经意中，梳出了一条一条小辫子，像姑娘纤细的秀发，像少妇妆后的新丝，垂下了万千的"绿丝绦"。它们亭亭玉立、婀娜多姿，时时在春风中舞动着，报着春的气息。

昨天晨练，一出家门，抬头四顾，但见东边一隅、朱楼小院中，毗邻着深墙的一排杨柳在微风中抖动着，梢头摇曳着几缕淡绿，在红墙的映衬下格外分明。红墙、绿柳、疏篱，相互掩映，像是在春风中欢娱、窃语。临近的一棵像要与我对话似的，我真想伸手去抚摸它们，但隔着一座高墙，无法企及，那种莫名的亲切和惬意像一泓清泉从心底流出。爽朗的心情一下子使晨练的脚步变得格外轻快起来。

我沿着奥林匹克大道一路慢跑，在一片杨柳与草丛交织的宽阔的平地上驻足了：粗壮的杨柳树，参差不齐，兀立丛中，它们的脚下全部用青石围砌，四周夹杂着各种灌木草丛。一眼望去，杨柳吐出的新绿，或浓或淡，或密或疏，错落有致。微风吹来，它们恣情顾盼，轻舞蛮腰，飘然若仙。瞬间，我想起了北京中山公园"来今雨轩"东边的那排杨柳，那年我去中山公园踏青，无意中被那几棵高大杨柳树所吸引，它们至今还深深印在我的脑海里：那红墙碧瓦中，苍劲的躯干直刺云霄，垂下的柳丝却别有韵味，恰似江南朦胧的细雨。从枝干中垂落的疏枝如闺秀的鬓发，斜阳下飘逸的柳梢与蓝天白云相接，更让你遐想联翩。

眼前的这片杨柳，与我在中山公园看到的极为相似，让我想起了当年参观"来今雨轩"的感觉；又让我联想到新疆戈壁上的胡杨树……置身在这片杨柳群，令我痴迷，令我陶醉。

再往前走，就是小区临街的大道了，街道两旁的杨柳，树干比小园中的略显粗壮，它们抽出的嫩叶像雾状般射向天空，垂柳依依，轻拂着路上的行人。晨曦中，一缕淡淡的光芒穿过树梢，照在地上，那朦胧、斑驳的影子，顿时与都市的繁华喧闹交织在一起，融入了我内心所期望的那种宁静与恬淡。

"最是一年春好处，绝胜烟柳满皇都"，初春的杨柳，是京城绝胜的风景。我喜欢北京，更喜欢北京春天的杨柳。

2010 年

叩击心扉的钟声

——参观国博《复兴之路》大型展览

五月的京华，夏风习习，鸟语花香。连日来，国家博物馆的大门口一大早就排起"长龙"，每天有数万名观众络绎不绝地来到博物馆前观看为庆祝建党九十周年而举办的《复兴之路》大型展览。十一日上午，笔者应中国铁道建筑报社政文部梅梓祥主任之邀，也来到国家博物馆，观看了这次展览。整个展览分五个部分：从一八四〇年鸦片战争开始，中国逐渐沦为半殖民地半封建社会，到中华人民共和国的诞生和改革开放的崛起，全部运用声光电等现代手段，以及大量的图片和实物等资料，回顾了中华民族百年来的辛酸史、血泪史和苦难史，以及觉醒、抗争和复兴的史实。

一百多年来中华民族所走过的沧桑岁月，像警世的钟声，叩击着我的心扉，特别是鸦片战争以后的半个多世纪里，中华民族饱受外来列强的侵辱，加之清政府的妥协软弱，使得中国这艘在大海中航行了千年的巨轮几乎沉沦甚至覆没，这罪恶之源究竟在哪里？它对于我们要记取的教训和得到的启示又是什么？

启示之一　落后便要挨打

翻开中国的历史，远溯秦汉近至明清，在中国历史上曾有过像"文景之治""贞观之治""开元盛世""康乾盛世"之辉煌。泱泱大国，浩浩几千年，曾几何时，中华民族在历史发展的长河中，无论在政治、经济、文化还是其他诸多领域，都超越了自我，领先于世界，有着令国人骄傲和自豪的璀璨文化和历史。特别是在盛唐时期，无论是疆域的治理，还是行政的管辖，无论是农业生产，还是手工业和商业，都达到了鼎盛时期。仅文化而言，宋代大文豪苏东坡在评中国的诗文书画时说，中国"诗至杜子美、文至韩退之、书至颜鲁公，古今之变，天下事毕矣"。中国的文化在唐朝的确达到一个巅峰，后人很少能够超越。但到十七世纪中叶，随着资本主义工业革命的兴起，英、法资产阶级的兴起和资本主义国家的逐渐强盛，他们把经济掠夺的魔爪伸向中国，特别是一八四〇年鸦片战争以后，法国、日本相继发动了中法战争、中日甲午战争，以及一九〇〇年八国联军入侵中国，先后有英、法、德、日、俄、意、奥、比等国家入侵中国，从一八四二年签订的第一个不平等的条约《南京条约》开始，到一九〇九年九月，中国被迫签订了四十四个不平等条约，光赔偿的白银就达十三亿两，相当于晚清一般年财政收入的八千万的十六倍；割让中国领土一百六十万平方公里。中国主权沦丧，商权、矿权遭到破坏，中国的铁路到一九一一年被帝国主义列强控制了总长度的93.1%。他们还进行文化掠夺。日本侵占台湾，设立了"公学校"，对儿童进行奴化教育，企图泯灭中国人民的民族意识。鸦片战争把中华民族推向了苦难的深渊，中国人民简直是在黑暗中挣扎和煎熬。正如康有为在《三月十七日保国会上演讲令辞》中讲道："吾中国四万万人，无贵无贱，当今在覆屋之下，漏舟之中，薪火之上，如笼中之鸟，釜底之鱼，牢中之囚，为奴隶，为犬羊，听人驱使，听人割宰，此四千年二十朝未有之奇变。"

从鸦片战争到辛亥革命的五十多年间，中国为什么会出现"二十朝未有之奇变"，主权沦丧、民族危亡、人民苦难呢？主要是中国自给自足的经济、手工业以家庭作坊为主、清政府闭关自守的政策，而资本主义国家仗恃强大的实力和拥有的"洋枪利炮"，就连中国的北洋水师，也被他们不费吹灰之力就绞覆了。中国一百多年的屈辱历史告诉我们一个真理：落后就会挨打。这是我们中华民族须永远记住的教训。

启示之二　没有共产党就没有新中国

辛亥革命失败后，许多仁人志士寻求救国救民的真理，中国大地一时出现了众多思想体系和学说流派：以孙中山为代表的三民主义、康有为的复古主义，詹天佑、李四光为代表的科学救国思想，还有以陈独秀、李大钊为代表的马克思主义。在这些众多进步团体当中，唯有以陈独秀、李大钊为代表的马克思主义思想组织是最科学、最先进的。直到一九二一年七月二十三日，中国共产党第一次全国代表大会在上海召开，标志着中国共产党正式诞生。正如毛泽东同志所说："自从有了中国共产党，中国的面貌就焕然一新。"中国共产党坚持辩证唯物主义和历史唯物主义观，以人民大众的利益为己任，以实现共产主义为最高纲领。这种远见卓识是其他任何组织和政党都不能比拟的。在第一次国内革命战争时期和土地革命战争时期，以毛泽东为代表的中国共产党人，坚持把马克思主义的普遍原理同中国革命的具体实践相结合，积极开展反帝反封建运动，提出"走以农村包围城市，武装夺取政权的道路"，在极其艰难困苦的情况下，打破了敌人的"五次反围剿"，"星星之火，可以燎原"，红军胜利完成举世闻名的二万五千里长征。抗日战争爆发后，在民族矛盾十分突出的危急关头，中国共产党提出国共合作，一致对外，军事上"诱敌深入"，积极开展敌后游击战，在敌后战场歼灭日寇 52.7 万、正面战场 85.9 万，抗日战争共歼灭日寇 155.8 万，沉重打击日本的嚣张气焰，取得了抗战的伟大胜利。解放战争中，中国共产党争取和平民主的积极斗争，领导全国人民以革命战争反对反革命战争，推翻了国民党反动派的统治，推翻了压在中国人民头上的三座大山。一九四九年十月一日，毛泽东在天安门城楼上向全世界庄严宣告："中华人民共和国成立了！"这宏伟的声音响彻云霄，传遍四海。历史充分证明：没有共产党，就没有新中国，只有中国共产党才能够救中国。

启示之三　中国的根本出路在于改革开放

中华人民共和国建立以后，中国共产党边医治战争创伤边建立了社会主义制度，在完成社会主义改造后，着手进行大规模的经济建设。这为我国后来的发展，无论从思想上、理论上，还是从经济上都奠定了最坚实的基础。一九七八年十二月党的十一届三中全会召开以后，党把工作的重心转移到经济建设上来，确立改革开放政策，打破原有的封闭模式，对外开放十四个沿海港口城市，农村实行"联产承包责任制"，城市也进行了经济体制改革，采取了一系列的改革举措，经济建设才走上了正规的快速的发展道路。特别是邓小平同志南巡讲话以后，改革的步子更快了一些、胆子更大了一些。改革春雨润华夏，催开和谐盛世景。三十年过去了，中国面貌发生了历史性的变化，我国的经济实力、综合国力、人民生活水平都上了一个新台阶，一个经济贫穷落后的中国，迅速崛起在世界的东方。首先经济的高速增长。最近三十年，中国的 GDP 以每年接近于 10% 的速度增长，在世界历史上是没有先例的。国内生产总值从一九七八年的 2100 多亿美元增长到二〇〇九年的 49379.8 亿美元，国生产总值占全球比重由一九七八年的 1% 到二〇一〇年的 5% 以上，已经发展成为世界第四经济体，进出口货物总额从一九七八年 206 亿美元，到二〇一〇年达到 2.9728 万亿美元，增长了一百四十四倍，跃居世界前三，中国消费品的零售总额二〇〇九年达到 12.53 万亿美元，在三十年前是几乎不可想象的。其次，人民生活水平得到普遍提高。改革开放之前，中国人民的基本生活，如衣食住行，有二十年基本没有提高，改革开放三十年时间里，中国城镇居民的可支配收入和农村居民的纯收入增长 6.7 倍以上，人民过上了殷实的生活。

经过改革开放三十年的洗礼，中国共产党的凝聚力、向心力也进一步增强。如，一九九八年特大洪灾、"5·12"四川汶川地震、甘肃泥石流等，在大灾大难面前，中国人民心连心、肩并肩，在党中央、国务院的坚强领导下，万众一心、自强不息、不屈不挠、顽强拼搏的抗震救灾精神和"一方有难，八方支援"无私的大爱情怀，得到了充分展现。其次，政治建设、文化建设、社会建设等领域也取得了举世瞩目的成就。

没有改革开放，就没有中国今天的世界地位，就没有我们今天急剧攀升的幸福指数。实践证明，中国不搞改革开放，就不会有出路。

原载 2011 年 11 月 29 日《中国铁道建筑报》

第一次去延安

我除了新疆、西藏、青海和台湾之外，可以说足迹踏遍了祖国各地，而革命圣地延安，与我的家乡吕梁仅一河之隔，却未曾"谋面"。从我们县城西行十多公里，跨过两省交界的黄河大桥，便是陕西榆林的吴堡县，自古流传"米脂的婆姨绥德的汉"，过吴堡，经绥德、清涧、延川县便到了延安市，我家距延安市总共不过二三百里。

早晨八点半出发，十一点多到达延川地界。这时，同行的几个朋友已饥肠辘辘，提出要吃午饭。我和司机建议到延川县城吃：一是县城饭馆相对干净些，二是顺便看看县城的景色。半小时后到达了延川县城，我们随便找了临街一家餐馆，吃完正欲起身赶路，一向客随主便的我下意识多了一嘴："请问老板，去延安方向怎么走？"这是一家夫妻店，男子是位粗大的汉子，脖子上还搭着一条擦汗的毛巾，一边擦着汗一边操着内蒙古、陕西混合的口音："前面有一个古镇，旁边就是梁家河，必经之路！你们还不去看看习总书记插队的地方？"不知道是老天有意安排，还是我们有福气，如果不是我多问了一句，顺道就可以参观的梁家河就会与我们失之交臂，那将是多么的遗憾啊！

我们赶紧赶往梁家河。二十多分钟来到了饭店老板所说的古镇，掩映在大山下的古镇，俨然一副古香古色的样子，但从房屋的结构和材料的新旧程度来看，显然是从旧址上修缮而成的。穿过古灰色的牌楼大门，沿着青砖小路拾级而上，只见蓝天下一块巨壁上赫然写着北京一万多名曾在延川插队的知青的名字，红色字体，密密麻麻。我拖着略感疲惫的身体，站在院子的一角抬头仰望，"习近平"三个字忽然映入眼帘。我差点惊叫起来，心里感到十分奇怪，竟然与习主席这么有缘！如果我挨个儿去看，没有几个小时是看不完的，而且字迹又小，即使看过去也不一定能辨认得出来。

看完古镇我们直奔梁家河，到了梁家河已是下午两点。烈日仍高悬在头顶，偶有山风吹来也挡不住那灼热的炙烤。山坡上青青的蒿草稀疏不均，浓淡相间的丛林随凹凸起伏的丘壑荡漾着。我们乘坐的电瓶车穿梭在山谷间的小道上，心情也随之跌宕起伏：习总书记啊，你当年能在这样的山旮旯里劳动生活，真是太不容易！就连我这个土生土长的黄土高原人也感到这里环境如此的偏僻，生活十分艰苦。大约十来分钟，电瓶车司机把我们拉到一排窑洞前，下坡走进小院，左边有一口水井，讲解员介绍说这是习总书记当年插队时带领知青们为当地老百姓打的，我轻轻打开水龙头，嚓一口在嘴里，一股凉爽和亲切感骤然袭上心头：习主席啊，您真了不起！当年从大都市来到陕北农村，年轻的心却沉甸甸的，一来就挂记着老百姓的困难，专门为他们打了一口水井。吃水不忘挖井人，如今这里的老百姓世世代代也忘不了您啊！

我在习主席住过的窑洞里，还发现陈列着一台上世纪七八十年代老式磨面机，这是习近平用当年县里奖给他的一台拖拉机换来的。我还一一观看了他当年为群众修建的沼气池等。

从梁家河这块贫瘠的土地走出来，我的内心涌动着：当年一个二十多岁的小伙子、一个小小的梁家河的村支书，能尽己所能为百姓办几件实事、好事，难能可贵。这几件事虽说不起眼，但看得出一个人的胸怀有多么的宽广！习总书记年轻时就有这样安邦抚民的大志，他无愧于中国共产党的总书记、十三亿中国人民的领袖啊！

下午五点到了延安市。刚到延安革命纪念馆门口，一场瓢泼大雨倾泻而下，猛烈的冰雹噼里啪啦砸在车窗上，我担心会砸碎挡风玻璃！延安，就是考验人啊！一来就给人一个"下马威"！猛烈的暴风雨几乎阻挡我们的视线，我们无法前行，只好把车停靠在路边的树林中暂时躲避。

雨停时已快五点半了，纪念馆六点要关门，我们只能走马观花地看一遍，本来足足需要三四个小时才能看完的展厅，在管理员的不耐烦和不断地催促下，我们用了不到一小时的时间就草草看完了，真让我感到有些遗憾和惋惜！以后有机会我还要专门来一趟。

第二天一早，我们登上了盼望已久的宝塔山，这时曙光初照，延河吐雾，山峦叠翠。始建于唐宋年间的九层宝塔，巍然耸立在半山腰上，当年北宋大文学家、政治家范仲淹成边时修建的烽火台与巍然的宝塔遥相呼应，更加映衬了宝塔的雄壮和透逸。站在烽火台上，透过葱茏的山色遥望宝塔，让我感慨万端：当年无数的中华儿女和热血青年投奔延安，就是冲着眼前的这座宝塔山来的啊！这，就是他们曾经日夜思念的地方，这，就是他们无限憧憬和向往的理想之地！曾有多少英雄为此前赴后继，曾经有多少仁人志士为此赴汤蹈火！啊，正是因为延安的宝塔，激励和鼓舞着一代又一代的青年！使它成为二十世纪一代人的呼唤和追忆。正如诗人贺敬之在《回延安》中写道：

几回回梦里回延安，

双手搂定宝塔山。

千声万声呼唤你，

——母亲延安就在这里！

　　眼前的宝塔，令人肃然起敬！宝塔啊，你是革命的象征，你是中国共产党人的象征！你是黎明前的曙光！你不愧是一座神圣的宝塔！当年国民党的飞机不知发动过多少次狂轰滥炸、多少次疯狂袭击，可宝塔山却完好无损。据说蒋介石当年来过延安一次，看到宝塔山和毗邻的凤凰山及三山夹一河的延河水，曾不屑一顾：如此弹丸之地，共产党在这里能闹出个什么名堂！可小河沟里还是翻了大船，毛泽东的睿智和伟大正缘于此，恰巧利用这样易守难攻的地理环境保存了队伍，在西北乾卦之位圆了主宰乾坤、解放全中国的梦想。

　　位于宝塔山西边的清凉山，红楼古刹、金碧辉煌。闻名的万佛洞开凿于隋代，万尊石窟规模宏大，倚山势而凿，窟内石柱、四壁的雕刻巧夺天工、形态各异。范仲淹《清凉漫兴》赞曰："凿山成石宇，馋佛一万尊。人世亦稀有，神功岂无存。"清凉山也是革命圣地延安的象征之一，陈毅在《咏"七大"开幕》中云："百年积弱叹华厦，八载干戈仗延安。试问九州谁做主，万众瞩目清凉山。"清凉山有气魄，可陈老总的诗更有气魄，"万众瞩目清凉山"这几个镌刻在摩崖上的红色大字大放异彩，似涌动的百万雄兵，与滚滚延河水一起澎湃汹涌，让人遥想当年红军在延安的壮举！据说，延安时期党中央各大报刊的印刷厂就建在清凉山脚下。

　　下午，我们来到著名的杨家岭，杨家岭是中共中央领导在一九三八年十一月至一九四七年三月期间的住处。在会址后面的小山坡上，散落着一排窑洞，那是毛泽东、朱德、周恩来、刘少奇等领导同志们当年的住所。毛泽东曾在这里指挥过轰轰烈烈的大生产运动、整风运动。一位老乡在窑洞里面扭起陕北秧歌，边扭边唱《山丹丹花开红艳艳》，我情不自禁加盟其中，也唱了起来：

一道道的那个山来哟
一道道水
……

我用吕梁普通话和陕北的兄弟合唱，感觉味道完全一样，那种默契和愉悦，我还是头一回！这让我更加亲近了延安。

2015 年 6 月

哦，苍茫云台山

初秋的一天，晨风带着凉意。我有幸来到位于河南省修武县境内的云台山，站在山脚下翘首仰望，巍峨的山峰摩及苍穹，从东北向西南次第延伸，宛如一座雄狮横卧在蓝天下。那雄伟的气魄、苍茫的山色，令我吃惊，与我意想中的云台山真有些相似！

我们乘坐的游览车拾阶而上，盘旋了好几个来回，来到一个云雾朦胧、层峦叠嶂的峰谷口停了下来，导游给我们介绍说：下面就是云台山最著名的景点——红石峡。

绕过灌木丛生的小道，一座酷似天然的浮桥横跨在两座突兀的山腹之间，站在小桥上俯视，一条沟壑纵深、两岸悬崖陡峭、壁立千峰、谷底溪流淙淙的幽谷神潭，深深嵌入山涧。我抓住桥中间的栏杆往下一望，两腿直打哆嗦，虽是距离谷底尚有几十丈，但谷底水流的声音传到桥上还是十分清晰，下面的游人好似散落在飞花溅玉之中。

游人只能沿着栈道下去。弯曲的栈道似飘逸在山腹里的腰带，又似在铁锈色的山壁上勾勒出的美丽"缝隙"。我随着人群在"缝隙"中缓慢前行。头顶石壁、石墙，下窥万丈深渊，让人格外小心翼翼。近在咫尺的石壁、石顶，以至俯仰之间看到的整个山峦，全是由层层叠叠的细石片组成，真是千姿百态。据说，这是十几亿年以前形成的丹霞地貌，整个峡谷，由红岩绝壁构成，属于我国北方地区少有的丹霞地貌峡谷景观，崖壁通体为赤红色，故称"红石峡"。

蹒跚于苍崖赤壁中的栈道上，心态也自然被悬浮在一种自然、缥缈的境界中。面对大自然的鬼斧神工，我们感叹造物主的神奇，也感到人类自身的渺小。我一边小心地观景，一边随着人流蠕动，还不时伸出好奇的手，去触摸一下这封存了数亿万年的"生命"，那种虔诚感不亚于在古寺中拜佛。忽然，在栈道通往谷底交界的一个绝壁处，刻着一首醒目的诗：

> 无限青山行欲尽，山光潭影空人心。
> 清溪抚弦琴声古，丹崖龙池岁月深。

溪流、泉瀑马上到了，曲径通幽，柳暗花明。走出险峻的栈道，眼前瀑流、溪水呈现一片，我的心情也变得格外的放松。特别是看到"潭影空人心"几个字，就想到唐代诗人常建的那首"山光悦鸟性，潭影空人心"的诗句，多么摄人心魂，未入仙境，人已先醉。我们缓步下了栈道，来到"九龙峡谷"。

在这个幽深的大峡谷里，分布着"首龙、黑龙、青龙、黄龙、卧龙、眠龙、醒龙、子龙、游龙"九个龙潭。相传红石峡在古代为九龙栖息之地，所以又称"九龙峡谷"。九处龙潭，构成峡谷内奇异景观。走进黑龙洞，洞内伸手不见五指，仅靠一点亮光探路；黄龙潭则清澈见底，行人的倒影在湛蓝水面上荡漾着，这时有几个调皮的孩童扑打着溪水，水珠溅在我的脸上、身上，顿时感到一丝爽意；走出黄龙潭，只见一股银白色的水帘从谷顶倾泻而下，潇洒飘逸，那飞瀑之声如急雨、似裂帛，瀑布与涌泉迸出，如一块硕大精美的水体雕塑、天然壁画，煞是美丽，这就是久闻大名的黄龙瀑；苍龙涧位于山势巍峨的深涧中，它姿态奇妙，变化万端，博得了众多游人的驻足观赏。

九龙峡谷除了九龙奇潭外，更为奇绝的是在红石峡谷口南端，有一个称为"一线天"的狭窄谷口，瀑流从落差五十多米高的断崖绝壁上倾泻而下，宛如白龙从天而降，传说古代有白龙在此居住，所以被称为白龙瀑布。白龙瀑布日夜奔流不息地流入白龙潭，可潭水却不见增长，也不见外流。原来潭下有一巨大暗河，大量的水由此处潜流而去，它的出口在焦作市修武县五里源乡的海蟾宫。据郦道元《水经注》记载，温盘峪（即红石峡）河水："潜流三十里复出"，故有"云台山第一大峡谷"的美誉。婀娜多姿的飞瀑，翠绿如玉的碧潭，妙不可言的幽泉，构成了红石峡大气磅礴的山水立体画卷。红石峡集幽、雄、险于一身，泉、瀑、溪、潭于一谷，素有中国北方"盆景峡谷"之称。

云台山满山覆盖的原始森林，深邃幽静的沟谷溪潭，千姿百态的飞瀑流泉，如诗如画的奇峰异石，真让人荡心涤肺，如浴甘霖，让我们顿消了往日在都市中的喧嚣，在沉静和幽静中静享一份安宁。云台山除了美不胜收的自然景观，还有汉献帝的避暑台和陵墓，魏晋"竹林七贤"的隐居地，唐代药王孙思邈的采药炼丹遗迹，唐代诗佛王维"每逢佳节倍思亲"千古绝唱的茱萸峰，以及众多文人墨客的碑刻、文物，成为云台山深蕴的文化内涵。

两天的游览行程即将结束，在离公园出口最近的子房湖边集合时，我凝望四周：只见云台山群峰参差，或玉柱擎天、或金笋独立、高耸入云；山峰在云雾中出没，云雾在山峰间缭绕；山在雾中，雾在山中；云腾山浮，云台叠现，如临仙境，难怪人称"云台山"。

哦，美哉云台山！哦，苍茫云台山！

2014 年 10 月 26 日

东北秋色

　　我曾在冬天去哈尔滨观赏过玲珑剔透、光艳照人的"冰灯"，也曾在盛夏领略过"太阳岛"的清爽迷人。似乎东北就是"冬"的象征、"雪"的世界，令人迷恋和神往。然而，当我金秋时节再踏上东北的土地时，所到之处，目之所及的是那一望无际的森林和茂密的草丛，在秋日的照耀和秋风的洗礼下，变得金黄、赤橙、淡绿、深红，充满了成熟、希望和自信。如果说，东北的冬天是美丽的，那么，我要说东北的秋天别有一番景致。

　　国庆长假我随旅行团去长白山旅游。短暂四天的时间观赏了吉哈交界处著名的镜泊湖景区和号称"关东第一山"的长白山天池仙景。无论是镜泊湖还是长白山一带，最为壮观的要数那漫山遍野多姿多彩的森林：屹立在路旁的白杨、高耸在山岭的松柏和斜阳下的白桦树……参差错落、避让存生，它们变化着色彩，舞动着窈姿，竭尽展示"北国"的风情魅力，召唤远方客人的到来。

　　我从长春下了飞机，冒着蒙蒙细雨，驱车赶往延边州的敦化市住宿。车子在公路上疾驰，临窗远眺，只见低矮的山岭与起伏的平原相连，弯曲的道路与寂静的农田依偎，红顶白墙的瓦房与蓝天白云相映。远处的高山下，暮霭卷着野岫，半明半昧；一丛飞鸟从田野的电线上空掠过，惊呆了路人，打破山村的宁静。简直是一幅经典的《山居秋暝图》，旷世而幽古。

车子在公路上飞驰，两边的风景像西洋镜一样翻动着。忽然，靠近公路的一片树林，连树叶都看得十分清晰，有的碧绿、有的由碧绿变为淡绿、有的浅黄、有的半黄半红、有的橙黄、有的遍身通红，它们随山峦的起伏而呈阶梯递进式的展现在我们眼前，分明而又壮观。从丛林的色彩变化中，陡然给我传递出这样一个信号：这就是秋啊！秋，意味着渐渐地成熟；秋，意味着丰收在望的期盼！

秋，在这里是如此的分明而又富有节奏，而我在北京却没有这种感觉！

第三天，我们从长白山返回时，天气晴朗，艳阳高照。延边州一带一道道河谷、一座座山岭，像水彩染过的一样，五颜六色、一片连成一片，有的延伸到公路两旁，连地上也铺满了黄的、红的落叶，整个山岭、旷野简直变成了彩色的海洋。随着车辆的前进似乎感觉它们在流动，真让人目不暇接，眼花缭乱，延边州一带简直是一个缤纷世界，舞动的长龙。到了红叶谷，满眼飘来的是红红的枫叶、赤红的柞叶，它们红的似火、碧的如玉，一丛丛、一队队，遍布山岭河谷，夕照枫林，停车坐爱，此时，我才真切地感受到"霜叶红于二月花"的含意。

东北的秋天色彩明丽，清澈舒朗，似乎没有冷寂和肃杀之感。在长白山脚下，我还发现一片岳桦林。它们佝偻的躯干露出斑驳的树皮、稀疏的枝叶，向前倾斜的生长着，据说这种树的特点是向风吹的方向生长，层层叠叠，遍布山谷。在树林的东北处，有一飞瀑倾泻而下，涛声轰鸣，不绝于耳。漫步林中，忽觉一种清爽澄明之感，虽是夕阳西下，却有如皓月当空，仰望岳桦林，像粉妆玉砌一般，正像张若虚《春江花月夜》

中所描绘的："月照华林皆似霰，空里流霜不觉飞，汀上白沙看不见，江天一色无纤尘……"是那样的澄明，那样的虚渺，简直像仙境一般。

东北的秋天也格外的潇洒。东北的松树，挺拔而高耸，枝叶没有繁杂，亭亭如华盖。难怪东北的大姑娘长得俏、小伙子是那么的潇洒，他们都有着青春的昂扬，也有着成熟的洒脱，就像那挺拔的松树，坚强而又舒展，真是一方水土养一方人，从东北的松树似乎看出东北人的性格！到了二道河镇，导游说这里的"美人松"很出名，据说有二百多年的历史，是欧式树种的变种，我即兴占得一首《美人松》：

> 翠针脉脉玉含情，
> 青黛舞动似流云。
> 婷婷躯干入九重，
> 千松竞秀此独尊。

东北的秋天，是诗人的世界，是艺术家的天堂。东北的秋天五颜六色，色彩斑斓，足以使那些摄影师们不停地按下快门，捕捉那瞬间的永恒；水彩师们忘情的勾勒和大胆的写意，增添灵性和发挥想象的空间；诗人们面对朗日晴空即兴抒怀，便有"晴空一鹤排云上，便引诗情到碧霄"的灵感。因此，我要说，东北的秋天除了美丽，还有浪漫。秋天的故乡在东北！

原载 2010 年 10 月 30 日《中国铁道建筑报》

北疆随笔

　　我儿时印象中的新疆，是茫茫的戈壁滩、无垠的沙漠、厚厚的雪山、辽阔的草原，以及那数不尽的牧羊人和成群的羊群。然而，当我目睹和亲身感受了北疆的风情以后，我很惊诧：新疆，古朴得就像披着面纱的少女，神秘而又动人；又像一坛封存了多年的老酒，香醇扑鼻，却又让你舍不得揭开它的盖子。

　　今年八月中旬，我随旅行社从乌鲁木齐出发，向北穿行八百多公里，途经克拉玛依大油田、沙漠之城魔鬼城、布尔津市才达到了最西北端的喀纳斯湖，其中穿越了天山和阿尔泰山山脉。

　　天山顶上白雪皑皑，山中却苍茫翠绿，而山下一会儿摊铺着一张巨大的沙毯，一会儿又川流着一股清泉，新疆的山是那样的苍雄、拙朴和神秘。在去布尔津途中看到的天山山脉就像横亘在茫茫草原上的巨象，又如一头铁色雄狮沉卧于天陲。蜿蜒在西北的天山余脉更像一条镇守于西天的苍龙，有神圣而不可侵犯之意。当车行驶到北边的山脚下时，感到天山是那样的神秘，只见呈灰褐色的山体上附生着斑驳的草丛和零星的灌木，山上也看不见任何鸟类和其他野兽的踪迹，只有低垂的云幕与静静的山峦亲吻，让你既想接近它而又不敢轻易接近，既想穿越它又不敢真正穿越，这里似乎还有人类远祖的遗迹，人类的掠杀声似乎还没有惊动这片寂静的天国，这里似乎是神仙的居所，是人类与天神对话的地方！空气也显得格外的静谧，充满了原始的气息，人们不敢大声言语，更不敢妄语，生怕惊动和冒犯了那山上的神灵。

到了天山的天池，看到的天山又是那样的雄浑、壮观、逶迤，扶摇蓝天，巍然挺拔。清代有位诗人游天池时曾云："千尺乔松万仞山，连云攒簇乱峰间。"把天山的山之险、松之翠、云之蔚，勾画尽致，并勒石于天池林中。新疆山之奇、山之美的独特之处还在于它有着美丽的雪峰。在天池、在吐鲁番，随处可见云之端、峰之巅的那白雪皑皑、银装素裹的丽景，难怪唐代诗人岑参在《白雪歌送武判官归京》中这样描写："纷纷暮雪下辕门，风掣红旗冻不翻，轮台东门送君去，去时雪满天山路……"当你路及轮台仰望天山，凝神远眺骄阳下辉映的雪山时，昔日古西域战场上那战马的嘶吼声、那刀光剑影的拼杀声似乎回荡耳际，撩人心碎。给神秘而美丽的天山又增加几多的悲壮，几多的豪迈！

天山的水是多么的富有诗意！新疆虽然缺水，但有水的地方显得是那样的奇美。在布尔津市以南很少看到水源，到了布尔津境内，忽然从树林间、草丛中溢出清澈的溪流，让人眼前一亮，似乎感到生命的存在。溪流随着田野、村庄缓缓西流，时而浅、时而深、时而没了影踪，凡是树木茂盛之处，就是证明有水流通过。当汇聚到"五彩滩"时，水面也变得宽阔起来，东南岸边婆娑的杨柳倒映在水中，北边沙滩变幻成黄、浅黄、浅红、赤红、红黄相间颜色，荡漾的碧溪由东向西流入额尔齐斯河，这是我们沿途看到的第一条河流。

到了喀纳斯湖，看到湖水，"五彩滩"跟它比那简直是"小巫见大巫"了，喀纳斯湖源于雪山融水，全长二十四公里，水宽百余米，最深处达一百多米，是我国唯一注入北冰洋的水系，据说形成已有二十多万年的历史。江面宽绰，江水碧透，波光粼粼，两岸原始森林密布，映日白雪，凌舟泛浪，瑟风吹面，极似漫游人间"天河"，顿有飘然欲仙、疑入世外桃源之感。难怪人们说不到喀纳斯湖，就等于没去新疆，喀纳斯湖可以说是一个放大的"九寨沟"，它比九寨沟更原始、更天然、更恢宏。

如果说喀纳斯湖是新疆的人间"天河"，而天山的天池就好比是天河上的一颗"明珠"。在乌鲁木齐市北约一百多公里的众山群峰、层峦叠嶂中，弥生出一条彩练，"彩练"顺石飞泻，落溅而成两个碧潭，一大一小，湖水清澈，晶莹如玉。据说穆天子曾与西王母在此欢筵对歌，因此素有"瑶池"之称。敝人吟咏一首赞《天池》：

千仞势拔掩云台，
一乍春池碧霄来。
波光映雪添异彩，
醉煞游人仙境徘。

新疆的森林也是很有特色。新疆的西伯利亚落叶松、云杉、白桦树、杨树和胡杨树，既具本土特色又富有欧式风情。在喀纳斯湖上游生长着大片西伯利亚落叶松，高大的树干、疏旷的枝蔓错落有致，窈窕的叶须在风中舞动，有些似松非松的味道。我问导游这是什么树？导游告诉我是西伯利亚落叶松。此时在我的心头掠过一丝惊异：树种的适应能力是何等的顽强啊，再寒冷的地带也有适应其生存的植被，人类啊，远不如这些植物！在神仙湾的北岸、在去白哈巴的途中，看到了成片的白桦林，当日光的利剑穿过白桦林，照在高高的树梢上，整个白桦林就像洁白的海洋，就像粉妆玉砌的世界一般。微风吹来，泛着粼光的树叶发出哗哗的声响，好像感到青春在萌动，感到火焰一般的激情在燃烧！岁月如歌，生命的年轮就是在激情中消逝！还有那美丽的云杉，挺拔的身躯，高大树干，以及垂落在空中的衫叶，像排列整齐的屏风，又如骏马的鬃髻，郁郁葱葱，生机勃发。那道路旁、沙漠边、毡包周围，以及山顶、沟壑边，一排排、一丛丛的，青的、绿的、黄的、赤橙的，组成了一道道靓丽的风景，像泼墨的山水，又像一幅幅美丽的油画。

大旅行家徐霞客说过"黄山归来不看岳"。我要说，新疆归来不看景。新疆的山奇——雪山与青山相接，青山里又飘着朵朵白云（绵羊）；水藏——不知道水从何而来，只见它哺育着生命；人神秘——辽阔的大地上静静地伫立着一位秘密的姑娘，不知道她的来历，更不知道她心中的期待，微风吹起她的长裙，平静的目光投向远方，好像不知道有人从她身边走过。她就像大地上的精灵从沙漠中钻出来，一会儿又消失在草原中……

新疆神秘而又美丽。

原载 2010 年 11 月 2 日《中国铁道建筑报》

海南的树

　　时间过得真快。转眼间，我在海南已过了八个春节了，每次来海南总有不同的感受。蓝天、白云、大海、沙滩，以及午后的阳光、傍晚时的云彩、夜晚的月亮，一切都是那么晶莹、那么剔透。总与大陆有着异样的风情，就连风都与众不同，干净得不带丁点灰尘。如果你打开所有窗户，十天半月不关也洁净如初。海南之美，美得洁净、美得透明，令人陶醉。

　　不过，我痴迷的还是海南的树。海南的树种类很多。最初除了椰子树我能认识和分辨得出来外，几乎没有多少能叫得出名字来，像我们这些从北方来的人，基本上属"植物盲"。你看，在海滩、田野、公路旁、村落里，都能见到它们，一丛丛、一簇簇，潇洒地矗立着，有的依偎在一起，连成一片，构成了海南无边无际的绿，显示着南国别样的风光。

　　我住的小区京博雅居，位于琼海市东隅。去年的一天早晨，我起来散步，发现小区里的树不下几十种，可谓浓缩了整个海南树木的精华。我当时突发奇想，何不写篇关于海南的"树"的文章？第二天拿着笔和本一一记录下来，本准备回京后动笔，可那个本子搁在办公室的抽屉里一年未动。今年到海南，我决计要把它写出来。为了观察得更仔细，我每天晨练时都要围着院子的树林转一圈，细细品味和观察：有椰子、槟榔树，有莲雾、油棕树，还有柚子树、金钱榕、广西的龙眼树、针叶葵，让人应接不暇。

我最欣赏的是椰子树、棕榈树和槟榔树。这三种树极富有海南特色和风韵，它们高大、挺拔，卓然而立，在我的审美意识里它们是海南的"标志性"树木。椰子树树干有的笔直、有的弯曲，而棕榈树和槟榔树大多是笔直的；棕榈树基本是上下一般粗，粗壮树干上还有着明显的节痕，呈壶状；而槟榔树的躯干较二者更为矮小，瘦弱，但它短小精干，十分有力。另外，树叶也略有不同，椰子树的枝叶比棕榈树、槟榔树更为盛大和茂密，它向天空伸展着疏黄的叶子，仿佛"欲与天公试比高"；而棕榈树梢头短小，像眼下流行的青年头，敦实而富有魅力。海南的树就是这样扑朔迷离，精彩而富有个性。

我十几年前第一次来海南时，印象最深的就是椰子树。万里蓝天，碧空如洗，沿途的河边、山岗、田园中，一排排椰子树参差错落、欹侧多变、尽显风流，成为海南最为靓丽的风景。那茂盛而隆起的枝叶多么像骏马的鬃毛、金鸡的翎羽，它们高昂着头颅，一直伸向蓝天，时而又在温馨的风中抖动着，仿佛海上的波浪。那金黄的律动，多么富贵而又别致，让人蓦然心生对海滨之城的虔诚和敬意。

柚子树和莲雾树，更是惹人喜爱。这两种树如果你观察不细，也很难分辨清楚。它们共同的特点就是"绿"，那浓墨重彩、葱茏碧透的色彩，正是我喜欢的。在我的审美意识中，它们才是"南方"的象征。它们树干粗细不一，十分相似，弯弯曲曲、灰中微绿。有的从地表分叉后盘龙而上，有的在地下就结为"连理"。它们的叶子也特别相似，比苹果叶略狭长些、厚实些，在雨后泛着绿光，密密麻麻铺满整个枝头，给人遮天蔽日的感觉。每当我买菜回来路过它们身边时，我都不住地回头看看，真想留下来，在它们身边多待一会儿，轻轻地抚摸着这些嫩绿的生命，以滋润我疲惫的心灵。类似这样的树还有铁西瓜、假苹婆、波罗蜜，它们有如北方的杏树、李树，只是叶子比这些树种宽阔些。它们用各种姿态展现了"绿"的风采，点缀、映衬在高大美丽的椰子树旁，彰显了海南的风韵。

榕树，这是南方特有的树种，也是我非常喜欢的树种之一。海南的榕树有别于广东、福建，一是大，二是绿。在琼海市东郊的嘉积镇古庙旁，有一棵古老的榕树，它约有上百年的历史。它的树干恐怕要三四个人才能合搂得住，稀疏的枝叶伸向天际，弥漫了整个天空，垂落在半空的枝条超过了屋顶几倍，用手机根本捕捉不到它的全貌。几次想拍摄下来，都因它的森烟浩渺放弃了，留在我心里的是一种遗憾的高大和美好。海南的榕树古老而苍劲，翠绿而又空旷。在公园里、道路两旁随处可见。顺着道路两边，不远不近布满着一些矮小的榕树，虽然矮小，但十分茂盛。黑油油的叶子，疏密不一，稠密中垂落着发褐的胡须，表现得是那样的恬然和淡定。它们不时在风中抖动着。路边的榕树很少有落地生根的现象，它们像缠着树干的胡须，或粗或细、或疏或密，不知出自谁的巧手，分明而又自然。我出于好奇，伸手去抚摸它，光溜溜，紧绷绷，感觉舒服而又结实。

明朝海南诗人丘濬有吟《椰林挺秀》：

千树椰椰食素封，穿林遥望碧重重。
腾空直上龙腰细，映日轻摇凤尾松……

诗虽写海南岐山八景之一，但正是对海南繁木葱茏的真实写照，整个海南岛以"榕树屯阴、椰林挺秀"为代表，风情如诗如画，令人心驰神往。

原载 2017 年 4 月 15 日《中国铁道建筑报》

非洲印象

秀才不出门，能知天下事。读完《非洲十年》，随着作者梁子的笔端进行了一次不同寻常的游历。我不时被非洲淳朴、善良、热情好客的民风所感染。

作家梁子是"四海为家"的行者，独闯非洲的莱索托、塞拉利昂、厄立特里亚、喀麦隆、布隆迪、肯尼亚、刚果。十年，她八次深入非洲。她在世界最陌生的国度，以传奇的遭遇、神奇的探险，带给我们一个苦难与幸福交织的真实非洲。

生活在这些国家和地区的百姓，虽然所处地域环境炎热、贫瘠，有的连温饱都不能满足，甚至很多人挣扎在饥饿与贫穷的生死线上，但丝毫不减他们对生活的热爱与追求。有的地方小孩一生下来，赤裸着身体或只一块遮羞布，任其在空旷的原野或石头垒成的房屋内摸爬滚打，度过他们欢乐的童年。他们的生活简单而快乐，人与人之间坦诚相待，对待爱情忠贞不渝，几年的准备只为与远归的丈夫相守一夜，尔后留下更多的是思念与坚守……

他们的医疗条件差，一旦生病，便寻求"巫师"，或只用一些简单的方法和廉价的药物。最为恐怖的是艾滋病，一旦染上，便死路一条。在莱索托的塔巴姆村，有一个叫泰毕斯的女人患上了艾滋病，第一次见到梁子时，守护在女儿身边的母亲很不好意思，称她女儿得的是"满都"病，此时已像"一张松皮""一把干骨"，可怜之状惨不忍睹。镇上医院的大夫三个星期来一次治疗，却无济于事，如果想治也只有上美国或南非，但起码要花几十万或上百万的医疗费，她家连饭都吃不饱，哪儿还有钱治病呢？泰毕斯有五个孩子，老大已经十八岁了，最小的儿子才两三岁。已病入膏肓的泰毕斯，躺在被窝里只有痛苦的呻吟和露出一丝羸弱的眼神，看到梁子带给她的中国的"清凉油"却喜出望外。三天后，当梁子从外村拍照回来，大酋长的女佣就急匆匆地告诉她："泰毕斯今早走了！"四十一岁的泰毕斯在一个星期前离开了人世……

这种让人听起来都毛骨悚然的艾滋病，据说一部分是从南非传过来，莱索托的男人们在那儿当矿工，回来就传染给老婆或其他女人了。其次是那些修路工，他们到处修路，去过许多非洲国家，他们每到一处都会找女人，他们能挣钱也不亏待那些女人。人们盼着早点修好路过上好生活，可没想到他们把路修通了，也害了不少人；自从塔巴姆村来了修路人，得艾滋病的女人就多起来了。

贪欲、愚昧、无情，抑或是一种悲哀，是种族和人类的悲哀！那蔚蓝的天空，浩渺无垠的原野、村落，以及燃起的篝火，这种思绪和画面的交织，时时在我脑海中奔涌着，既让我悲天悯人而又令人神往。我很有一种想踏入那片神奇的热土的冲动，亲历一回性本善的体验。如果说阅读之前，非洲给我的印象是原始、落后、贫瘠，那么阅读之后却有逆反乾坤的感慨，那里有种神奇的魅力在召唤着我，相约未来，有机会一定会零距离的亲近你——五彩的非洲！

2014 年 7 月

第三辑　如园谈艺

"他乡阅迟暮，不敢废诗篇"

——读《天趣堂诗稿》

　　龙年开门见喜，中国书籍出版社送来新书《天趣堂诗稿》，诗稿由中国作协会员、中国铁道建筑报社原副总编辑田望生老师所撰，作为他的莫逆之交，我为能为这本诗集作注而感到荣幸。这本沉甸甸的诗集分为"萍踪纪游""林下吟闲""浮生杂咏"三卷，选入了田老从一九六四年冬到二〇一二年春的近体和新古体诗歌近三百首。限于篇幅，这里侧重谈谈其诗歌的艺术特色，权当抛砖引玉。

　　田老晚年于京郊风景名胜百望山麓自购野墅，从原铁道兵大院迁出离群索居。远离辛勤耕耘了三十年的故土——《中国铁道建筑报》，他的一颗眷恋之心却总是挥之不去，一如其所吟："翰墨卅载未名家，替人作嫁无迹涯。退休西山少一事，缱绻报苑乱涂鸦。"他退休后，频频应邀赴杭州、龙游、西安、咸阳、香港、广州、深圳、澳门、珠海、太原、南昌、天津等地采访，由他主笔撰写并发表十五万字企业专题报道，足见他对自己的事业是多么的眷恋啊！田老做人低调，处事淡定，得之不喜，失之不忧，容人容事，雅致淡泊。他学无常师，奋斗不止，格物致知，做事尽责，善始敬终而富有创意以至著作颇丰。抛开替人作嫁和发表的未署名文章以及编著不说，单就出版的著作和在路内外报刊发表的作品结集就达十六部。其中《天趣堂散文》系列等五部共百余万字著作先后被中国现代文学馆和桐城文库收藏。他的这些散文随笔，生平并无师承，皆读书而自之。为文崇尚桐城文派言必有据的学风，鄙视飞扬浮华、不重名实、哗众取宠、旨在惊听的不良习气。每每操觚有作必踏踏实实，探索洞微，钩沉致远，缉裁巧密，多有新意，一旦发表，读者竞相传诵。除此之外，田老还有多方面的爱好，他担任中国根艺研究会秘书长、中国民间文艺家协会根艺委员会副会长期间，创作的根艺作品曾获第二届全国根艺优秀作品展、全国（北京、常州）名家邀请展金、银奖。然而，其在本职工作之余，广泛涉猎中国古典诗词的学习热情、创作兴趣和丰硕成果却鲜为人知。究其原因主要是他作诗纯属自娱，不肯示人。实则他的近体诗已有较高的造诣。尤其是退休以后所作，像宁静山野中一束自在的花朵悄然开放，等待它的读者或被喜爱它的人寻找，而不是像为挣差价而卖力的推销员那样见门就敲。皖公的诗歌创作成就除了渊源，还有自己的历练。正如他在诗稿自序中说："吾生于荆艳楚舞之乡，受吴歈越吟熏染，少喜诗歌。弱冠涉世，戎马生涯，记者经历，独享云游四海、浪迹五湖之福。其间，虽诗不恒作，且多散佚，然存者尚可标示心路之历程，窥见学诗之轨迹也。"

诚然，皖公十八岁时的处女作《悼慈母》和《皖山道中》，已具备相当水准。今观诗稿三卷本，抒志见襟抱，述怀显性灵，寄兴则旨达辞微，论事则推见至隐，或托古以方人，或体物而穷理，要皆纬之以识，篇中皆有一我在。其足迹踏遍全国各地，践历多异，游览所见，尽发乎诗，驰思弋句，即目会心，冥心独造，妙合自然。其纪游诸作，牢笼万象，奥邃苍坚，溉自康乐、杜陵。晚年赋闲之作，则师渊明、摩诘，把关注点投向京城郊野、田园，体含真静，思协幽旷，心无旁骛，一心逍遥于诗的天国。其写景状物之作尤得诚斋之"活"法，活脱迎人。在笔者看来，他的这类诗句和诗篇，都是对生命基本情态的原始揭示，简单直接，凝练巧妙，能穿越时空的阻隔，和任何时代任何地域的人的心灵产生共鸣。读这样的诗，回味余地大，能引发出丰富的人生联想和人生感慨，无疑是一次极佳的审美愉悦。总览其诗歌特色，撮其要有以下几点：

写真诗，说真话，抒发真情实感。"文章合为时而著，歌诗合为事而作"，田老为诗怀有强烈的社会责任感，以自己对世界和心灵的感知方式，把诗从虚无缥缈的"空中"拉回到踏实质感的"地面"，和现实、芸芸众生对话。当"文革"刚刚结束，文人尚心有余悸之时，他却以赤子之心，热情地讴歌美好的东西，为改革开放涌现出的新事物、新气象，唱着一首首穿越时空的盛世赞歌，如《前门即事》："才子挥毫《都一处》，前门烧卖霸玉盘。小摊虽无临川笔，京味一样惹人馋。"《秋游八大处》："昨夜寒露秋风劲，抖落西山满地金。八处神鬼歌帝道，孰知遐昌是当今。"他对丑陋的愤慨也都显得那么真诚纯净，犀利的讽喻力透纸背。如《罚痰》："房山野老入京城，手扶朱栏咳无声。忽见红袖弄眉眼，但等痰吐好罚金。"对"罚痰"新规中所出现的不正之风于冷嘲热讽中一吐为快。《拾荒》："过期肉肠弃阴沟，翁媪争抢说喂狗。日暮回家折包装，都进蒸锅入人口。"针对社会上贫富显著现象，发出屈子式的灵魂呐喊，把感受民间疾苦、忧国忧民的思想感情化作重锤击鼓，撼心动魄。

其抒写友情、亲情、乡情的篇章，读来感情格外真挚、深沉，如《人生无常》："明园别依依，岸柳春烟低。竟日话当年，未月闻归西。攀竹花如血，绵竹空悲泣。人生果无常，思君泪沾衣。"老领导、老战友夫妇于"5·12"汶川大地震中失踪，他叹人生之无常，悲伤之情久久挥之不去。其叹侄孙英年早逝："死生由命莫问天，安大未读病占先。青梅省城圆学业，竹马荒丘独自眠。"（《伤逝》）借故事，抒悲情，悼念而伤己，因声以传情，令人一掬同情之泪。其记兄弟相逢，喃喃自语，絮絮叨叨："想见双鬓两萧然，时聊犹能记故园。父母早逝各东西，京津寄寓幸未远。""已指京津是故乡，客心依旧向潜阳。兄弟塘沽同赏月，渤海秋风蟹正香。"把缠绵、强烈的兄弟之情表达得淋漓酣畅。

亲近荒野，游山玩水，得自然之趣。田老的戎马生涯与记者经历，使他得以浪迹五湖四海，游尽三山五岳，晚年离群山居，更是全身心地融入到了荒野之中。他那些登临游览之什，诸如《皖山道中》《峨眉山纪游》《三峡览胜》《游绵山》《泰山纪游》《九曲溪漂流遇雨》《冬临壶口》《南国览胜》《西山红叶》《游园撷趣》《山城行》等，用细腻而率真、清新而朴实、飘逸而厚重、灵动而沉实的抒情笔触，发山水之清音，寄风云之壮志，撷万物之情趣，让人的情操得到了陶冶，趣味得到了满足。其《蜂趣》："一窝蜂虫入荷塘，拈花惹草各自忙。偏有几只抢先归，错把莲蓬当蜂房。"动人之处，充溢着生命的能量的富有和生活的朝气与灵机，奇趣横生。他的《山行》十五首、《春之韵》六首、《稻香湖六韵》等吟咏山水趣味，也只有登临山水终日忘返的人，才能体会到"入深得奇趣，升险为良跻""山水含清晖，清晖能娱人"的深切感受。

深于抒情，善于写景，融情入景。如："旧时王宅照旧修，丹青妙笔巧复图。莫言春风不识画，也随游人入屠苏。"（《过王府见古建修缮口占》）以眼中情景，拈出喜欢丹青、酷爱艺术的嗜好。"京畿风日带晴沙，郊游湿地赏杏花。驱车未到稻香湖，先问纳兰卖酒家。"（《稻香湖六韵》之一）"诗书一卷酒一壶，日斜野餐稻香湖。草坪摊开农家菜，此乐除却桃源无。"（《稻香湖六韵》之五）融景入情中的景，不单指自然风物山水奇观，也包括人生情状生活际遇社会万象。这里田老将自己的主观情感、情绪，融化、隐藏在物象或人物形象的描写之中，一个逍遥自在的退休老人形象跃然纸上。再如："山间荣草断羊肠，竟日踏青兴未央。嫦娥恐我归去晚，天边悬钩拽夕阳。"（《踏青》）"坐看红叶霜前老，忍待劳燕春后归。岂料乍暖转清冷，鹅黄枝头雪纷飞。"（《倒春寒》）"春花烂漫笑东风，百望山色年年同。到是村姑会添美，髻头斜插三月红。"（《春之韵》六首之五）将抽象的、不可闻不可睹的情感、情绪或意念，通过想象和联想，转化成或寄寓在可睹可闻的、具体的景物景象描写之中，使抒情诗作呈现出崭新的面貌，开拓了诗歌表现客观事物的主观心灵世界的广度和深度。

炼美辞，得余味，赏心悦目。他深谙修辞学，晚年为写好诗潜心研究汉语修辞，所写三十万字的《人间美辞》就是这方面的专著。功夫不负有心人，其运用比喻、拟人、用典等修辞手法所写的诗，读之使人的审美品位从"悦耳悦目"进入"悦心悦意""悦神悦志"的层次。如"玉泉进珠栌枫黄，日斜云锦缝秋装。西山更比西子俏，羞浴昆明靓晚妆"。（《名园四韵》之二）尾联得东坡"欲把西湖比西子，淡妆浓抹总相宜"之概，充分展示了北京的玉泉山和颐和园昆明湖的富丽柔美风韵。田老模山范水尤喜拟人手法，在他的笔下，自然物之间的关系也被赋予了世态人情，譬如："寒气料峭冬未穷，天摩沟草迟枯荣。东风偏爱迎春花，羞煞桃树一脸红。"（《春之韵》六首之一）"雨过槐花满园香，水榭飞来两鸳鸯。言去昆明度蜜月，小憩贵池未商量。"（《春之韵》六首之六）"两室临水竹新栽，月季犹学牡丹开。风动柴门黄犬吠，以为晌午有客来。"（《山居十三首》之四）"盈盈笑靥为谁开，亭亭玉立待君采。可怜一场秋雨后，脱尽羽衣人未来。"（《荷塘秋韵》）"湖上渔舟泊柳荫，隔蓬买鱼又放生。青鲤也知解人意，擎起浪花谢一声。"（《稻香湖六韵》之三）等，亲近自然，求新爱美；殷勤好客，乐善好施，却借物来表现，天趣横溢。田老诗作中的人物描绘，摹状之处绘声绘色，形神兼备，如《棒棒军》："手持竹棍腰别绳，山城棒棒一呼灵。双肩担尽人间苦，两脚走遍朝天门。"活灵活现，呼之欲出。田老作诗善用典，如"不世之功亘古扬，浩荡兵马说始皇。楚王一炬余灰烬，秦俑万乘落夕阳"。（《临长安兵马坑》）"两雄争锋谁敌手，衢水灵江拥龙邱。忽闻游人言苦胆，北望姑苏叹虎丘。"（《龙游怀古》）"书读五车未觉饱，方恨少时读书少。枕经葄史非虚语，鲜活人生学到老。"（《学而二首》之一）前两例用事，引楚汉之争和吴越之争的故事入诗；第三例一诗化用三典，即成语学富五车、枕经籍书、葄枕图史。妙于用事，事如己出，天然浑厚，一如袁枚所说"用典如水中着盐，但知盐味，不见盐质"。

翻阅《天趣堂诗稿》，我发现：在当今电脑换笔的信息时代，田老仍在京郊开着他的"手工作坊"，沐风侍砚，守着那道令人难得一见的宁静、清雅的风景线。读着他诗稿中那些妙语佳什，我由衷地感叹：这是一位富于真爱的诗人。对他来说，一首诗不仅仅是一组文字符号，而是一个生命体。它是创作者自己思想情感外化的产物。诗歌作为一个具有自己生命和命运的召唤结构，它期待读者的解读，从而在解读中获得生命。在对这三卷诗稿选注之前，我曾与田老有过一段时间的访谈。交谈中，他说："笺注是一些批评性文字，它与原作同属创造性劳动。这是因为，批评是一次发现，是一次对文本的再创作，好的作品需要好的眼光来发现，来提升。譬如，诗歌创作，尤其是中国的旧体诗，多杂以文言，其含蓄的审美特性往往会增加读者的困惑，这就使答疑解惑的批评显得极为重要。批评家要在较小的篇幅里，集中较丰厚的思想内容；在浅近通俗的文字里表达较深刻的发现；在抽象的推理中，展示形象生动、激情洋溢的生命底蕴；在极短的时间里，给予读者较大的阅读效益和实惠，学识也是不可或缺的。"然笔者才疏学浅，书斋藏书又少，唯恐有负厚望。幸运的是田老健在，不明不白之处尚可访谈，终如愿以偿。"春无遗勤，秋有厚冀"，我期待着田老有更多更好的诗歌问世。

原载 2012 年 3 月 31 日《中国铁道建筑报》，
原题为"诗成珠玉正挥毫"

诗林辨体

——关于竹枝词的问与答

　　田望生先生，为余忘年交。在他离群索居、隐居京畿小西山之后，唯我常去他舍下谈诗问道。这篇答问文字，是我们关于竹枝词的探讨与切磋。我疑而叩问，先生有问必答。谨呈如次，以求方家赐教。

　　问：田老，读了您的《诗体杂谭》，所论古诗、乐府歌行及律绝诸体，旁征博引，钩沉尤深，受益匪浅。今天想就"竹枝词"这一诗歌体裁，提几个问题，向您求救，不知可否？

　　答：求教不敢当！只是我耳不聪，眼不明，记忆大不如前，倘不如愿，还请见谅。

　　问：竹枝词，作为古代民歌中的一个"望族"，流传至今，已有一千一百多年了。而今，所能见到的竹枝歌大约在七万首以上，它们大多见诸地方志，数量规模之大、涉及地域之广，大大超过了《全唐诗》，只是没有一个简明的定义，您怎么看？

　　答：竹枝词，就其风格而言，仍旧属于"民歌体"。我这里有部二〇〇九年版的《辞海》（起身从书架上拿出辞书，边翻边说），在"竹枝词"一条下列举了两个义项：先是说"各代人写竹枝词的很多，也多咏当地风俗男女爱情。形式都是七言绝句，语言通俗，音调轻快"。其次谓"词牌名。单调二十八字。分平韵、仄韵两体。《花间集》所收孙光宪词，每句均叠用'竹枝''女儿'作为和声。另唐教坊曲有《竹枝子》，双调六十四字，敦煌所出《云谣集杂曲子》中有此调二首"。这样的定义，是宽泛了些，但大致点到了要旨。

问：这种表述，不过是词条编写者对以往学术界观念的概括，不甚周全。诗有体，词有调，而"竹枝词"名曰词，实无寄调。竹枝词在属性上到底是诗还是词？

答：你提的这个问题，在诗界早有争议。我认为识别一种诗歌体裁，与内容关系不大，因为不同的体裁可以表达相同的内容。只有形式、风格和语言特色，才是辨别诗歌体裁的标志。而今对"竹枝词"属性的争论，基本上限于唐五代竹枝词的范围，宋代及其后所写的竹枝词，其时的词集都不收录，而诗集多收录竹枝词。在宋人看来，竹枝词的形式属性是诗而非词。形式也是内容，从竹枝词的创作过程、表现形式、歌唱特点看，也可视为词。比如，历代文人所创作的竹枝词，格式多是七言四句体。实际上，还有七言二句（和声）五句或八句体，六言四句体与杂言体。北宋贺铸的《变竹枝九首》又见"变"成五言四句体。从形式上看，五言用字少，难于浑成。而七言较之五言多了两字，节拍增加，音调舒缓，便于一唱三叹，最终成了竹枝词的主体形式。白居易《杨柳枝》一曲，原本是六朝时常见的《折杨柳》歌辞，其情之儇俐轻隽，与"竹枝"大同小异。它们既然都是"民歌体"，乡人手拿竹枝，当然也可以是橘枝、桃枝、桂枝、枣枝等，手拿枝条，挥舞着，打着拍子唱起歌，声如天籁。由于是即兴的口头创作，故竹枝词大半不知作者是谁。它们口耳相传，尔后又经历代文人移植传播、发挥演绎，就有了今天这种确定的体式。

问：竹枝词的题中明确标出"竹枝"之名的多达十余种，

作为民歌的"竹枝",原本是有领有和,有歌有舞,可以咏唱的;它又可能是以执竹枝而舞,以脚踏地为节,民间婚丧嫁娶和田间劳作都离不开它,但竹枝的标题大都与统摄内容的题目无关,有点像词、曲的"词牌","曲牌",所以有人说它是词,您看呢?

答:竹枝词这个"词",首先使用的人是刘禹锡。刘氏之前,作为一种称谓,只叫"竹枝""竹枝子""竹枝曲""竹枝歌"。竹枝词之"词",也只是歌词(辞)的意思,不指"词体""曲体"。隋唐以后,格律诗一跃而成为文坛最主要的诗歌形式,占据诗坛一千多年。其间,宋词显然是对唐代律诗的突破与发展,而元曲则是在唐诗宋词基础上的又一次突破与发展。词曲同律绝一样,是既讲究音律,又注重意境的。竹枝词与格律诗词的不同点在于,"竹枝"是与古代民间歌谣相衔接的,是乡溪、乡土孕育出来的,表现的是乡风乡俗,使用的是乡言乡语,传唱的是乡音乡曲,抒发的是乡思乡情。由于它意象的美感和声音的力量在创作中同时发挥作用,本质上也是在追求诗意、应属诗歌而非词曲。近代诗坛怪杰刘师亮说竹枝词"语要俏皮音要响,等闲不是竹枝词",可谓一语道出了竹枝词的表现特点。

问:竹枝词泛咏各地名胜古迹、风土人情,地方特色比较突出。由于它真实、生动形象地记录了各地的历史、地理、经济、文化、风俗、方言等,常被各地方政府收入地方志中,作为珍贵的史料来利用。一些政治、经济色彩浓厚的竹枝词,语言直白,削弱了竹枝词的文学属性,是经过文人的努力,提高了它的文学属性,才使竹枝词这种民间歌谣登上了诗国的大雅之堂。

答:确实这样,竹枝词的"地区个性"比较强,用词上多渗入地道的方言、术语。港澳台的竹枝词还见以直译英语入诗，如香港竹枝词"西装革履衬娇娥，路上相逢呼哈罗。美式新装英式语，可怜欧化女人多"，读来令人发会心一笑。但历史是人民创造的，不等于就可以否定英雄创造历史。英杰之士也是人民的一分子，是人民中的出类拔萃者。一切历史文化的丰硕成果，文人的作用不可小觑。竹枝词具有鲜明的地方性和民族特点。各地各民族的竹枝歌都与其生活习俗密切相关。不少竹枝词不仅是文学艺术精品，也是诗人、作家、艺术家的乳汁。敦煌所出"词"——《云谣集杂曲子》，已经文士之手编集，故大多文从字顺，相当雅致，与一般粗鄙的小曲的气息不同；但仍能看得出其初期的素朴风格。现存的优秀竹枝词之所以能够保留民歌风味、于绝句之外自成一体，与屈原、杜甫、刘禹锡、白居易等一大批贴近民众、贴近生活的诗人的努力，是分不开的。杜甫《夔州歌十绝句》，摹写夔州山川形势、历史风云、山城人家、峡江物产、舟楫商旅、土风民俗等，具体真实，生动感人，堪称"万里巴渝曲"的缩影和文人竹枝词的滥觞。元和年间，元稹、白居易、刘禹锡相继贬宦入峡，都作有《竹枝词》，如白居易《竹枝词》："瞿塘峡口水烟低，白帝城头月向西；唱到竹枝声咽处，寒猿晴鸟一时啼。"即是他贬官入峡时，于岸猿声啼不绝之地，悲从中来，信口所吟。不过，还是刘禹锡"竹枝"以七绝声诗配巴渝曲调，最负盛名。史载，刘禹锡出任夔州刺史时，经常接触巫山、奉节等巴渝一带广泛流传的竹枝歌，非常喜爱，而且学唱。刘禹锡曾说："竹枝，巴歈也。巴儿联歌，吹短笛、击鼓以赴节。歌者扬袂睢舞，其音协黄钟羽，末如吴声，含思宛转，有淇濮之艳焉。"于是，他将这种巴渝俚歌与江南吴歌、荆楚西曲相较相融，稍加文藻，保留本色，推陈出新。世传他的《白帝城头》以下九章是"竹枝词"的范本，后人一切谱风土者，莫不沿用其体。可见，正是刘禹锡以他的绝顶天才真正把"竹枝词"这株奇葩唱开了。他的"杨柳青青江水平，闻郎江上踏歌声。东边日出西边雨，道是无晴却有晴"等两组十一首竹枝词，怒如新妇簪花，光鲜照眼。这就是他学习发展巴渝、湘楚等地人民的竹枝歌的伟大成就。他的那些竹枝名篇，读来清新明朗、含思婉转、情韵悠长，既有文人诗的特质，又富浓郁的民歌韵味，质朴而生动地展现了巴渝本土风情。正是刘、白、杜等大诗人的不懈努力，才使竹枝歌这种草根诗上升到文人诗的高度，使大俗变成了大雅。

问：竹枝词语言通俗简明，朗朗上口，为广大群众所喜闻乐见。全国各地都有"竹枝诗集"出版行世。集子一多，难免鱼龙混杂。什么"七月七八月八，小媳妇骑着毛驴回娘家，碰上王二狗，他不是个东西是王八"，这样的艳词小调露骨之至，却也表达了真性情，总比那些经文人掺假、离生活越来越远而又晦涩难懂的所谓竹枝词好得多。您又如何看待这个问题？

答：文人也有虚伪的一面。他们书读得多，想法就多，花花肠子自然不少。一些口头语、真性情的民歌到了文人手里往往会被书面化、神圣化。比如《诗》三百，收入《国风》的一百六十篇乐府民歌，当时妇孺能诵，直到今天熟悉《风》诗的人仍不少。为什么？用明人冯梦龙的话说，就是"以是为情真而不可废也"。是因为保留了真性情，所以有生命力。《雅》《颂》就不一样，被一帮道貌岸然的文人改来改去，掺入"假大空"，誉为"后妃之德"，捧臭脚捧得"和者皆寡"。

问：竹枝词的影响越来越大，人们对它起于何时何地也就十分关注。竹枝词起源时间，至今有代表性的观点有"六朝说""唐以前说""隋末唐初说"三种；竹枝词的发源地点，目前学界的看法也不尽相同，有的说它起源于巴渝（今重庆东北一带），也有人认为起源于湘楚，您看呢？

答：胡适先生曾说"一切诗歌都源自民歌"。而民歌则缘起于"饥者歌其食，劳者歌其事"。如古谣："断竹，续竹。飞土，逐肉。"是黄帝时的《弹歌》，见于《吴越春秋·勾践阴谋外传》，从形式上看，每句二言，按先秦古韵，句句押韵，同《周易》中产生于商末以前的二言诗一样，是时代最早的诗歌。古代先民靠游猎生活，诗中的"断竹，续竹"，是指制作抛射石头的弹弓，目的是"飞土，逐肉"，打猎获取肉食。难怪鲁迅先生说"吭育吭育"的劳动号子是诗歌的源头。这种笑言虽查无实据，倒也事出有因。最早经文人搜集、删润的《诗》三百，及其后"缘事而发"的汉魏乐府，也都是民歌的嫡传。竹枝词是劳动人民唱出来的，是"民间歌谣"，放情曰歌，通乎俚俗曰谣。竹枝词既是"民歌体"，就是劳动人民用自己的口头语、家常话唱出来的真性情，源头就在古代民间，何必"骑驴找驴"呢。

问：所谓这源头、那源头，也都是各执一词，就像瞎子摸象，摸到什么就说象是什么。据《新唐书》说：刘禹锡贬为朗州（今湖南常德）司马时，"州接夜郎，诸夷风俗陋甚，家喜巫鬼，每词，歌竹枝，鼓吹裴回，其声伧伫。禹锡谓屈原居沅湘间，作《九歌》，使楚人以迎送神，乃倚声作《竹枝》辞十余篇，于是武陵夷俚悉歌之。"这里的"沅湘"，沅指沅江，在湖南西部向东北入洞庭湖。古时，这一带属湘楚。这与"竹枝词起源于巴渝"，不是矛盾吗？

答：刘禹锡在朗州所作《竹枝》辞，现在是找不到了，但从他的一些诗句，以及顾况、刘商、孟郊、张籍等人的诗句，足以证明在巴渝出现竹枝词之前，湘楚等地早已盛行歌唱竹枝词了。湘楚、巴渝，甚至包括吴越等地都在长江流域，是民歌之乡。屈原生于荆楚之归州，是纯粹的南方诗人。楚人承接殷人文化，民歌十分丰富。屈大夫开创的《楚辞》就是源于湘楚民歌，经他妙笔葩芬，源于生活，高于生活，其体制之自由，思想之高远，韵律之幽邃，空前绝后，与北方之《诗》三百并驾齐驱。因此，竹枝词的起源时间，无限地接近民歌的源头，到底是什么时候，还是模糊一点好，非要清晰、准确，那就只有去问古人了。至于起于何地，古来观点判若霄渊。苏轼叙《竹枝歌》，谓"本楚声……相传而然"，全不及巴渝；而黄庭坚诗："竹枝歌是去思谣。"宋代史容注："山谷尝云：'《竹枝歌》本出三巴，其流在湖湘耳。'"黄是苏门弟子，但弟子不必不如师。据我粗略考索，竹枝词源出于下里巴人之乡，即今巴山峡水、白帝江陵故地。广泛流传在湖湘，而后自长江上流顺流而东，逾楚入吴，传播过程中发生变化，也是合乎诗歌发展规律的。传得远了，风格大变也是合乎情理的。如《竹枝》流传到吴越，变为《子夜歌》，情思旖旎，词调宛丽，已逝去巴渝之清怨，而益以东南之风华了，地域不同，风俗不同，多方合流，风格自变。从巴渝到湘楚，再到吴越，这一带从长江上游到中下游都属中国南方。南方的丘陵地貌多山，这些地方的民歌又叫山歌。白居易《琵琶行》："岂无山歌与村笛，呕哑嘲哳难为听。"李益诗："山歌闻竹枝。"个中"山歌"，即指俚俗的山野之歌——竹枝歌。冯梦龙在《叙山歌》一文中说："自楚骚唐律，争妍竞畅，而民间性情之响，遂不得列于诗坛，于是别之曰'山歌'，言田夫野竖矢口寄兴之所为，荐绅学士家不道也。"由此亦见，最初的竹枝词是从中国的南方唱出来的，还未经过文人的润色加工。

问：近读李文安的组诗《村居》，明明是竹枝词，题目上却未标"竹枝"字样,其在自序中还说:由于村居"得五十题,各缀以七绝一首",待到组诗结尾的第五十首,他却总结为"杂景闲编五十诗,……鼓吹升平唱竹枝"了。似乎他的五十首七绝就是五十首竹枝。绝句与竹枝词是两种不同的体裁,怎么能够混为一谈呢?

答:这说明七言绝句与竹枝词的亲缘关系。首先,它们体式一样,都是七言四句体;其次,七言绝句源于歌行,竹枝词本身就是民歌,二者同源同宗;再次,绝句讲起承转合,竹枝词亦不可离开这四个字。但七言绝句与竹枝词的区别还是明显:竹枝词咏风土人情,琐细、诙谐皆可入,大抵以风趣为主。如明代吴江(今属江苏省)人王叔承有首《竹枝词》:"月出江头半掩门,待郎不到又黄昏。深夜忽听巴渝曲,起剔残灯酒尚温。"语言通俗简明,音韵和谐,朗朗上口,个中真挚、浓厚的情意正是通过细节描写表现出来的。又如桐城派先贤姚范有首《西湖竹枝词》:"日出湖东鸡子黄,湖中照见两鸳鸯。谁家击鼓唱歌去,西舍女儿新嫁娘。"纯用口语,近似儿歌,不加文藻,却能脱口成诵。绝句与竹枝词还有一点不同:绝句是近体诗,讲格律声韵,刻意追求取像造境;而竹枝词既非古诗,又非近体,它有格少律,接近口语,多用双关语。谚语、歇后语也多有应用。它随意而发,顺口一溜,具有浓厚的生活气息。但也有不少竹枝词既不离竹枝本色,又稍加文藻,可编入"竹枝词集"中,也可选入"近体诗集"中,正是因为它们的共同特征。如清道光庚寅年新科状元、安徽太湖人李振钧,金榜题名时,作《归第词》七首,收入《安徽古典风情竹枝词集》,但有几首很像绝句。如开篇一首:"蕊榜金泥御押封,当头黄盖蔽芙蓉。天恩许步中门出,更比蓬山上几重。"四句感怀记事,直抒胸臆,雅训可诵;句格庄严,声韵合辙,词藻瑰丽。说它是绝句，倒更贴切些。

问：竹枝词语言通俗，诙谐风趣；形式活泼，不拘格律；广为纪事，以诗存史，是个重要的诗歌体裁，您能对它下一个简单明了的定义吗？

答：恭敬不如从命，那就试试。不过人微言轻，姑妄听之：

竹枝词本是一种以七言四句为主体形式，缘诸俚俗，稍以文藻，泛咏风土，袒露性情的草根诗。后经文人移植传播、发挥演绎，自成一体。

问：这几句话把"竹枝词"的形体、风格和语言特色，以及起源和发展过程都概括了，我完全认同。

答：见笑了。我也很喜欢竹枝词，乘谈兴未尽，送你一首诗：

沅湘女儿载风情，巴渝俚歌少正声。

我论竹枝还一叹，可怜天籁半无名。

2015 年

叩问"赋比兴"

  赵：田老，"赋比兴"作为诗歌的表现手法，流行已久。《周礼·春官·大师》和《毛诗序》上都将"赋、比、兴"与"风、雅、颂"并列，号为"六诗"或"六义"。但从它们的性质看，"风雅颂"是指《诗》的三种不同思想内容，而"赋比兴"通常指诗歌的三种不同表现手法，将它们混淆为诗之六义，似觉不妥。

  田：是的，无论从哪个方面说，"赋比兴"与"风雅颂"都不能混为一谈。诗之六义中，"赋、比、兴"是指诗的表现手法，也是修辞方式；而"风、雅、颂"是专指《诗经》中的诗篇种类，"风雅颂"三者的内容各不相同。《风》《雅》《颂》是根据音乐及地区分的。古代诗歌关系密切，诗配上乐便能歌唱，相当于现在的歌词。《风》，即《周南》《召南》等十五国风，是指分封在各地的诸侯国家的地方音乐；《雅》分为《大雅》《小雅》，共有三十一篇，是西周王畿的音乐；《颂》分《周颂》《鲁颂》《商颂》，共四十篇，是统治者祭祀演奏的音乐，有一部分是舞曲。把"风雅颂"同诗的修辞"赋比兴"搞到一起，并称"六义"，一方面是权威的《大师》《诗序》有言在先，后之学者不敢越雷池一步；二是忽视了"赋比兴"的本义。唐代笺注大师孔颖达《毛诗正义》为"六义"附会，说什么"风、雅、颂者，《诗》篇之异体，赋、比、兴者，《诗》文之异辞耳……

赋、比、兴是《诗》之所用，风、雅、颂是《诗》之成形。用彼三事，成此三事，是故同称为义"。这后两句，多少有些牵强。

赵：这种牵强附会的解释，显然忽略了"赋比兴"作为修辞方式的性能。

田：对，要把这个问题搞清楚，就应先弄明白"赋比兴"的本义。

赵：赋，钟嵘说："直书其事，寓言写物，赋也。"①刘勰说："赋者，铺也，铺采摛文，体物写志也。"②赋是直言，而"比、兴"是曲喻。比，刘彦和的解释是："夫比之为义，取类不常：或喻于声，或方于貌，或拟于心，或譬于事。"③"比"在运用上的一个突出特点是"彼物"与"此物"有相似之处，意义上也有明显的关联；而"兴"与由"兴"所引发的诗文，在意义上比较宽泛，如象征、通感等。兴，有时也没有直接联系，如描写景物，烘托气氛等。

田：你已道出了"赋比兴"的本义。不过有一点还必须了解。在春秋那个时代，赋诗的目的，即以诗施布王命，宣教王政。赋诗并不涉及诗的本义，而是根据言志的需要，赋予诗以另一义。赋诗言志既要有相类点上的联系，以便于观知；又要不拘于诗的本义，便于言志，它是对赋诗之人"歌诗必类"的要求，"比"的涵义也与"类"相似。而以赋诗为发端的"观志""知志"的方法就是"兴"。孔夫子说："小子，何莫学夫诗？诗，可以兴，可以观，可以群，可以怨，迩之事父，远之事君，多识于鸟兽草木之名。"④孔子只言"兴"而未及"比"，说明比、兴二者是不可

---

① 钟嵘《诗品·序》。
② 刘勰《文心雕龙·诠赋》。
③ 刘勰《文心雕龙·比兴》。
④ 《论语·阳货》。

分的，比而兴，兴而比，"比"显而"兴"隐，"兴"的感发作用的繁杂多样性，决定"比之义包于兴"。赋予比兴，是一个思想认识过程，而不是审美过程，它只是把诗的艺术形象当作一个起点，通过譬喻，展开理论的思索，从中概括出抽象的思想。

赵："比"与"兴"，在诗中孰"比"孰"兴"，有时殊难分清。因为有的诗所咏之物与所志之情，关系密切，也有的彼此并无关联，常常是混用，所以没有必要分得那么清楚，统称"比兴"也未尝不可。比如，我以前教书，学生造句时，有的同学对"地"和"的"这两个助词的运用拿不准，问我怎么办？我说，你就用白勺"的"好了。尽管"地"用在某些词或短语后，表示它前面的词或短语是后面中心语的状语，而在同样的句式中，"的"前是定语。但"地"字也可以作为加在形容词后面的字尾，如"慢慢地走"可作"慢慢的走"；"静静地躺着"，可作"静静的躺着"；由于"慢慢""静静"本身已是副词，也可省略"地"，写作"慢慢走""静静躺着"。因此说，"地"与"的"有时也相通，只是"的"用法要比"地"宽泛。这就像"比"与"兴"相通，"兴"较"比"宽泛一样。

田：这话说的有点意思。譬如，唐人王昌龄的绝句《芙蓉楼送辛渐》："寒雨连江夜入吴，平明送客楚山孤。洛阳亲友如相问，一片冰心在玉壶。"明眼人一看便知：前两句是"兴"，后两句是比。然而，要说前两句是"比兴"，以引起后两句，也对。"寒雨""楚山"两个物象，突出的是一个"孤"字：暮雨潇潇，西风泠泠，茫茫一片，布满江面，笼罩着吴楚之地；一夜雨下，天明之时，在亭边送别好友，把酒临风，望着眼前山脉，不觉潸然，回想平生，所历处境，也像此山之孤苦啊！这种以物象来烘托情志，不就是"比兴"吗？

赵：在研究《诗经》修辞的时候，不少学人偏重于"比"

和"兴"，而忽视对"赋"的探讨。这在大家之中亦不乏其人。大学者王季思先生在他的《说比兴》一文中，对赋避而不说，认为"诗歌要抒情，诗人之情，有时非直叙所能尽，直接说只能使读者明白诗中之事，不能使读者共感作者之情"，[①]这是不是因为"赋"属"直言"，不够形象生动？

田：认为"赋"的直叙不如"比兴"的曲喻生动形象，且无趣乏味，显然有失偏颇。直叙也可言情，也能生动。譬如，把月亮比成"银色的圆盘"，却不如直言"一轮明月"来得实在可感。而"悠哉游哉，辗转反侧""当时只道是寻常""相见时难别亦难"这样的直言诗句，绝不会逊于任何比兴曲喻。《诗经》中那么多复沓句式，反复铺叙，不是也照样表达强烈的思想情感吗？古典诗歌《孔雀东南飞》，通篇叙事，反复铺叙，间以比兴，不也一样生动感人吗？作为修辞方法，赋与比兴的不同点，只不过各司其职而已。"比兴"为诗歌提供生动的形象，而"赋"超越诗歌的普遍性文学价值，对后世叙事文学构成的资源性意义与原创性影响，却是不容低估的。

赵：田老，与君伴一日，胜读十年书。我这次来又收获不小啊！

田：我是信口开河，不妥之处，你多包涵。

2017 年夏

---

① 引自章太炎、朱自清等著《诗经二十讲》。

蛰伏心灵中的诗意

于丹在《重温最美古诗词》一书中所言:"我一直深深地相信,每一个中国人生命的深处都蛰伏着诗意,也许人的年岁越长越需要这样一种温暖,需要我们生命年华中的浪漫,让我们从现实的纠葛中拥有一种挣脱地心引力的力量。"掩卷之后,我对这段话颇有感怀。是的,在我们每个人的心灵中都蛰伏着诗意。

小时候我们天真地唱着骆宾王的"鹅,鹅,鹅,曲项向天歌。白毛浮绿水,红掌拨清波",是那样的天真无邪,这首诗歌伴随着我们一起长大;小时候看到明月,就会哼着李白的"床前明月光,疑是地上霜"。至今当我们看到明月时,依然会想起他的那首"小时不识月,呼作白玉盘"的诗句。长大以后尤其在学生时代,随着学业的负重和压力,逼迫我们珍惜光阴,在每个人的内心深处都不会忘记颜真卿那首催人奋进的劝学诗:"三更灯火五更鸡,正是男儿读书时。"步入中年以后,随着涉世较深,懂得了人生之艰辛,王维的"中岁颇好道,晚家南山陲"让我们有了对人生的思索和追求,各自的志向和信仰也就不同。当我们再年长或年迈以后,有朝一日返回故里,恐怕都有这样的怅然若失:"少小离家老大回,乡音无改鬓毛衰。儿童相见不相识,笑问客从何处来。"我们苦恨生命之短暂,光阴之倏然,景物依旧,人非昔日。这时,"惟有门前镜湖水，春风不改旧时波"还能让人得到一点对故乡、对人生的依恋。人老归隐之时，我们还会想起王维的那句"晚年惟好静，万事不关心"，作为我们晚年生活的座右铭，让我们去掉尘世中的累赘，荡起心灵的小舟，去寻找一份淡定、一份安宁。人的一生唯有人间真情难忘，如白居易的"晚年惟健忘，最不忘相思"，会让我们偶然回忆起年轻时的温馨与浪漫，同时在心灵的深处还有所寄，永远忘不掉人世间的这份真情。

人生何处不诗意。当春天来临的时候，我们置身于大自然中，面对鸟语花香的世界，宋之问"风来花自舞，春入鸟能言"，多么动人心扉，妙不可言，说到了我们的心坎里，让我们感受到了春天的美好。"赤日炎炎似火烧"，在燠热的盛夏，让我们懂得"锄禾日当午，汗滴禾下土"的辛苦，更加珍惜劳动的果实。秋日高照，玉露凋伤，转悲为喜，在诗人的心中便有"晴空一鹤排云上，便引诗情到碧霄"的昂然诗情。秋天，更有"豪华落尽见真淳"的品质，四季的更迭变化，也与诗人息息相关，我曾在《萃文斋三韵》中写道"四季风雨入吾诗"，正是感悟：无论是繁华还是凋零，无论是失意还是得势，人世间的景物在诗人的眼里都是美好的。

诗词的意象囊括宇宙万物，大到战争，小到个人情感，乃至人生的梦想、梦幻、梦觉等，都富有诗意。苏轼的《赤壁怀古》"乱石穿空，惊涛拍岸，卷起千堆雪"，每当吟诵，遥襟甫畅，令人壮怀激烈；岳飞的《满江红》"怒发冲冠，凭栏处，潇潇雨歇"，听之如雷贯耳，有威慑敌胆之气魄；陆游"楼船夜雪瓜洲渡，铁马秋风大散关"，有如箭响镝鸣，沙场征战、铿锵有声。这是描写战争和战场的宏大壮烈的诗意。在对人物的肖像、神态细节的摹化，更是惟妙惟肖：白居易"千呼万唤始出来，犹抱琵琶半遮面""回眸一笑百媚生，六宫粉黛无颜色"，这些动之于情，萦绕于心的诗句，让人百转千回、百读不厌。在音乐等艺术的表现和刻画上，诗意竟有"无声胜有声，无形似有形"的艺术魅力。如白居易《琵琶行》中："大弦嘈嘈如急雨，小弦切切如私语。嘈嘈切切错杂弹，大珠小珠落玉盘""间关莺语花底滑，幽咽泉流冰下难。冰泉冷涩弦凝绝，凝绝不通声暂歇"，音乐的清脆、幽咽、凝绝的细微变化，却能用诗意表现得淋漓尽致，入木三分。甚至连梦中的境界都可以用诗情和诗意来展现。李白的《梦游天姥吟留别》："霓为衣兮风为马，云之君兮纷纷而来下。虎鼓瑟兮鸾回车，仙之人兮列如麻。"将梦中的天姥山高峻回旋曲折之险境，赋予了神话般色彩，梦中的天姥山更加神秘回味，读之令人刻骨铭心毛骨悚然。

诗意蕴藉在天地山水自然之中，蕴藏在我们每个人的心灵深处，诗意无所不在，无时不有。林语堂先生曾经说过："如果说宗教对人类心灵起着一种净化作用，使人对宇宙、对人生产生一种神秘感和美感，对自己的同类或其他生物表示体贴的怜悯，那么依我所见，诗歌在中国代替了宗教的作用。"

诗是人类的奢侈品。于丹的诠释是："很多人会疑惑时光走到了今天，诗对我们究竟是一种必需品还是一种奢侈品？可能相比于现实的诸多压力，诗歌变成了一件奢侈品。但是我想，如果我们真的愿意相信诗意是中国人生命中的必需品，也许我们真的过得诗意盎然。"社会发展到今天，诗歌的确成为了一件奢侈品，是上帝赐给我们的一份奢侈品！有人主张世界上最伟大的是"上帝和诗人"，我想这至少是诗人的心声。我会更加坚定我的信念：诗不但是我心灵的寄托，更是我们生活的全部和始终，它一定会使我们的生活走向盎然的春天和美好的未来。

原载 2016 年 1 月 12 日《中国铁道建筑报》

李白的豪放诗风

　　李白，被世人尊称为"诗仙"，千百年来以其豪放诗风著称，并位居唐代"三大诗人"之首。韩愈誉其："李杜文章在，光焰万丈长。"贺知章称他为"谪仙人"，就连李白自己也认为是"太白金星"下凡，因此，寻仙访道，一生云游四方。他的好友杜甫云："白也诗无敌，飘然思不群。清新庾开府，俊逸鲍参军。"这是对李白"思不群"才情和清新俊逸之风的极好褒赞。又在《饮中八仙》中称："李白斗酒诗百篇，长安市上酒家眠。天子呼来不上船，自称臣是酒中仙。"将李白醉酒痴诗、癫狂不羁的又一特点描摹得淋漓尽致，栩栩如生。李白生性洒脱、超然、飘逸，自然有成为豪放派诗人的特质。究其李白豪放之诗风，与其他诗人有着迥然不同的特点。

　　惯用"大数"，助雄浑之气魄。

　　李白曾以修道为名，谙悉道法，对道家的思想极为推崇。他的诗中经常出现"三""六""九""千""万"这样的大数。如，《秋浦歌（其十五）》"白发三千丈，缘愁似个长"，《望庐山瀑布》"飞流直下三千尺，疑似银河落九天"。这两首诗中均出现"三千"之数词，气势磅礴，夺人魂魄。在《易经》中，每三爻组成了一个卦象，"三"为最小的大数，"九"为最大之数，在古代有"九五至尊"之称，代表至尊、至高、至上之意。

在李白的诗中不乏"九"字。如《庐山谣寄卢侍御虚舟》:"庐山秀出南斗旁,屏风九叠云锦张……黄云万里动风色,白波九道流雪山……先期汗漫九垓上,愿接卢敖游太清。"这首诗中三处出现"九"字:"九叠""九道""九垓"。这是描写庐山的秀丽雄奇的瑰丽篇章,屏风"九叠",这里当名词指庐山五老峰东北的九叠云屏,但"白波九道流雪山"中的"九道"谓指长江流至浔阳的九条支流,九派横流,白波汹涌奔流,浩浩荡荡,直泻东海,浪如雪山,如椽巨笔绘出长江之雄、壮、阔的恢宏气势,毫不逊色于《将进酒》中"君不见黄河之水天上来,奔流到海不复回"之高亢。"先期汗漫九垓上","九垓",一展畅邀卢敖神游九天之外的梦想与豪气,读后令人情思逸飞,心驰神往道家之仙境。又如《蜀道难》中"青泥何盘盘,百步九折萦岩峦"里的"九折",简直让人闻之可畏、望之喟叹:不足百步,九折之迂,蜀道之难难于上青天啊!

关于"千""万"之类的数词,《早发白帝城》:"朝辞白帝彩云间,千里江陵一日还。两岸猿声啼不住,轻舟已过万重山。"此诗中"千里""万重",意味白帝城距江陵之遥之险,但飞舟以一日之神速越过了"万重山"。这里的千、万,大大增强了诗的气势,使之成为千古传颂的名篇。又如,《赠汪伦》中"桃花潭水深千尺,不及汪伦送我情",《将进酒》"千金散尽还复来……斗酒十千恣欢谑"等等,在李白诗中不胜枚举。从文辞的极数的运用,足以窥见李白那种海纳百川、气吞山河的非凡气度,这种超然物外的大气魄、大写意,似乎常人是无法企及的。

借天地自然之极,渲染烘托气氛。

《将进酒》中"君不见黄河之水天上来,奔流到海不复回",将黄河之水"源头"比作"天上来",黄河奔腾不息、一泻千里、波澜壮阔之气势跃然眼前。在《梦游天姥吟留别》:"天姥连天向天横,势拔五岳掩赤城……天台四万八千丈,对此欲倒东南倾……脚著谢公屐,身登青云梯。半壁见海日,空中闻天鸡……"其中的"向天横、势拔五岳、天台、青云梯"等语,均为描写天地自然形胜,作者竭尽描摹之至、夸张之极,使天姥山凌然逶迤、横空出世、险象丛生,读后令人不寒而栗,寝食难安。又如《长相思二首》"长相思,在长安……上有青冥之长天,下有渌水之波澜"中的"青冥",《渡荆门送别》"月下飞天境,云生结海楼"中的"天境、海楼"等等,似乎恨不能"聚天地万象之胜、集宇宙旷渺之妙",表达其深邃、渺远、壮观之意境,这样的气魄和高度是一般诗人难以达到的,在李白的诗中不乏诸如此类的浓墨重彩之笔。

巧用天然抉择和特定句式,夺雄浑绝世之美。

著名的《望天门山》:"天门中断楚江开,碧水东流至此回。两岸青山相对出,孤帆一片日边来。"天门山,就是安徽当涂县的东梁山(古代又称博望山)与和县的西梁山的合称。两山夹江对峙,像一座天然的门户,地理形势险要,"天门"也由此得名。"两岸青山相对出,孤帆一片日边来",正是因为两岸青山的对峙,才会引出"孤帆一片日边来"的择天险、地要之抉。以这种天然的地理形势为背景,只用寥寥之语,一幅波涌浪遏、碧空唯尽、天际摇帆之画图凸现在人的眼前,每当吟诵,必有荡气回肠之感。

李白还善于运用一些特定句式,以强调自我主张的唯一性和事物的唯美性。仍以《将进酒》中"古来圣贤皆寂寞,惟有饮者留其名"一句为例,用"皆……惟有"句式,极度强调夸张表达作者逍遥自在、得过且过的消极人生态度,阐明人世间,唯有"饮者"才能留其名,"饮者"为之唯大。又如脍炙人口的《清平词三首》中"若非群玉山头见，会向瑶台月下逢"，用"若非……会向"之辞式，将杨玉环羞花闭月、倾国倾城之貌幻化为瑶池玉韵、天国仙姿，"此人只应天上有，人间难得几人寻"。

李白的豪放诗风诚然与他的天赋有关，但后天的勤奋与修炼给这位"天生我材必有用"的大师不断补充养分，使天才益彰，感悟升华，尽得豪放，终为"诗仙"。

原载 2015 年 7 月 16 日《中国铁道建筑报》

追梦兰亭

永和九年，岁在癸丑，暮春之初，以王、谢为首的东晋名士汇聚天下名流于会稽山，饮酒作诗，王羲之乘兴挥毫，诗成集序；序以书名，书以序名，书序俱名，一时名噪天下。"天下第一行书"兰亭集序遂为中华"稀世珍宝"。千百年来令多少文人雅士倾倒，不知演绎多少纷繁迷离的故事？我虽未去过会稽山，但对兰亭墨宝日日捧读，夜夜临习，如痴如醉。正如我在《兰亭序感怀》中写道："长捧珍宝难释怀，千年清新若水流。昼清神逸兰亭聚，夜寐梦逐会稽游。"这魂牵梦绕般的状态实难以用言语表述，只能在脑海中迭现出一幅幅美好的画图。

春和景明，正是放飞梦想的时候。江南三月，草长莺飞，镜湖泛波，会稽呈绿。东晋四十一名贤士汇聚在会稽山下、围坐在曲水旁边，嬉戏游暇，欢娱修禊。是日，天朗气清，惠风和畅，又有茂林修竹，潺潺流水，映带左右；虽无丝竹管弦之盛，一觞一咏，足以畅叙幽情。仰观崇山峻岭，醉饮烟霞；俯察江湖浩渺，吐纳成文；天迥地远，岂不忘忧？

我在《咏王羲之》一诗中写道："群贤毕集稽山阴，曲水觞回逸兴浓。天织华章存浩宇，神来妙笔耀辰星。"王羲之逸兴遄飞、风华绝笔、妙趣天成，借春日里明媚的春光和江南美丽的湖光山色，发出风光不再惜流年"此情可待成追忆"的喟叹，兰亭集会永远留给人无限的遐思和想象，令人回味、陶醉和神往！

关于书写《兰亭集序》，王羲之乘酒酣之意在蚕纸上挥毫即书，一气呵成。序文共二十八行，三百二十四字，其中二十个"之"字，无一相似，创造了中国书法史上的神话。据说王羲之酒醒后意犹未尽，又将序文重书一遍，也自感不如原文精妙，一连重书几遍，仍然不得原文之精华。这时他才明白，这篇序文已是自己一生中的巅峰之作，自己的书法艺术在这篇序文中得到了酣畅淋漓的发挥。

在我眼里，王羲之不愧是一位"书圣"。他对中国汉字的书写，在字的组合、结构、线条的变化，巧设矛盾，妙得布局，擅用开合，浑然天成，是亘古未有的书法天才、奇才，古往今来无人超越，成为后世学书的"典范"。梁武帝萧衍的《古今书人优劣评》云："王羲之书字势雄逸，如龙跳天门，虎卧凤阙，故历代宝之，永以为训。""龙跳天门，虎卧凤阙"，对这八个字的解释，历代争议颇大——老虎何以跑到凤凰的窝里？宋代著名书法家米芾也很迷惘："历观前贤论书，征引迂远，比况奇巧，如'龙跳天门，虎卧凤阙'是何等语？"我却认为：王羲之书法逶迤跌宕的雄强之美与婀娜姿媚的文弱之美交相辉映；"龙跳天门"彰显的是气势壮观的动态气象，而"虎卧凤阙"则是跃跃欲试却伺机待发的静态风光。《兰亭集序》通篇枕腕铺毫，字圆润如杏核，洒脱自如、俊秀妍美、端庄遒劲，以"龙""虎"喻之，再恰当不过了。

然兴尽悲来，序中记叙兰亭周围山水之美和聚会的欢乐之情，抒发作者好景不长、生死无常的感慨。"快然自足，不知老之将至，及其所之既倦，情随事迁，感慨系之也。"每个人的喜好随着时间和环境的变化而发生变迁，一件事情做久了，会发生厌烦；继而转向另一件事情，久之，又会发生厌倦。时光过得真快，人啊不知不觉已到夕阳西下、垂暮之年，"死生亦大矣，岂不痛哉！"王羲之在酣畅之后，宣泄了对生命、对死亡的哀叹！兰亭序正是他对生命之极致思考、书法之极致表现的充分契合与完美统一，让人爱之之至，又让人爱极而返！人世间的悲欢离合，才华横溢如王羲之者，亦只能叹之奈何！序文标新立异，语言绮丽纤秾，以至收入《古文观止》，成为连三尺童子也能成诵的佳作。

"兰亭已矣，梓泽丘墟"，王勃在《滕王阁序》中的感伤，似淡淡的愁云掠过我的心头，好在我从感伤中得到振奋。几十年来，我手头时刻放着一本唐代冯承素的兰亭摹本，有空就拿出来读读，虽也泛黄，却格外珍惜。这还不够，又在书房里悬挂了一幅装裱精致的兰亭序，早晚都要诵读一遍。每读之，若有身临其境之感，它常常把我带到东晋永和九年的会稽山阴之兰亭，久久不能醒寐。

原载 2017 年 6 月 29 日《中国铁道建筑报》

人比黄花瘦

　　李清照《醉花阴》中"人比黄花瘦"，堪称千古之绝唱。此语以"黄花喻人"别出心裁，以"瘦"拟"苦"直抒胸臆而又痛快淋漓，道出千古离别思念之苦。思念之苦，莫过于身心俱受摧残之痛苦，"人比黄花瘦"却把有形之苦和无形之痛都集中在一个"瘦"字上。何以了得！

　　南北朝诗人薛道衡《人日思归》："入春才七日，离家已二年。人归落雁后，思发在花前。"说的是人在落雁后才能回归家中，可思念却在花开前就萌生，这种思念是悄无声息的、慢慢地滋生出来的。而李商隐《夜雨寄北》："君问归期未有期，巴山夜雨涨秋池。何当共剪西窗烛，却话巴山夜雨时。"表达的是诗人盼望早日能与朋友相聚的急迫之情，思念却由想到盼，越来越近，等待归期成为他翘首期盼的心事。如果一个人在深闺中思念，则更多是落寞和酸楚。晏殊的《蝶恋花》："昨夜西风凋碧树，独上高楼，望尽天涯路。"边塞诗人王昌龄的《闺怨》："闺中少妇不知愁，春日凝妆上翠楼。忽见陌头杨柳色，悔教夫婿觅封侯。"这些都是典型的闺怨诗。

　　如果这种闺怨，在一定的背景或者在特殊的时空里，恐怕带来的则是更大的伤痛和伤害，有时身心都要受到影响，身心俱伤最终显现于形体。北宋大词人柳永因思青楼歌妓，风流终换"衣带渐宽终不悔，为伊消得人憔悴"，深得个中滋味。李清照的《醉花阴》，更是撸袖见骨，道出千古离别思念之苦，却表现在一个"瘦"字上：

> 薄雾浓云愁永昼，瑞脑消金兽。佳节又重阳，玉枕纱厨，半夜凉初透。
> 东篱把酒黄昏后，有暗香盈袖。莫道不消魂，帘卷西风，人比黄花瘦。

李清照十八岁时嫁给赵明诚，婚后不久丈夫远行，这是她写给丈夫的思念诗和离别信。"薄雾浓云愁永昼"，阴沉沉的天气最使人感到愁闷难挨，此时她独守空房，透过灰蒙蒙的"薄雾浓云"，独自看着香炉里瑞脑的袅袅青烟，心中的思念之火也随之慢慢燃起。"每逢佳节倍思亲"，此时王维的话又深深刺痛了她如焚的心，重阳之夜恩爱的丈夫却不在身边，玉枕纱厨，孤枕难眠，半夜一番凄凉初透，实在让人难受！黄昏"东篱把酒"后，郁闷的心情在浓浓的酒醉中并未得到释放，时有暗香盈袖，思念之苦如丝如缕时隐时现，内心的孤独与痛苦却更加剧了。这时，瑟瑟西风把帘子掀起，可是"玉户帘中卷不去，捣衣砧上拂还来"，那离愁如寒夜的月光无法从玉户帘中抹去，徘徊秋夜，阵阵寒意，辗转反侧，不得入眠。一夜的煎熬，使她精神渐萎，形容憔悴，如若秋之瘦菊，她怅然喟叹"人比黄花瘦"，以花木之"瘦"喻人之"瘦"，这是她自我的写照。诗中一个"瘦"字，似孑立悲秋之妇，凸现于萧瑟的旷野，凄清惨怀，古今无以盖之。

传说李清照将此词寄给赵明诚后，惹得明诚比试心大起，三夜未眠，作词数阕，然终未胜过清照的这首《醉花阴》。如此能让李清照思念之切，可想赵明诚情也至真，他们天各一方，互相倾思，才会"人比黄花瘦"。

古代闺怨词中的征妇怨、官妇怨、游妇怨大部分属于相互思念、两情相悦之夫妻；而商妇怨用今天的话说多是一种"单相思"。白居易《琵琶行》中"商人重利轻别离，前月浮梁买茶去"，商人重利而情薄，可琵琶女却梦中泪断红阑干，他们虽萍水相逢，但商妇却很珍惜红尘之缘，我常为琵琶女的"痴情"而暗自感伤。

2010 年 10 月

离情别恨话春愁

人生所累，莫如情愁别恨。古往今来不知有多少人被其所伤、所累。但细细品味，这种离情别恨往往与春愁有关、借春愁而发。

春天，万物复苏、繁花似锦。四季之首春为贵。但在如此美好的季节里若遇不悦、伤怀之事，乐极生悲，"无端一夜狂风雨，满眼春愁说向谁"，恐怕则更感凄凉。有多少诗人道出其中的滋味，欧阳修的名篇《踏莎行》："候馆梅残，溪桥柳细，草薰风暖摇征辔。离愁渐远渐无穷，迢迢不断如春水……"就是写游子在春天告别故乡的情景，思乡之情随着"渐行渐远"，像迢迢不断的春水渐无穷，把离情比作春水之愁，又借春愁道出了离恨之苦，源源的离愁似跌宕的春水滚滚而来，真是惟妙惟肖。辛弃疾也有一首类似的词，道出了春天的别离之痛。他在《摸鱼儿》中写道："更能消几番风雨？匆匆春又归去。惜春常怕花开早，何况落红无数……"有一年春末，辛弃疾接到由湖北遣移湖南仍任转运副使的令时，与友人酒筵钱别之时赋词消愁。词中把春之愁"惜春常怕花开早"，与"匆匆春又归去"的人生浮沉巧妙地联系在一起，语意双关，道出了他四十年来在官场上的失意与苦闷，借春愁抒发了作者别离时内心的酸楚与无奈。

在春天里道别，王维那首脍炙人口的《送元二使安西》则为凄婉："渭城朝雨浥轻尘，客舍青青柳色新。劝君更尽一杯酒，西出阳关无故人。"在春天折柳送别，柳与留谐音，是古人常用来送别友人的方式。再以更尽杯酒，以表达别离时对友人的无尽思念。欧阳修上述"溪桥柳细"中的"细柳"也暗含此意。折柳送别，表明行人在春天这样一个美好的季节，留恋和思念家人的那份缠绵。送别之痛，也多发生在春天。

　　春愁，除了被别离之苦牵引外，还与伤怀往事有关。南唐后主李煜的"亡国词"就别有一番滋味："问君能有几多愁，恰似一江春水向东流。"这是李煜的代表作《虞美人》中的名句，这也是李后主的绝命词，表达了一个亡国之君的无穷哀怨。"问君能有几多愁？"这一问，亡国之事，悲愤之思蜂拥而至，无限的愁思向东而流，悲愤之情喷涌而出，一发而不可收，汇成了以春水喻愁的千古佳句。词人到底有多少愁呢？他的愁思就像那一江汪洋般恣肆奔放、昼夜不舍的春水。这一腔愁思并不是能用"多少"所能量化的，而像那江春水一样是有深度、有广度、有长度、有力度的。这个比喻加倍突出了一个亡国之君的无尽"愁"怨。可以看出，亡国悲痛之事，恰与春天、春江、春愁放在一起，更能表达诗人的无比悲伤之情。离别恨、亡国悲，杜甫的《春望》："国破山河在，城春草木深，感时花溅泪，恨别鸟惊心。"正是"安史之乱"长安沦陷后的次年春天，作者有感于国家分裂、骨肉离散，而长安的花鸟都为之落泪惊心，春光虽美，睹物伤怀，一曲"亲离国亡"之悲歌，回荡在了长安的"城春草木深"中。

　　在古代，闺怨、思妇的呻吟也往往借春愁而发。唐代著名的边塞诗人王昌龄的《闺怨》："闺中少妇不知愁，春日凝妆上翠楼。忽见陌头杨柳色，悔叫夫婿觅封侯。"描写的就是在风和日丽的春日，伊人在闺中思念远方丈夫的期盼之情。张若虚《春江花月夜》中也有令人伤怀之笔："昨夜闲潭梦落花，可怜春半不还家。江水流春去欲尽，江潭落月复西斜……"写的也是闺妇在春江花月夜思念远方"良人执戟"的凄楚之情。

春愁与情愁相伴、情愁与春愁为伍，人世间各种说不尽的愁、道不尽的恨，总与春愁联系在一起。

原载 2015 年 4 月 30 日《中国铁道建筑报》

水葬文豪的考索

在中国历史上有许多文学家死于水中。伟大的爱国主义诗人屈原，早年深得楚怀王信任，他常与怀王建言献策，在屈原的辅佐下，楚国逐渐兴盛强大起来。后来楚怀王听信谗言，疏远了屈原，最终被楚怀王逐出郢都。屈原在流放期间开始文学创作，他的代表作《离骚》《九章》《九歌》洋溢着浓郁的楚地风情和报国情怀，他的"风骚"对后世中国诗歌的创作影响很大。但这位浪漫主义歌者，感到报国无门，最终饮恨来到了汨罗江边，抱起石头纵身跃入江水中，一位伟大的爱国主义诗人就这样湮灭在滔滔的波涛之中。

"初唐四杰"中的王勃，被誉为"四杰"之首。著名的《滕王阁序》中"落霞与孤鹜齐飞，秋水共长天一色"，成为千古绝唱，他的华章丽句疑似天工神笔，古往今来不知有多少文人雅士倾倒。据说王勃自幼聪敏好学，六岁即能写文章，被誉为"神童"；九岁时读颜师古注《汉书》，作《指瑕》十卷并纠正其多处；十六岁时，应幽素科试及第，授职朝散郎。因做《斗鸡檄》被赶出沛王府。之后，王勃历时三年游览巴蜀山川，创作了大量的诗词歌赋，表现了极高的文学才情，是一位亘古未有的旷世奇才。可惜天妒英才，上元三年（公元676年）八月，王勃自交趾探望父亲返回时，渡海溺水不幸身亡，时年二十七岁。还有一种说法，说王勃在滕王阁上超群的才华展示，使阎都督十分赏识，本来阎都督安排自己的女婿写这篇序文，巧逢王勃路经此地而取代之，阎都督遂起意想把女儿嫁给王勃，遭到他的女婿的嫉恨，就在王勃第二天上船后阎都督女婿将王勃推进了江里。这位文学天才，在登临滕王高阁留下"阁中帝子今何在，槛外长江空自流"的千古咏叹后，死在了水里。

盛唐诗人杜甫，其实也是死在水中。大历三年，杜甫思乡心切，乘舟出峡，先到江陵，又转公安，年底又漂泊到湖南岳阳，这一段时间杜甫一直住在船上。由于生活窘迫，不但不能北归，还被迫南行。次年正月，杜甫由岳阳到潭州（长沙），又由潭州到衡州（衡阳），复折回潭州。大历五年，臧玠在潭州作乱，杜甫又逃往衡州，原打算再往郴州投靠舅父崔湋，但行到耒阳，遇江水暴涨，只得停泊方田驿，五天没吃到东西，幸亏县令聂某派人送来饮食而得救。这时洪水又未退，后来杜甫由耒阳到郴州改变计划顺流而下，折回潭州。这年冬天，杜甫在由潭州往岳阳的一条小船上去世，时年五十九岁。

我国近现代著名的学者、文学家、诗人王国维，一九二七年六月二日在北京颐和园昆明湖跳湖自尽，从他身上翻出的一纸遗书得知他的死因："五十之年，只欠一死，经此世变，义无再辱"。有人说，他这个"辱"是为死殉清廷，效忠逊帝；也有人说，他这个"辱"，与他亲家罗振玉有些什么纠葛。著名的《人间词话》里的经典名言："古今之成大事业、大学问者，必经过三种之境界：'昨夜西风凋碧树。独上高楼，望尽天涯路。'此第一境也；'衣带渐宽终不悔，为伊消得人憔悴。'此第二境也；'众里寻他千百度，蓦然回首，那人却在灯火阑珊处。'此第三境也。"这位道出千古成就人生真谛的大学问家，这位满腹经纶的国学大师，过早地结束了红尘生活，成为了水下的冤魂，令人扼腕痛惜。

这些令我仰慕的几个文学家、诗人、学者，他们的死因为什么与水有关？除了意外，自愿选择水作为自己的归宿，或许因为水既能保全身体的完整，又可减轻痛苦吧。

2009 年 4 月

澹然空水对斜晖

唐代诗人温庭筠《利州南渡》中"澹然空水对斜晖"的诗句，令人遐思：暮春的傍晚，夕阳西下，山色翠微，水何澹澹，乘一叶扁舟拂面迎风，荡漾在恬淡的湖水之中，旅途的劳顿和人生颠沛流离之苦，全被忘得干干净净。置身和陶醉于美丽的山水之间，尽享这无限美好的自然风光，此时的人生该是多么的惬意啊！

"澹然空水对斜晖"，从"澹然空水"又使人想到曹操《观沧海》中"水何澹澹，山岛竦峙"，从碣石山观沧海，海水宽阔浩荡，山岛高高地矗立在大海边，茂密的树木和丛生的百草，在秋风的吹拂下发出萧瑟悲凉之声，海中涌着巨大的浪花拍打着礁石，当年那位挥师中原、驰骋千里的魏武来到大海边一洒英雄之豪迈，令人畅想激怀！

悠悠小船，澹然江水，还使人想起苏子瞻"清风徐来，水波不兴……白露横江，水光接天。纵一苇之所如，凌万顷之茫然。浩浩乎如冯虚御风，而不知其所止；飘飘乎如遗世独立，羽化而登仙"。在这烟空浩渺、碧波荡漾的江面，偶然清风徐来，旷然怡得，似有羽化成仙的感觉，梦想飞升九垓之仙境。这种让人超脱尘寰的境界，岂不美哉！

面对澹然的大江，"万顷江田一鹭飞"，余晖夕照，也令人产生思归之念："日暮乡关何处是？烟波江上使人愁。"崔颢在《黄鹤楼》中发出的千古幽叹，又使人平添了一丝淡淡的忧愁，漂泊的游子好像悲秋的归雁，在这日暮的时候，多么想结束羁旅的牵绊，飞归日夜思念的故乡。

平湖秋月，江南水乡。只要提到湖水二字，就会使我想到会稽山下的镜湖水，李白给他的忘年之交贺知章的赠别诗："镜湖河水漾清波，狂客归舟逸兴多。山阴道上如相见，应写黄庭换白鹅。"绍兴的镜湖水清澈美丽，而在这波平如镜的湖面，等候它的却是告老还乡的归客贺知章先生，故乡镜湖中时时荡漾的清波，足以让他终日泛舟娱游，安度晚年。李白的这首《送贺宾客归越》诗又像无数的涟漪，让人一波未平、一波又起。

面对澹然的江水，诗人的心绪却是很难平静的。温庭筠一生在政治上很失意，不仅屡次应试不中，而且因为言多犯忌，得罪了唐宣宗和宰相令狐绹，长期被贬抑，只好到处流转，做一个落魄才子。他的诗中曾有"自笑谩怀经济策，不将心事许烟霞"的自负与自嘲，实际上是失意后的无奈之语。诗中"万顷江田一鹭飞"，虽描述的是江边的清旷与寂静，也暗示了诗人在仕途上的惆怅与失望。"独忘机"，其实并不可能忘机。这一点和范蠡也是共通的。范蠡是因越王勾践难共安乐才辞官隐遁，可见，他们两个人都是极有机心的人。尾联偶兴欲学范蠡急流勇退，放浪江湖的愿望，如今谁能懂得乘一叶扁舟去追寻范蠡的足迹，逍遥于江湖烟水中而"忘机"一切俗念呢？这不失为古代隐士们所追求的一种生活。"君问穷通理，渔歌入浦深"，恐与王维也有暗合之意。

原载 2016 年 7 月 30 日《中国铁道建筑报》
新华社 2016 年 8 月 2 日 "今日头条"客户端

也谈"严以修身"

习总书记提出的"三严":即"严以修身、严以用权、严以律己",我认为这"三严"的关键是"严以修身","严以修身"做好了、做到位了,才能做到"严以用权"和"严以律己",才能使"严以用权"和"严以律己"变成自觉的行为。

《礼记·大学》中云:"古之欲明明德于天下者,先治其国;欲治其国者,先齐其家;欲齐其家者,先修其身;身修而后家齐,家齐而后国治,国治而后天下平。"这就是说:古代那些要使美德彰明于天下的人,要先治理好国家;要治理好国家的人,要先整顿好自己的家;要整顿好家的人,要先进行自我修养。我认为儒家这一"修身、齐家、治国、平天下"的思想,对于我们今天的共产党员、领导干部来说,具有十分重要的借鉴和指导作用。我们每个党员、领导干部都以自我完善为基础,通过自身素质的提升、自我强身健体,提高自身的免疫力,才能抵制各种病毒的侵蚀,一身正气,才能达到治理好家庭、治理好单位之目的。党的十八大以来,以习近平为核心的党中央以剐骨疗法、壮士断腕的决心治理腐败、肃整风气,取得了阶段性成效,从全国落马的官员和打掉的不少"大老虎"来看,大都存在"家族式"腐败。最典型的就是令计划、周永康、苏荣等,这些"大老虎"的腐败无一不是从家族开始、从身边的人开始。其身不正，焉能正他人。连自己都管不好的人，怎么能去管好别人？一代伟人毛泽东最大的特点就是以牺牲自我为代价，他的两个弟弟都死在敌人的屠刀之下，爱子毛岸英也牺牲在抗美援朝的战场上，他老人家一生清廉、心系民众，却赢得了全国老百姓的崇敬和爱戴，在全中国人民心目中拥有崇高威望，以至于世世代代的中国人都不会忘掉毛泽东等缔造了中国共产党，他是领导中国人民取得民族解放，建立一个崭新社会主义国家的民族英雄和伟大领袖。

怎样才能做好"严以修身"呢？

首先，要善于反省自己。《论语》第二章："曾子曰：吾日三省吾身。"说的就是一个人要时时反复检点自己，反躬自省。我们的党员和领导干部要经常从思想、行为、工作等各个方面，与党员的标准和党章要求对照检查自己；与现阶段党的路线、方针、政策要求自己；与十八大以来的"八项规定"和"四风"要求寻找差距。在具体工作中，看是否坚决贯彻执行关于企业党员、领导干部廉洁自律的各项规定；是否秉公办事、按章办事、按程序办事；是否严格执行企业的各项规定制度和职业道德规范等。时刻警示自己、惊醒自己、警惕自己。要把提升自身素质放在首位，努力提高自己的政治素养、道德素养、法律法制意识，做一名恪尽职守、清正廉洁的好党员好干部。

其次，要善于解剖自己，经常开展批评和自我批评。刘少奇在《论共产党员的修养》中指出："我们提倡党内负责的、正式的、对党有益的批评和自我批评。"我们每个党员和领导干部都要善于运用批评和自我批评的方法，解剖自己在意识形态、思想行为和生活工作作风中存在的不足，并找出问题的症结、原因和解决的办法。利用党员民主生活会、全体党员大会等形式，互相查找问题、互相提出批评意见，用公开、公道、公平、善意的、实事求是的方式和方法，坦诚相见，剖析问题，预防滋生和蔓延各种不良倾向、不良习气、不良作风，做到防微杜渐，防腐拒变。

另外，要见贤思齐，善于向英雄模范人物学习。榜样的力量是无穷的，我们的党员领导干部要向英雄模范人物学习，学习他们高贵的品质、先进思想和工作方法，努力提升自身道德修养和精神境界。尤其向焦裕禄、孔繁森、牛玉儒和杨善洲同志学习。正如习总书记所说学习焦裕禄同志"心中装着人民、唯独没有自己"的公仆情怀；学习孔繁森同志"做一个靠得住、有本事、过得硬、不变质的领导干部"。我们要学习他们坚持原则、顾全大局、求真务实、公道正派，始终保持党同人民群众血肉联系的领导作风；学习他们牢固树立宗旨意识，心系群众，为人民利益不懈奋斗，把一生献给党、献给人民的高尚情怀；学习他们清正廉洁、勤奋为官、无私奉献，为党和人民利益鞠躬尽瘁、死而后已的宝贵品格。做到为官一任，大有作为，一身正气，两袖清风，为企业的创新、升级、发展作出更大贡献。

2014 年 7 月 8 日

《易经》的易理

　　年轻的时候出于好奇，读过《周易》。虽浅尝辄止，却收获不小。譬如说"物极必反"，是贯穿整个《易经》的哲理，它告诉我们"凡事不能太过"，过之，必受其咎。举个简单的例子，有的领导身居高位，却居功自傲，骄横跋扈，忘乎所以，结果身败名裂。林彪当上了国家副主席，却一心想篡夺党和国家的最高领导权，结果摔死在蒙古的温都尔汗。有的人谨小慎微，低调做事，甘当"下级""副手"，一辈子平平安安，说明他深谙易理。

　　《易经》的"易"字，上面一个"日"字，下面一个"月"字，日字代表太阳，月字代表月亮，一"阳"一"阴"，阴阳发生变化就是"易"，易就是变化的意思。变化是事物的本质属性。大千世界多姿多彩、精彩纷呈，归根结底是由阴阳"变化"所致。这个易理足以让我们醒悟：人类只有创新才会有发展。譬如，一个艺术家要不断创新，艺术才会有生命力。书法家写字，一笔一画都包含着阴阳变化的道理，写字时的呼与应、收与放、开与合，结构布局上巧设矛盾、既对立又统一等，写出的字才会千变万化，富有个性。如果艺术家不懂得阴阳变化的规律，恐难创作出时代的精品力作，恐难达到很高的艺术境界。在国家治理方面，更离不开变化发展，邓小平讲，

"发展才是硬道理"。我国改革开放以来的巨大变化和取得的非凡成就,主要源于国家领导人富有高瞻远瞩,创新求变,与时俱进的远见卓识。

阴阳变化是有一定规律的。如,一年三百六十五天,一年有四季春夏秋冬,二十四节气等;五行中的金木水火土,对应方位中的东南西北中,人体中的五脏六腑,它们之间有着必然的联系。金克木,斧头可以把木头砍掉;水生木,树木在水中生长得很旺盛。这些自然界中相生相克的关系,是宇宙的公理和法则,只要你懂得规律、遵循规律、运用好规律,就是智慧之人。《易经》揭秘宇宙中的诸多规律,《易》被占卜家用来预测未来、占卜吉凶。

《易经》共有八个基本卦象,乾、坎、兑、坤、离、巽、震、艮,这八个基本卦象又组成了六十四卦,每个卦象,错综复杂,包罗万象,蕴含至深。中国人讲"信则有,不信则无"。依我个人的观点,《易经》是对人类和宇宙精妙的探索,人们对它的认识还有局限性和片面性。我们可以不信命,或不去给人算命,但懂得《易经》的规律,对于指导我们的生活和实践还是有所裨益的。

《易经》最基本、也是最重要的两个卦象:乾卦和坤卦。乾卦第一,由两个乾卦(上卦和下卦)组成,在《易经》中象征天,意为"元亨利贞",大吉大利之意。下卦中"初九","潜龙,勿用",一个人在不被人发现或者没有受到重用之前,要十分低调,须刻苦学习,韬光养晦,不可锋芒毕露;"九二","见龙在田,利见大人","龙在田",说明龙已到地面上,浮出水面了,这时需要得到"大人"们的举荐,这个大人是指领导或者说伯乐,这时要珍惜各种机遇;"九三","君子终日乾乾,夕惕若,厉无咎"讲的是君子终日健行不息,时刻戒惕警惧，即使遇到危险，也能化险为夷，要格外小心；"九四"，"或跃在渊，无咎"意思是巨龙腾空要伺机而动，有时跃上高处，有时却退处深渊，可能上，也可能下，需要灵活用事，也有漂浮不定，动荡起伏之意；"九五"，"飞龙在天，利见大人"，巨龙飞升云天，可以大胆做事，像太阳一样挥洒自己的光和热，尽情施展自己的才智，象征着古代的君王，所以有"九五之尊"的说法；"上九"，"亢龙，有悔"，飞到最高处，须十分警惕，前面所言"物极必反"在这里也是一个闭合，从顶点掉下来是最危险、最惨的，这是自然规律，像生老病死一样，这是事物的一个循环周期，不可违逆天道。

乾卦和坤卦，各代表天地之意。天行健，君子以自强不息；地势坤，君子以厚德载物。这是天地的品德，天的阳刚，挥洒自如，地的包容，可载万物。学习天地的品德，这不是做人的标准吗？老子所谓"人法地，地法天，天法道，道法自然"就是这个道理。乾坤象征天地，乾在西北，坤在西南，毛泽东当年在井冈山闹革命，在第五次"反围剿"后红军仅剩八万六千人的情况下，转战北上，开始二万五千里长征。在遵义会议确立毛泽东的重要地位（西南坤卦位），在延安（乾卦）指挥中国革命长达十多年的时间，一九四九年在北京（坎位也属乾）定都，走的不是一个"坤乾"的路线图吗？如果再追溯一下，孙中山当年北伐的时候，从广东出发（巽卦位），沿中国中东部往北京进发，三次北伐终因内外受制、力量悬殊等原因失败，到北京不久就病逝了。我国东部从地理特点多为平原城市地区，难守易攻，不便于保存实力，在八卦中属"震"卦位，雷霆震动，令人惶惶不安，有危险需自警惕之意。

《易经》这部千百年来闪烁中国智慧光芒的鸿篇巨制，我们在学习、工作、生活，甚至在养生方面，可从中觅得一点理论依据和佐证，让我们坚定信心，百折不挠，尤其在处于低谷和困难的时期，要沉得住气、挺得住，相信"否极泰来""山重水复疑无路，柳暗花明又一村"，此时晨曦初露，胜利和成功离我们不远。学习《易经》，能让我们时刻保持睿智的头脑，它像醍醐滋润我们的慧根，激发我们的灵感，使人获得顿悟，启迪我们摒弃雕凿和刻意，顺其自然保持乐观向上的人生态度。

2003 年 9 月

删繁就简三秋树

——说说行文的简与苟简

"删繁就简三秋树"，古今文章家都把行文求简说得很美，并身体力行。唐人刘知己说到"古文之义，务却浮词"时，总结出一套行文求简的晦显之道："显也者，繁词缛说，理尽于篇中；晦也者，省字约文，事溢于句外"，说简不否定繁，但他更重视简："夫（文章）能略小存大，举重明轻，一言而巨细咸该，片语而洪纤靡漏，此皆用晦之道也。"作文追求简练，是中华文章家的优良传统。你看这"简"字，原本是讲行文须"简练""精当"。简练二字，"简"与"拣"，字谐音通假，有选的含义，是挑选书中的重点。古代的文书大多是刻在竹片上，叫"书简"，堆起来老高老重，搬起来需车载船运。所谓"学富五车"，即是形容某人书读得多，学问大。但读书要"拣"重点的地方来读，还是得挑选一番，简单，就是挑选单个的，刻有文字的竹片；印刷术未行之前，书的流传完全靠手工抄写，自然要"简"。我们看唐人写经，以及古书的抄本，若是不简，累煞人也。而"练"是熟练，把挑选出来的重点搞熟。因为找出来不容易，抄写就更费劲，搞熟了免得再耗时费力去翻拣。"贪多毋得，细大不捐"，古人为文看重简洁、精当，提出理想的文章要做到"情周而不繁，辞运而不滥"。

刘禹锡的《陋室铭》不足百字，竟成千古名篇，足见简有多么重要。北大老教授张中行讲到"说或写的简为高"时，举了个切身的例子，他说，"一九五七年我被错划为右派，发往北大荒。"这句话中"错划"二字，就受到老先生质疑。多一个"错"字，问题来了，他说："表面看，错划，意思是划得不对，并且有后来的改正为证，像是措辞和意思都合情合理。……（但照）这样说，就等于表明：其一，他的言论是温和的，善意的，所以扣右派帽子是错了。其二，说错划，承认还有'对划'，在朝野都推重民主的时代，究竟合适不合适？至少还值得研究。其三，承认有对划，就等于承认言论也可以犯罪，这同宪法的规定怎么调和呢？这些问题都不容易解决，甚至不容易弄清楚，所以，为了省心，或进一步及时行乐，至少我觉得，还是少用一个字为好。"（《柴门诸语》）

　　"少用一个字为好"，也不是万金油，一味的苟简也会出问题。说话行文，有时因为吝啬一个字，也会产生歧义。如抗战胜利后，中国海军在西沙群岛抓到一只大玳瑁，带回南京，一时哄传。各报驻南京记者，都抢发专电报道。独有北平《世界日报》一家说是王八，不少人打电话给该报驻南京记者，查问真相。为节省电费，时任世界日报社社长的成舍我，只发了十个字："人皆玳瑁，我独王八，何也？"电文披露，一时传为笑谈。

2007 年

说 "气象"

　　中国有句成语叫"气象万千"，这里的气象，一般指景象或事物。气，是无形的，象，是有形的，把无形之气和有形之象合起来称作"气象"，颇有道理。象和像则通用，《说文解字》象的解释：像，佀也，各本作象也。然韩非以前或只有象字，无像字。韩非以后小篆既作像。毄辞曰：象也者、像此者也。又曰：象也者、像也。

　　按照道家的观点，宇宙之初为混沌状态，称太极，也叫无极，太极生两仪，两仪生四象，四象生八卦。这里的四象指的是四个季节，春夏秋冬，也可指四个方位东南西北。由此看来，从道家的观点推断，世上的事物都是由"气象"组成的。有形之象可观，无形之气却难料，尤其不可忽视无形之气。它虽然看不见摸不着，但其作用巨大。你看大到国家战争，小到某个单位或者个人，都涉及到"气"的问题。

　　治理国家要讲风清气正，兴利除弊，弘扬美德之风"气"，国家才会出现政治清明、社会繁荣稳定之"象"。如西汉"文景之治"、东汉"光武复兴"、唐代的"贞观之治"和"开元盛世"，历史上这些强盛时期，都是缘于提倡治国先正风气之良策。在战争中也要讲"气"，两国交战，以德为先，"得道多助，失道寡助"。历史上商汤伐夏桀，夏桀因失道寡助，商汤得道多助，商汤伐夏取得胜利；周武王姬发伐商纣，商纣王也因失道寡助而败于周武王。国共内战时期，共产党赢得民心，得到全国老百姓的拥戴；而国民党悖背人民意愿，一意孤行，失道寡助，最终蒋家王朝遭到覆灭的下场。

军队打仗也要讲"士气"。《曹刿论战》中"一鼓作气，再而衰，三而竭"，士气被调动起来，队伍才会有战斗力，才能所向披靡、无坚不摧。一个单位要讲风气，风气正，才会产生正能量，职工才会有向心力和凝聚力。学校要讲学习风气，学风正、教风正，则学生成绩优，学校才能培养出类拔萃的人才。如今生意场上讲人气、股市里看人气、楼市里也看人气，捧场者、从众者，甚至抬轿子、吹喇叭者云云，为的是"人气旺"。人气，无形之气，能够带来"官运亨通"、带来生意兴隆，能够趋利避害，其功不可没也。

人的这种"气象"，清代李渔《比目鱼·伪隐》云："我如今穿了襄衣，戴了箬笠，做出些儒者气像，俨然是个避世的高人。"《儒林外史》第一回云："孤是一个粗卤汉子，今得见先生儒者气像，不觉功利之见顿消。"人的"气像"谓之为气度，气局。从人的五官表情，穿衣戴帽，能看出一个人粗鲁或者儒雅。

时下人们很讲"人脉""人缘"，有人说那个领导没有"人气"，恐怕说他不善于听取职工群众意见，不去深入调查研究，凡事主观臆断，凡事感情用事，用现在的话说就是不接"地气"，果然时间长不了，那个领导被淘汰出局。这种看似无形、实则有形，看似无用、实在管用的"人气"，绝不可小觑。

写文章更得讲"气象"。王国维《人间词话》中："太白纯以气象胜。'西风残照，汉家陵阙'，寥寥八字，遂关千古登临之口。后世唯范文正之《渔家傲》，夏英公之《喜迁莺》，差足继武，然气象已不逮矣。"诗仙李白是盛唐文化孕育的天才诗人，其人狂傲不羁，其诗飘逸超群，诗风以豪放而闻名，这首小令《忆秦娥》，上阕"秦娥梦断秦楼月"，箫声悲咽，柳色依依，灞桥伤别，凄清迷离之情顿时袭上心头，让人落入无尽的虚空状态；而下阕的最后一句"西风残照，汉家陵阙"，雄浑悲壮，"不言其悲而悲从中来，不言其寂寞而寂寞之情油然而生"，区区八字，构建了极富张力的、永恒的意象，这种苍老悲壮之"气象"，千载以后仍然回荡在历史的天空。

"气象"者，不一而足，皆包容于宇宙万物之中；世界纷繁，宇宙无穷，乃知人生之得失，智达者须深谙此理。

2017 年 3 月 10 日

说 "意境"

　　据历史学家介绍：故宫从北到南、从东到西，如果是徒步行走，让你感到浩茫无边，难以走到尽头，属寓为"无穷之大"的意思，这就是故宫的意境。"九五至尊"、帝子居所，"不睹皇居壮，安知帝子尊"，这就是中国的文化，博大精深，玄妙莫测。连固化的东西都赋予生命的内涵，何况人类本身。

　　时常听到有人说，生活多么有诗意啊！生活当中的诗意是什么？一日三餐，衣食无忧，保持青春心态，追逐浪漫情怀，希望过着童言无忌、天真烂漫的生活；抑或远离纷争纠葛，忘却功名利禄，隐逸山林，免受喧嚣之扰，任凭云卷云舒；或期冀人类永远像春天般美好，万物复苏、姹紫嫣红，一片生机勃勃的景象；抑或超凡脱俗，痴心于烟涛微茫、云霞明灭的海市蜃楼，过着逍遥自在的神仙般的生活。这些，恐怕都是人们向往的生活境界。

　　但随着人生阶段的不同，每个时期的追求和向往也不一样。年轻的时候怀揣梦想，富有朝气，但阅世浮浅，经验不足，还只停留在"看山是山，看水是水"的境界；中年时稍有成熟，人世玄妙、风云变幻，多了一份思索、多了一些留意，便有"看山不是山，看水不是水"的感悟；知命耳顺之后，看破红尘，恬然淡定，不逾规矩，便有法天、法地、法道，顺其自然的胸怀。这是人生各个阶段的境界。

说生活有诗意，那诗意本身又是什么？诗的意境岂不绚丽多彩，精彩纷呈！唐代王维的诗被誉为"诗中有画，画中有诗"，他的"明月松间照，清泉石上流"，描写明月倾泻，泉石辉映，一股清新、明净之气蔚然荡出山涧松林，意境何等空灵、清澈！他的"松风吹解带，山月照弹琴"，反映遁迹山林，摆脱尘埃，寻得晚来"万事不关心"之闲适安逸现状。李白的"明月出天山，苍茫云海间"，多么苍茫、萧瑟，纵然呼之，令人荡气回肠，跃然眼前。疏狂粗放，细腻如缕，一收一放、一颦一笑，在诗人的眼里和笔端达到了极致。白居易的《琵琶行》"间关莺语花底滑，幽咽泉流冰下难。冰泉冷涩弦凝绝，凝绝不通声暂歇"，音乐的轻快流畅，像黄莺在花丛中啼叫，忽又像幽谷细流，时断时续；音调低沉时，沉痛遏塞，又如冰下艰涩不畅的小泉，此时的丝弦好像将要凝结、断绝。如此传神细腻、惟妙惟肖的音乐，只有用心去领会、用神去体悟。这就是诗的意境。

凡艺术都注重意境，有人说意境是艺术的生命。拿书法来讲，唐代书法家孙过庭在《书谱》中云："初学分布，但求平正；既知平正，务追险绝；既能险绝，复归平正。"这一段话也可以理解为对书法意境的阐述。对于初学书法的人，先追求的是"平正"之意；当解决了分布的问题，明白了字的间架结构以后，追求的是"险绝"之意境，写起字来纵横捭阖，如行云流水，彰显的是个性魅力，行草书便是。险绝之后，复归于平正，进入人书俱老，返璞归真阶段，此为书法创作中的真性情的流露，这是最高境界。再细分之，书法中的一点一画饶有意趣，王羲之的老师卫夫人说"点如高峰坠石""横如千里阵云""竖如万岁枯藤""每为一字，各象其形，斯造妙矣，书道毕矣"，既为写字之规，亦为书法点画所表现出的意境。

书画同源，自古以来书画不分家。画中的意境最先出现于三国两晋南北朝时代，那时的文学创作中有"意象"说和"境界"之说。唐代诗人王昌龄和皎然提出"取境""缘境"；刘禹锡和司空图在此基础上又提出了"象外之象""景外之景"；受道家思想和玄学的影响，山水画创作提出了"澄怀味象""得意忘象"，让人"不着一字，尽得风流""可以意冥，难以言状"。通过绘画表现艺术，给欣赏者提供了想象的空间，透过外表欣赏其内涵，使人产生遐想和共鸣。世界名画《蒙娜丽莎》，更是通过那眼神、那嘴唇和那双手，让人感受到了微笑的永恒。

喝酒的人讲酒的境界。李白"人生得意须尽欢，莫使金樽空对月""举杯邀明月，对影成三人"奉行及时行乐，一生以诗为友、以酒为伴。"朝回日日典春衣，每日江头尽醉归。酒债寻常行处有，人生七十古来稀。"杜甫也是嗜酒如命。杜甫和李白是好友，杜甫在《饮中八仙歌》中赞曰："李白斗酒诗百篇，长安市上酒家眠。天子呼来不上船，自称臣是酒中仙。"诗人酒后的癫狂，诗兴、灵感，酒后一发不可收拾，豪情万丈，又胆大包天，连天子都不怕了，这就是酒的魔力和魅力。酒逢知己千杯少，喝酒的人遇上知己至交，一饮而尽，若有怠慢或有语失，恨不自罚三杯，酒中乃见义气性情。

在中国喝酒讲酒风，喝茶讲茶道。据说喝茶的人，讲究的是氛围，与人数有关。"一人为仙，二人为圣，三人为品。"看来，喝茶与喝酒有很大的区别，一人喝茶却为最高境界，一人喝茶自斟自饮，自得其乐，自我陶醉，兴致时飘飘欲仙；但又显自私，不能与人分享其中之乐。

2009 年 5 月

"三"的寓意

老子《道德经》第四十二章："道生一、一生二、二生三、三生万物。"宇宙万物都是由两个对立面相互作用而产生了第三者，进而生成一切事物。可见，"道"是万物的起源，"三"是万物生成的"基因"。《易经》中的六十四卦由八个基本卦象构成，而这八卦中的每一卦都由"三"个爻组成，以"三爻"为基础，推演出诸卦，从而占卜吉凶，预测未来，"三"是易经术数之渊薮。从中国道家思想、儒家文化分析，"三"是一个特殊的数字、神奇的数字、吉祥的数字。

一般人都喜欢"九""六""八"数。"九"是最大数，如"九五至尊"；"六"，六六大顺；"八"，发也。据说，西方人也有对数字不同的喜好，美国人把"13"当作不吉利之数，因为耶稣受害前和弟子们共进晚餐时是13人。但很少有人知道"三"的寓意。

中国有个典故叫《退避三舍》。春秋时期，晋国内乱，晋献公的儿子重耳逃到楚国，楚成王收留并款待他，他许以如晋楚发生战争，晋军将退避三舍。后来重耳在秦穆公的帮助下重回晋国执政，果然晋、楚两军在城濮发生战争，重耳信守诺言，在战斗中下令将晋军主动退让九十里（古时行军计程以三十里为一舍），晋军最终大获全胜。晋军以退为守、以退为进，这是"三"在古代军事中的成功运用。《论语》中有句名言："三人行，必有我师焉。"三人中必定有我的师者，谦虚者受益，自满者招损，道出亘古及今学习之真理；中国茶道讲"三人为品""三人得其味"，三人围坐在一起，品茗论道，爽心悦神，也能品得其味；再说酒文化，中国人有个喝酒的规矩叫"酒过三巡"，在酒场上三巡过后，方可以自由发挥。李白的《月下独酌》"三杯通大道，一斗合自然"，三杯酒下肚，可通晓人生的大道理。也是文人骚客酿成佳作的最好时机，王勃的《滕王阁序》、王羲之的《兰亭集序》、苏轼的《水调歌头·明月几时有》等，哪首不是酒后的狂歌？就"三"字本身而言，在诗人的眼里，更有一股夺人之气势，李白在登临匡庐时，面临茫茫翠微、仙境绝崖、横空飞瀑，一咏而出"飞流直下三千尺，疑是银河落九天"的千古绝唱；毛泽东《十六字令·山》"惊回首，离天三尺三"，何等的磅礴、壮怀！"三"在诗人的眼里，隐约着硕大无比的气魄和气势，具有任何文字不可替代的作用。

人们写文章时也喜欢用"三段式"，一段单、二段浅、三段则恰好。四段有冗赘之嫌、五段更是画蛇添足。领导讲话则有讲"三句话""三层意思"，让人们从心理角度感觉时出新意、时间适中，不易产生不耐烦之意；也有著书立说者直接将书以"三"命名，诸如《三字经》《三言二拍》等，简约而蕴深，文人好像钟情于"三"、青睐于"三"。

人生有"三十而立"之说。古代把年龄分为弱冠、而立、不惑、天命、花甲、古稀、耄耋，其中把三十岁称为"而立"之年更有特殊的含义，子曰"吾十有五而志于学，三十而立"，三十是人生的重要转折点，是人生由稚嫩走向成熟的开始，也是由成熟走向辉煌的开端。孔子十五岁立志做学问，又经过十五年，到了三十岁"而立"之年，根据他人的生活经验和人生磨炼，最后确定了他一生做学问、著书立说、四处游说的志向，后来终成学问大家、教育圣贤。

自然学家、星象家也是喜欢"三"。以"三"开头做称谓的有："三才"，天、地、人；天上"三宝"，日、月、星；地上"三宝"，水、火、风；人有"三宝"精、气、神。似乎世间的吉祥物天生就只有三种。就连人们选好日子也有"三、六、九"之说，在我的老家山西，老百姓嫁娶、寿诞、乔迁之喜，总是喜欢选择逢月的初三、十三、二十三。人的寿命也有"七十三""八十四"之说，孔子活了七十三岁、孟子活了八十四岁，若按实说，孟子该是活了八十三岁。伟人毛泽东逝世时，享年八十三岁。

在中国也有"事不过三""三思而行"之说，这里的"三"谓"多"，带有警示和规劝之意，告诉人们要谨慎行事，凡事不要做过头了，做过头就会惹来麻烦。"三"是个坎，可以一而再，再而三，再三的时候就要格外小心了。举个简单的例子，在高速公路出口，如果第一次出错了，后面还给你一次改错的机会，如果再出错了，后面就没有纠偏的机会了。三思而行，告诫人们在决断大事的时候要慎重、周密，瞻前顾后、权衡利弊、考虑再三，否则，就容易出现失误和失策。

2003 年 3 月

从自号"三境山人"说起

二〇一二年我给作家、诗人田望生先生《天趣堂诗稿》作笺注，不到两年我的《萃文斋诗集》又出版。这是我在追求文学梦的道路上迈出的第一步，欣慰和成就感时时涌上心头。忽一日，我觉得读书写作和练习书法是我一生的爱好，得有一个"雅"号，遂自号"三境山人"。

何为"三境"？字典辞书上有两说：一说"三境"出自道家，道家有"三清境"之说，即神仙所居的最高仙境；另一说指"顺境、违境、俱非境"，乃源于《出宗境录》。顺境谓于情顺适之境，违境谓于情违逆之境，俱非境谓于情不顺不违之境。所谓境者，心所游履攀缘之处也。为人在世，生之艰难，死之恐惧，但倘能洞察此三境，则会处之泰然。这大致是我自号"三境山人"的缘起。既然定了这个自号，自然也会留心它的诸多含义。譬如，"三境"也可作"文境、物境和人境"来理解。

文境，即文章之境界，我喜欢文章的大气势、大气魄。又冠以"翠影红霞"微信昵称以记之。此语出自李白《庐山谣寄卢侍御虚舟》中："翠影红霞映朝日，鸟飞不到吴天长。登高壮观天地间，大江茫茫去不还。"我喜欢李白这种作文之大气。李白在《庐山谣寄卢侍御虚舟》中，以居庐山之高，望九派横流之长江，用四句语意委婉、文辞曲练之语，描绘了长江之开阔壮观、庐山之苍翠雄宏之胜景，与《将进酒》中"君不见黄河之水天上来，奔流到海不复回"相媲美。李白诗中常喜欢用"万""千""九"这种大数，如，"飞流直下三千尺，疑是银河落九天"，"白发三千丈，缘愁似个长"，但与《庐山谣寄卢侍御虚舟》中的"翠影红霞"句相比，虽亦豪放，但逊于直白，我喜欢这种含蓄中的宏伟，隐约中的苍茫。其次，"翠影红霞映朝日"中，"翠影""红霞""朝日"，一语中描写三种颜色，真乃丹青高手，妙笔生花，在古代文学作品中极为少见。文字求简约、凝练，尺水兴波，从描写手法和修辞方面也值得我们写文章的人探究和借鉴。

物境，万物之境，我独喜"春华秋实"之美。"春华秋实"是我QQ的昵称。我专为此作了一副联："春花迎新客，秋雨送故人。"自觉很开心。春天，百花盛开、草长莺飞、杨柳拂堤，令人陶醉、期盼和留恋；在这浪漫的季节、在这温馨的时光里，突然有一天迎来了我们最尊贵的客人、抑或是多年没见的老朋友、抑或是久违的情人，如果难免遇有"小扣柴扉久不开"的失意或尴尬，但也不觉得遗憾，不觉得惋惜，因为这种多情，这种留恋，恰恰留给了我们更多的回味，像一幅永远存留在脑海里的画图，绵绵无穷，若隐若现。春天在我们心中永远充满了希冀和憧憬。秋天，"豪华落尽见真淳"，繁华过后的精彩，匆忙过后的充实，沉甸甸的，让人感到踏实。即便是凋零、萧瑟，面对缤纷的落英、人约黄昏后的凄凉，不免使我们黯然伤神、伤情、伤感，但凄凉过后的欣喜，落魄过后的激昂，绵绵秋雨送别故人，这种景致，这种情调，这种美好，永远珍藏在我们的心中。秋之后，更待来年的春芳四溢，离离原草，又一派勃发的生机将等待着我们。

人境，即人生之境界。人生的最高境界，我认为是朋友聚首之情。我又以"春树暮云"冠之，作为我博客的雅称。杜甫《春日忆李白》诗："渭北春天树，江东日暮云。何时一樽酒，重与细论文。"寂寞难耐、悲戚伤怀或喜悦袭来之时，急切期盼朋友到来，与自己的故交知己畅叙心怀，乃是人生最大的幸事、乐事。古人云，"有朋自远方来，不亦乐乎"。曹操在《短歌行》中说："我有嘉宾，鼓瑟吹笙。"朋友能与己心灵契合、分享快乐、医治心病，使自己获得最大的乐趣。特别是中晚年，更需要与朋友多往来、多聚首。与朋友们交流沟通，更能使我心灵得到慰藉、精神得到升华，获得最大的愉悦。

原载 2016 年 12 月 1 日《中国铁道建筑报》，

收入本书时有删润

结缘书法

受晋文化的影响，我自幼喜好书法。"文革"时期山西大部地区尤为重视"毛笔字"的练习，我的家乡吕梁市有一个好的教育传统，学生从小学一年级直至初中毕业，每天早晨上课前须写一篇大字，我的书法启蒙教育大概受益于此。

从高中毕业到后来入伍，我对毛笔字的练习从未停止过，家里每年的春联都由我书写。每逢春节，都由父亲提供对联内容，叫我来写。如灶君位的"上天言好事，回宫降吉祥""一夜连双岁，五更分二年"；牛羊牲畜类的"大羊年年肥，小羊日日长"等。年轻时的"用武之地"就是练习写春联，这为我日后学习书法打下了基础。

一九八七年我考入成都铁路师范学校，学校专门开设了书法专业课，这是我真正了解和认识书法的开始。"临池千日见初功"，三年中，我坚持昼听师教，夜伴青灯，临摹不倦，梦想成为一名书法家。二十世纪八十年代正当中国书法教育方兴未艾，我学习书法的兴趣一发不可收拾，毕业回到北京，继续拜师学艺，受教于著名的书法家卜希阳老师和刘文华老师门下。近几年，有幸得到中国书协理事高军法老师的亲自指点和悉心帮助。经常遍访名家学者，博采众长。业余坚持临摹古碑帖，潜研书理，书艺大长。

功夫不负有心人。我曾参加了中国青少年书法协会举办的品段级比赛，成为中国早期的青少年书法协会会员。书法作品曾在成都铁路局首届艺术节入展并获奖；作品多次获中国铁建十六局集团美术、书法、摄影艺术展大奖，还入选中国铁建、全国铁路职工书法大赛展；创作的条幅、斗方、楹联等书法作品，散见于《中国铁道建筑报》等报纸杂志；撰写楹联藏刻于山西民间庙宇。

学书有道，师出有门。我初以颜真卿《勤礼碑》入手，后学《麻姑仙坛记》，又参临欧阳询《九成宫醴泉铭》碑，楷书基础较为扎实；隶书临习过《张迁碑》《曹全碑》；后重点转入行草书的研学，尤为对王羲之《兰亭集序》《圣教序》，以及孙过庭的《书谱》爱不释卷，乐临不疲。

书以载道，中国书法蕴含着博大精深的文化内涵，切不可为学书而学书，如"天下第一行书"《兰亭集序》，曾是王羲之为兰亭诗集写的序言，书美而文精；"天下第二行书"《祭侄文稿》，也是颜真卿声讨叛逆的檄文；"天下第三行书"《寒食帖》，是苏轼被贬黄州"死而后生"之文，被人誉为苏轼一生最好的诗文。王羲之、颜真卿、苏轼以及唐、宋的其他大家，包括元代大书法家赵孟頫，中国古代哪一个书法家不是诗人、文学家？所谓"品行有多高，则书艺有多高；学养有多深，则书艺有多深"，这是我一贯秉承的学书理念。一个书法家，尤其重视个人学问、涵养、审美的提升，一个人的书法艺术能走多远，关键取决于他的学养。书法艺术的本质不外乎是人的学问、修养、气质的外化罢了。

书法也讲悟性，"悟"从何来？首先要"师古"，以古人为师，以天地万物为师，仰观天文、俯察地理，认识宇宙万物的本源，深谙阴阳向背之道。方能参透玄机，悟得神韵。王羲之在《兰亭集序》中云："修短随化，死生亦大矣，岂不痛哉！"
这无疑是他对自然、对生命发出的喟叹！兰亭书法的秀美、俊
妍，堪称"天下第一行书"，逾千年而不衰，成为名垂千古的
宝书绝笔，正是源于王羲之对自然、对人类、对生命本质的感
悟。书法家须在传承前人和传统的基础上，与时代和个人审美
相结合，才能创造出源于生活、高于生活的时代佳作。

书法审美的价值取向，更是书家的生命和灵魂。一个人
的书法审美亦缘于他对宇宙学、自然学综合认知的能力，所谓
"人法地、地法天、天法道、道法自然"，为天地之道，万物
之宗。因此，"唯美自然"，是我书法艺术审美的最高标准。

砚田观山水，翰毫知得失。方寸之间，纵横天下，斡旋
乾坤，寄情于山水，这是我"游于书艺"的兴致之所在。

第四辑　书序传记

习从大家泼翰墨，诗成珠玉正挥毫

——读《天趣堂诗文选》

田望生先生的新书《天趣堂诗文选》编选甫成，便将书稿寄给我征求意见，并邀我为这部书作序。闻之，诚惶诚恐。一本书出版，通常都是请名家大腕为之作序，其用意不言而喻。望生先生却要我担此重任，其谦恭与信任，使我难以谢绝。何况我还是先生的忘年交呢！先生学问渊深，读书写作孜孜不倦，退休后十余年仍笔耕不辍，出版的著作一部接着一部地送给我。在与先生多年的交往中，我聆听教诲，受益匪浅。每每接到先生电话，总是声音洪亮，条理清晰，根本不像是年逾古稀之人，这使我钦慕不已。再就是我了解先生的才气和人品。作为报纸资深编辑，先生有深厚的文化底蕴和审美判断能力，以及报刊组织策划能力。工作中，他能调动大家的积极性，集编者、作者之所长，把握大多数读者的精神需求，能将众多策划、组织起来的稿件进行精心有效的选择、编排，制成优质的新闻产品，呈现给广大读者。往往是工作越出色越显低调，含而不露，引而不发，平易近人，亲切谦和。与他共过事的同行们说：在报社复杂的人际关系中，他从记者、编辑、总编室主任做起，一直到副总编任上退休，一干就是三十年，善始善终，全在于他能摒弃个人恩怨、一己好恶，客观包容，助人为乐，勇于付出，甘当人梯，以发现和扶持新人为己任。像这样一位令人仰慕的长者，既然有托，我就恭敬不如从命了。通过对望生先生这部"诗文选"的研读，要说读后感，不妨试图从他的散文作品谈起。

二〇〇二年三月，田望生先生的《天趣堂散文》由华文出版社再版时，《文艺报》高级编辑李金盾先生读后，特地撰写了《回味〈天趣堂散文〉的根趣》，并发表在当年四月二十四日的《中国铁道建筑报》文艺副刊的头条位置。其时，李先生掂着这本四十六万字的"散文集"，对该报编辑说："只有熟知中国散文传统，读过先秦诸子、《诗经》、楚骚、迁史、汉赋、唐诗、宋词、元曲的人，才能写出这样的好文章。"铁路作家、诗人曾瀑说："读过望生先生的文化散文，便知他传统文化根基深厚，腹笥便便；他对中国文化的热爱和解读，至少在中铁系统无人能出其右。"此话洵非虚语。大凡文章家，读不读古文，运笔便有文野之分，雅俗之别，孰高孰低，一目了然。难以想象一个连《古文观止》也没读过的人，会成为一位散文家。望生先生的散文之所以能在情感和审美上激起读者共鸣，正是因为他抓住了中国文化的"根"，吸足了传统文化的营养。他的散文如行云流水，写来从容不迫却章法谨严。尤其是遣词造句的古文韵致，引经据典的准确释义，透着一股书卷气。《人民铁道》报老社长王廷彦先生，时隔十多年再读他的散文选感慨地说："望生的文章已形成了自己的风格，细读慢品，余味隽永。"

在五十多年的文字生涯中，先生耕风犁雨，著作等身。由于他出版的著述多为新闻专著和散文结集及文学评论，在多数读者中，只知其文，不知其诗，甚至以为他的诗歌崇尚和理论表述是微不足道的。其实不然，读一读二〇一六年三月由新华出版社出版的《天趣堂散文选》，再读一读这部即将面世的《天趣堂诗文选》，你定会叹服：他是一位诗文兼长的作家。是的，先生秉承桐城家学，从小习读古文，矢志于中国古典文学。所作，看似没有哲学，而无处不哲学；不专言史，而科学的历史观浸透其中。他的散文抒情情真意诚，叙事简洁明了，析理切中肯綮。尤其是那些开智明心的艺语禅话，刚柔相济，均衡适度，个性鲜明，神完气足。那些清淡安逸的诗作，只求述怀遣兴，不慕标榜矜世。先生个性傲岸不羁，纵酒任侠。如《大醉》五首其一云："壶底朝天未肯醉，眼冒金星仍举杯。吞云吐雾张海口，阎罗殿里夺路回。"五篇醉酒绝句，状醉态，美而不丑，洁而不污，豪兴干云。晚年赋闲在家，无论家居还是出游，均手不释卷，口不绝吟。收入这部"诗文选"的六百余首旧体诗歌，大多是剪灯吟咏，且休闲诗占了三分之二。即便是"萍踪纪游"，吟唱的也大致是"有大美而不言"的大自然，自在自为。如《峨眉山纪游》《三峡览胜》《九曲溪漂流遇雨》《冬临壶口》《南国览胜》《行吟瘦西湖》《西山红叶》《晚登西山还望颐和园》《北戴河休闲》以及《海南百咏》中的纪游之作，状山水之貌，写云壑之情，或鱼龙曼衍，千奇百怪；或幽微窈渺，一鳞半爪。吐纳之间，往往庄谐迭出，机趣横生。其所激发的多是人的纯自然的审美愉悦，昭示的是个体心灵获得绝对自由的意义。他游于大自然，就是移情于大自然。人向自然虔诚地袒露心扉，自然则向人展开博大而富有诗意的胸怀。"林下吟闲"与"浮生杂咏"中的多数诗作都是幽栖北京西山所吟。退居山林，从繁忙的日常事务中解脱出来，他的心态也由焦躁逐步调整到恬静。过去没有时间看的书，一一找来从容地读一读，想写而没有时间写的东西，便都欣然提笔写起来。他的百首《归来吟》绝句和《百望山居并序》八十余首，表现的也都是自己泰然自适、随遇而安的生活态度。读来轻而不滑，淡而有味。先生曾对咸阳市作协主席陈海说，他喜欢明人洪应明的联句："宠辱不惊，闲看庭前花开花落；去留无意，漫随天外云卷云舒。"能有这样自如而美妙的心境，世间的一切荣辱得失也就了然于心。花开花落，云卷云舒，情与之谐，心与之舞，飘逸之中，欣喜自生。正如他的七律《七十自寿》中的二联所云："醉肠渐窄妞别笑，心境全空人有神。古稀不图年增寿，盛世惟恐杯蒙尘。"看得出他晚年向往的是生命的宁静与纯净，是一位老者对于生命的爱恋与眷顾。其在《百望山居》诗中云：

> 自小生南岳，山居会找乐。凿池育莲藕，垦荒栽芍药。居士无鱼鼓，闲门有雀罗。遣兴诗脱口，停杯梦南柯。

这种"埋忧送闷杯中酒，梦里南柯不知愁"和不因门可罗雀而凄楚的心境与心态，足见庄子顺应自然，安时处顺、逍遥旷达的思想，已深入他的骨髓；而陶渊明对他心态的塑造、性格的熏陶亦有深刻的影响。庄周、陶潜一生少在官场，他们面对的主要是物质生活的困难和理想事业的失落感，两人在人格上的典范意义，是追求如何在贫困失意中自我解脱。望生先生不一样，他生逢太平盛世，在浸润了庄子、渊明的精华后，他人格方面的典范意在怎样既获得物质生活的享受，又能体验精神生活的逍遥。如：

> 温馨小屋三五间，窗前明月与等闲。太平盛世人畏老，杯酒蔬粥为破颜。

> （《莫畏老》其三）

消磨老境无长物，留恋春光有短筇。又到清明
踏青节，人在太行第一峰。

（《莫畏老》其七）

物质与精神二者的和谐统一，使他真的享受到了最为理
想的身心自由；淡远幽深、精神独往的诗句，无疑又表现出他
的审美情趣与隐逸情怀。

拜读这部《天趣堂诗文选》，就其思想内容和艺术特色来
看，我想试谈以下几点：

关乎世运，系乎民生

望生先生早年参军，从西南边陲转战西北大漠；又从战地
记者干到报纸编辑，足迹遍布祖国万水千山。戎马倥偬，风尘
仆仆，故所咏多悲壮激昂，苍凉高亢。大凡边疆之雄奇，人生
之契阔，与夫情怀之抒发，皆奔涌笔底，蔚为佳作，如《自题
五首》其三：

铁马冰峰炮声隆，飞石尽染残阳红。戈壁沙冷
鸦噪晚，天山秋老雁横空。十年苦旅等闲事，一支
令箭上九重。弃武习文偿夙愿，从今秃管任西东。

描绘天山戈壁艰苦卓绝的战斗生活，取景阔大而情韵苍凉，
与辽阔苍茫、空漠枯冷的边疆特征相适应。慨忱悲壮，境界雄
伟，气势劲厉，音调高亢的诗句，直抒胸臆，得阳刚之美。其
《从军道中》《自题五首》《南疆铁路初战纪事三首》《路工三首》
《天山寄书》《望南海》等，声情并茂，性灵摇荡，沉酣蕴藉。

其感事哀时，体恤民瘼，对最底层群众生存境遇的密切关注，亦凸显先生爱国忧民、肩负历史使命和社会责任感。如：

才子挥毫"都一处"，前门烧卖霸玉盘。小摊虽无临川笔，京味一样惹人馋。

（《前门即事》）

昨夜寒露秋风劲，抖落西山满地金。八处神鬼歌帝道，孰知遐昌是当今。

（《秋游八大处》）

党的十一届三中全会召开后，先生从西北边疆调任《铁道兵》报记者、编辑。随着国家政治体制、经济体制改革的日益深入，特别是由计划经济向市场经济转变，全国社会生活的各个方面发生了巨大变化，也使人们的传统观念受到猛烈冲击。望生以一位新闻记者的敏感，对经济发展中出现的新鲜事物和翻天覆地的变化，予以大力支持和由衷赞叹；对于改革开放中出现的负面现象，亦能果敢地发出属于自己的声音，如：

过期肉肠弃阴沟，翁媪争抢说喂狗。日暮回家拆包装，都进蒸锅入人口。

（《竹枝词·拾荒》）

顷刻中原逐三鹿，三鹿煞时被凌迟。可怜燕赵养鹿工，鹿死谁手底不知。

（《竹枝词·杀毒》）

经济改革发展的大潮汹涌澎湃，泥沙俱下，贫富不均和弄虚作假的社会现象沉渣泛起。《拾荒》运用对比手法，在看似冷静的描述中，揭示了人物矛盾心理，再现了一个有血有肉有灵魂的形象，并以诗人的温暖、大爱和悲悯照亮自己、警示世人；《杀毒》所具有的精神深度和终极关怀，则表达了作者对时弊的焦灼与忧患。其悲民之所悲的忧国恤民之心，沉哀入骨，令人唏嘘不已，充分体现了一个诗人、作家对现实关怀的能量与澄清天下的志向。在那激情燃烧的岁月，正值望生先生年富力强时期，他对于时代、国家和人民有大爱、有担当。即使退居林下，亦胸无芥蒂，高唱入云。他的大量休闲诗，不以孤寂为苦，而以获得精神的平静和安宁为快乐，在有限的生涯中追求无限的生命价值。十九世纪初叶，德国伟大诗人荷尔德林在一首题为《轻柔的湛蓝》的诗中写道："如果生活是全然的劳累，那么人将仰望而问，我们仍然愿意存在吗？是的，充满劳绩，但人，诗意地栖居在此大地上。"由此可知，休闲之于他不只是娱乐，还是一种对人生意义有所追求的活动，人类许多有价值的思想都是在这种闲暇活动中产生的。"田舍诗草"之所以值得欣赏，正是因为诗中表达的那种谦退、散淡、悠闲的生活态度，那种思想品格、学者素养和审美敏感，能给人以诗意的启示，如《归来吟·山居》：

> 盛世幽居偏绚烂，黄栌红枫满空山。指点斑斓赋秋色，只是闲情不愿删。

"闲情"不闲。这里偏爱绚烂，渲染诱惑更胜于警示告诫。自从走出喧嚣的尘世，摆脱无绪的烦恼，轻松自在地进入一个不计功名得失的悠闲境界后，他的吟哦，字里行间仍蕴藏着对国家改革发展的大好形势的欢愉与赞许，以及对国家安危的忧虑与担当。二○一六年冬，先生旅居海南，站在三亚南山之巅眺望南海时高唱"妄说亚太不平衡，惊涛骇浪杞忧深。白发虽无缚鸡力，伏枥犹有报国心"。(《望南海》其二)并怀有"旦暮三沙烽烟起，天佑南国百万兵"的必胜信念。

诗学诚斋，贵能豪纵

望生先生的旧体诗作，先喜古风，后习两李两杜，唐诗之外旁及宋诗，晚年对杨万里倾倒备至。杨万里，字廷秀，号诚斋，吉洲(江西)吉水人。诗与尤袤、范成大、陆游并称"南宋四大家"。初学江西诗派，又崇晚唐，风格清新活泼，语言平易自然，饶有情趣，自成一家，时称"诚斋体"。杨诚斋曾言："学诗须透脱，信手自孤高。"(《和李天麟》)所谓"透脱"，即得"流转圜美如弹丸者"的"活法"，也就是不执着，变化中造新境。望生先生学其诗，贵能豪纵，不少诗作选用口语入诗，构思精巧，清新活泼，灵气中凸现超逸，如：

> 夕阳也知攀富贵，一角自暖万寿山。
>
> (《游园随笔》其二)
>
> 西山更比西子俏，羞浴昆明靓晚妆。
>
> (《名园四韵》其二)
>
> 秋风原本无颜色，也吹斑斓上九重。
>
> (《西山红叶五韵》其二)
>
> 青鲤也知解人意，擎起浪花谢一声。
>
> (《稻香湖六韵》其三)
>
> 东风偏爱迎春花，羞煞桃树一脸红。
>
> (《春之韵》其一)

海棠恐被桃花妒，枝头缀露红几滴。

（《春之韵》其二）

一窝蜂虫入荷塘，拈花惹草各自忙。偏有几只抢先归，错把莲蓬当蜂房。

（《游园撷趣·蜂趣》）

雨过槐花满园香，水榭飞来两鸳鸯。言去昆明度蜜月，小憩贵池未商量。

（《春之韵》其六）

笔墨纸砚暂安居，新茶老酒陈后厨。日醉窗前枕史籍，无赖海风乱翻书。

（《寓居海口》其二）

创造是从模仿开始的。在中国诗歌史上，从魏晋时起，因为有了丰厚的前代诗歌传统积累可资借鉴，诗人中始兴拟作、效体之风。望生诗学杨万里，不假斟酌，率意而成，逍遥自在，空灵潇洒，不刻意求工而自工。清逸、活脱的风格直逼杨诚斋。他的许多山水田园诗作，不仅有对自然山水生动真实的写照，还体现了一个诗人对大千世界和人类社会关系的认知。这样的认知，无疑会唤起人们保护自然生态环境的良知。

以文为诗，精于用典

桐城派作家论文主张义理、考据、辞章三者合一，于诗则重学力、恶俗滥、避陈言，以文为诗，在志趣上已与宋人多有遇合。望生先生恪守桐城家法，写诗的审美趣向更多地接受了桐城派诗人"以文为诗""以议论为诗"的手法，如《读〈史记·李将军列传〉》诗云：

司马史笔带同情，遂扬飞将身后名。名不副实谁与解，人微言轻姑妄听。小肚鸡肠常滋事，大战沙场乏功陈。冯唐易老何足惜，李广难封应公平。

诗洵属形象思维，而形象思维有时亦须合乎逻辑思维方见其妙。这首七律以散文化的语言议论，把抒情与叙事在一首诗里紧密地结合起来，诗的容量扩大了，且把李广小肚鸡肠、乏功可陈，故而战后难以封赏的知性理思表达得清楚明白。这种“以文为诗”，用诗歌记录自己读书的心得，或评文论学，或述史论人，立意新颖，想落天外，表现出一种与众不同的史识。如：

歌功颂德帝王碑，不及女皇大智慧。死去无意镌顽石，留与后人论是非。

（《题武则天无字碑》其一）

廷辩获罪入牢笼，忍辱负重书枯荣。史迁故里众司马，惟恐株连改姓同。

（《韩城随笔》其一）

天生丽质着边尘，羞煞中原百万兵。太平儿女盛世乐，谁解娥眉出塞声？

（《观京剧〈昭君出塞〉》其一）

还有《读〈西游记〉题悟空》《反贪随笔》《读谢康乐诗》《题李煜》《谒东坡书院》《谒海瑞墓》《海角随想》等，都有不少古文词充斥其间，如“惟恐”“更从”“始能”“向使”“孰知”“若非”“安得”“惟识”“未尝”“此文”“云尔”“者”“如”等等，这些古文词入诗，作者心之所思，目之所睹，身之所经，描摹刻画，委曲详尽，体现了桐城派一贯标榜的"雅洁"之风。这种内涵宏博深沉，风格高华典雅的学人之诗与诗人之诗遇合的特色还体现在用典上。他的有些诗作虽用事密集，却不为书累，轻轻点染，便成妙趣；典雅稳切，意味深长，拳拳之意融入其间，如：

> 茶楼酒肆客满座，绍兴醺然听莺歌。难怪天子弃徽钦，丢了中原又如何？
>
> 《（咸亨酒店》）
>
> 两雄争锋谁敌手，衢水灵江拥龙丘。忽闻游人言苦胆，北望姑苏叹虎丘。
>
> 《龙游怀古》
>
> 老来添宅近颐和，昆明已然长属我。澄怀涤虑湖心岛，最为亚子抱憾多。
>
> 《（归来吟绝句》之《山居》其一）
>
> 书读五车未觉饱，方恨少时念书少。枕经葄史非虚语，鲜活人生学到老。
>
> 《（归来吟绝句》之《学而》）
>
> 辍耕西苑学南村，闻鸡起舞书八分。栖雀不除窗前草，驴鸣如听自家声。
>
> 《（归来吟绝句》之《无题》）

上述五例篇篇用典，有的一首三典，读来并不晦涩难懂，亦无斧凿之痕。作者运古于律，以故为新，或含蓄婉转，语近情遥；或拗析波峭，音韵铿锵，风格直逼黄山谷。先生引典入诗还受老杜影响。后人评李、杜，咸认李白以才取胜，而杜甫以学取胜。杜之以学取胜表现在他作诗时用典渊博、巧妙、精确。而望生博览群书，有时也习少陵，尝识用典以逞学力。何况咏史怀古的诗歌，要达到一定的深度，在指陈现实的同时，也确实需要使用一些典故方能意渊味永。

锤炼句律，选字精准

简练、凝重、典雅的中国传统诗歌，是运用汉字、发挥汉字魅力的典范。历代论述诗歌创作技巧，多是主张着重炼意、炼格，然后辅以炼句、炼字，但诗是可以歌唱的文字，是语言的诗意表达，终归离不开炼字。富于诗意的语言文字之于诗歌，犹如梁椽砖瓦之于建筑，有什么样的材料，怎样巧妙地应用和砌筑这些材料，决定着建筑的风格特色。望生先生写诗注重锤炼，只字不苟且。有时落笔放纵，而收拾起来极其严谨，一如桐城派著名学者刘声木先生所说："其于诗也，意欲其深，词欲其粹。一思之偶浅，必凿而幽之；一语之稍逊，必袭而精之。"收入"田舍诗草"的旧诗，虽五古、歌行、绝句、律诗，玉粲珠辉，各体皆备，但用旧形式表现新内容，清婉含蓄，绮丽精工的，还是他的五言古诗和七言绝句。五言古诗的特色是返朴归淳，不刻意求工而自工。如《百望山居》八十首，俱是五言古诗，这些寂寥短章，出笔高超，闲暇萧散，思深力道，兴寄风雅，犹有汉魏以前高风余韵。如：

老归竹林下，新居如人意。好山一窗足，佳景四时宜。饭来鲭有酒，落笔诗无题。邻里知我乐，提篮送猫咪。

山色百望好，空蒙半有无。云起千嶂乱，雨过一塔孤。心闲思远眺，天寒念故居。目送南飞雁，遥寄八行书。

心闲无尘累，山居多趣味。牧竖横吹笛，樵童荷柴归。日脚下木屋，孤烟报晚炊。砂锅骨未烂，篱外犬先吠。

雨过云初净，携杖览枫亭。碧涧染红叶，青林绕白云。奇石生灵草，怪松栖珍禽。老来恋秋山，秋思亦无垠。

登高又重阳，曳杖携壶浆。云湿摩崖滑，风剪古木香。空晴目聊纵，天寒雁南翔。流水知何处，落叶思故乡。

四季如车轮，转瞬又冬临。天凉花渐谢，叶落鸟频惊。林疏山愈瘦，风寒水骤停。万物馀凄美，念此不世情。

以上举隅，选字精准，裁对工巧，词意警切，其平仄句律，置之唐律亦不逊色。他的绝句大多写日常生活或浏览风景名胜时的感受，语近情遥，含蓄不露，宛曲回环，句绝而意不绝。如《圆清寺》：

圆清寺内无和尚，但见关帝守庙堂。僧房谁在把鱼鼓，禅院居士扫夕阳。

着眼前景，写口边话，通俗诙谐，清丽纤巧，有味外之味。他二〇一六年冬至二〇一七年初春旅居海南，百日吟咏绝句百余首，凸显倚马之才。能有这样的成就，一如他在《诗话》中所云："蝶化庄周警世梦，酒酣李白谪仙人。习从大家泼瀚墨，意气纵横降鬼神。"正因为取法乎上，所作法度严谨，典雅清丽，简练韶秀，造语新颖，用笔入神。不少绝句还借用"无题诗"这一传统的诗歌形式，表达了闲适无为和幽微隐秘的生活体验。无题诗，自唐人李商隐以来，逐渐成为一种固定的诗歌体式，形式内容也延续着中国诗歌脉络触物兴怀的抒情传统与兴寄无端的艺术构思。无题诗，正如国学大师王国维所云："非无题也，诗词中之意，不能以题尽之也。"望生的"无题诗"，正是以曲折隐晦的手法传达自己难以索解的主旨与幽深婉转的情境。他的咏物诗，于诗情画意中尤见寄慨遥深。如《老鹤》：

折翅唉亦哀，瘦影落苍苔。无复凌云志，知向鸡群来。

四句不即不离，借物抒怀，表达了自己能上能下，能屈能伸，委顺不争，随遇而安的旷达情怀。他的《咏物十六首》，不期于咏物，而咏物之工卓然天成。如：

飒爽门前竹，萧瑟风里清。逢迎不屈节，凌云总虚心。

（《修竹》）

当春不作秀，雪花满枝头。浩气凝珠玉，香酥脍人口。

（《梨花》）

饮露濯秋光，争艳霜后香。相期惟晚节，重九佐清狂。

（《菊花》）

横塘两三枝，飞雪已多时。忍冻村忘远，播香傲盛世。

（《腊梅》）

以上四首咏物诗，巧言切状，体物妙肖，兴寄象外，比德言志，清徐含蓄，风格直逼唐人咏物韵味。他的排律虽多率笔，亦有佳篇，如《晚登西山还望颐和园》，铺陈排比，流动自然，如意挥洒，一气直下四十二韵共五百八十八字。读之令人击节叹尝。倘无宽阔的视野，深厚的才力，是不可能有此词气豪迈而风调清深，属对律切而脱弃凡近，情景交融而凝练又疏宕之作。

诚然，先生的诗在平仄声韵上亦有个别不合律、不合谱之处，但这有什么要紧？写旧体，离谱出律现象，即使古往今来的大家亦在所难免。正如著名诗学家霍松林教授在给国务院副总理、著名诗人马凯同志的信中所说："作近体诗，合律是必要的；然而窃以为忧时感事，发而为诗，倘意新、情真、味厚而语言又畅达生动，富于表现力，则虽有失律，亦足感动读者，不失为好诗。反之，则虽完全合律，亦属下品。"（引自《海角论诗》）马凯同志在赞许的同时，还提出在"平仄格式"上"求正容变"的主张。"求正"，就是尽可能守律；"守"，当然不是死守，死守的后果是将格律诗守死；"容变"，就是容许对格律作适当的改变、突破。当然，变也不是全变，全变的下场是割断传统，将格律诗变没。

感时哀事，寄慨遥深

赋诗，情动与心生，必然是专一无伪的。心之所至，不能有丝毫纷乱、虚假。所谓"修辞立其诚"的"诚"，其意义正在于此。《中庸》曰："不诚无物。"连物都没有，哪来的诗？因此，写诗情真意切是起码的原则。只是在平仄声调、对仗格律上费心思，没有真情实感，充其量不过是诗匠，而非诗人。田老是感情丰富的人，他感时哀事，时怀亲友，赋之于诗，曲尽人情。一九七六年河北唐山和二〇〇八年四川汶川两次特大地震，死伤惨重，举世震惊。他在第一时间得知后，痛吟"丙辰之殇"和"戊子之殇"两首律诗，铿锵开金石，凄楚泣鬼神，凸现大爱之心。老战友王伯欣夫妇在汶川地震中不幸遇难，噩耗传来，他沉痛追思：

> 明园别依依，岸柳春烟低。竟日话当年，未月闻归西。攀枝花如血，绵竹空悲泣。人生果无常，思君泪沾衣。
>
> （《人生无常》）

> 来时梅瘦未著花，别后春深柳藏鸦。孰料他日如相见，黄泉路上寻君家。
>
> （《伯欣夫妇周年祭》）

望生先生退休后，曾应故旧之邀，偕老伴专程到江浙一带探望老战友。其间所作亦情深意笃：

> 燕京难排客居愁，君回江南续春秋。相逢锡山又相别，竹海碧波送行舟。
>
> （《无锡竹海别故旧归京》）

诗中"故旧"指挚友、原铁道兵第五十四团新闻干事浦争鸣。一九八四年铁道兵并入铁道部，望生与浦有师生之谊，通过自己的人脉，他给浦争鸣在《北京法制报》谋一记者职业，但浦故土难离，最终决定还乡创业。此诗为时任《中国旅游报》总编辑的浦争鸣于无锡竹海送别他时所吟，诗味醇厚，情感深沉。此次江南之行，他还与在苏州的老战友、时任中国铁建二十局集团一公司党委副书记何敬德彻夜长谈。岂料归京不久，何因病去世，望生先生闻之痛悼：

> 别梦渭城梅剪玉，相逢姑苏柳摇金。归来不日闻噩耗，南向痛哭失知音。
>
> （《悼亡友》）

"好诗不过近人情"，他的那些登高望远、思亲怀旧之作，无不表现出他的家国之情，如：

> 双亲早逝儿远游，孤坟长使枕寒流。老天不知伤往事，一任斜阳伴客愁。
>
> （《墓祭三首》其二）
>
> 相见双鬓两萧然，时聊犹能记故园。父母早逝各东西，京津寄寓幸未远。
>
> 已指京津是故乡，客心依旧向潜阳。兄弟塘沽同赏月，渤海秋风蟹正香。
>
> （《塘沽会胞弟渤安二首》）

思乡的实质是思亲，乡情的实质是亲情。家是国的雏形，国是家的扩大。情系家国，爱国忧民，乡情与祖国情通常是合二为一的。孟夫子所谓"正心诚意修身齐家"的目标，是"治国平天下"(《孟子》)。望生的这些登高思乡、佳节思亲、远望当归、秋风日暮起乡愁等诗作，表现的都是家国之思，故土之情，如"雁去江淮日，秋来登高时""流水知何处，落叶思故乡""客籍五十年，不改是乡音""除夕不眠非守岁，乡音无伴老思归"。读他的诗，我们会发现，他对世事的理解，折射出一个诗人的理想主义与赤子之心。他对美景的流连和对亲友的眷恋，对美好的讴歌和对丑陋的愤慨，全都显得那么真诚纯清。在我们看来，这些都是对生命基本情态的原始揭示，简单直接，和任何地域的人的心灵产生共鸣。这种蕴含真实丰富的内心体验的诗作，回味的余地大，能引发出丰富的人生联想与感慨，其容量绝不亚于一本大部头的著作。

这本《天趣堂诗文选》将"田舍诗草""美辞诗话"和"空山诗魂"集于一书，可谓珠联璧合，相得益彰。因为诗是语言的艺术，从学诗、写诗到探讨诗的修辞和风格，是一个自然的过程。他的诗话诗评，论述大气、细密、紧实，所论洞烛幽微、剖析凯切，充满期许的学术文字，行文洋洋洒洒，读之仿佛听到他走笔带出的风声，宛若诗章，恰如交响，文章干净、漂亮、灵气淋漓。他的诗歌创作成就，说明他在这一研究领域所作的努力是奏效的。他在诗的阅读和创作实践中，积累了丰富的富有民族审美特色的语汇和修辞方法，并娴熟地运用各种修辞造句方法，才使得他的诗文变化多端，气象不凡。中编《美辞诗话》的十六篇文章，选自他的《人间辞话——古典诗词修辞例话》一书。文章并无宏大的架构和体系，各篇都由长短不一的例话组成。由于作者从汉语修辞的审美入手，将中国古典诗歌中的名篇佳作统由语言的艺术表现方式而被召唤到读者面前，发覆烛隐的述评，切中肯綮的分析，读后能使人的审美品位从"悦耳悦目"进入"悦心悦意""悦神悦志"的层次。

基于诗歌与书画、音乐在形体和音色上的共同特色，诗词、书画和音乐爱好者，皆能于其间融会透莹、触类旁通，于智有补。下编《空山诗魂》，极力摆脱尘世的喧嚣，专注于文化精神层面的遐想。所选两大长篇，是对诗禅世界的学术探索。望生先生在吸收、消化前人研究成果的基础上，通过诗家与佛道的深层交流，诗心与禅心的相互启发，诗论与禅论的彼此砥砺，又有新的见解。作者以诗意的语言，游走于叙事与议论之间，使散文带有浓烈的精神气质和灵动感性。而通达、顺畅地表达自己的思想，又是建立在完全吃透、把握作品的基础上。倘若没有坐冷板凳的沉潜笃学以及鸟瞰全局的学术视野，是很难领会和辨别儒、道、玄、释之于古代山水田园诗的审美价值的。"灵心醉笔咏田园"一文，是在晨钟暮鼓中醉眼看渊明。生命如醉酒，却醉在作者构建的崭新文字中。如"醉心时的死亡想象"，通过陶潜对死亡这一人类生命极端现象的体认、思考与表现，生动而准确地揭示了这位"隐逸之宗"的社会理想、精神状态、美学观念，为我们认知中国诗人在思考与表达死亡主题方面所达到的思想深度与审美高度。"山魂水魄动禅心"一文则在品评古代山水诗作时，注重作品的思想、精神和艺术高度的辨析。这些仿佛不沾人间烟火的文字，透着冷静而淡定的心态。在中国文化中，自从晋人向外发现了自然，向内发现了自己的深情，此后两千多年，山水精神便与山水诗人自我意识结伴而行。他们乐山乐水，悠闲适意，在幽深僻静的山谷"逍遥自由，远祸保身"，这种对欲望的世俗方式的"批判"与"警醒"，使现代人能从他们身上反思自我生命的不足，从而情愿去改变自我，提升自我。这对于人们追求宁静致远的境界，无疑具有积极的人生价值。

这部诗文选集，上中下三编之外另有"补编《天趣堂散文选》拾遗"。看得出作者对遴选文集的谨慎与流连。用望生先生的话说："得意的文字出于己口己手，了然于己心，如同作者的生命，是要特别珍视的。"原来，他是把自己喜欢的文字，当作有生命的文字来珍视的。就"补编"的文章内容看，若无此举，还真的有遗珠之憾呢！望生先生的散文特色，高宪民先生已在《天趣堂散文选》的序言中说得很到位，此不赘述。这里要补充的有一点，读天趣堂散文，不少人仅对其文章的知识性津津乐道，而忽视了他还是一位颇具精神深度和终极关怀的思想者，则不免失之浅薄。知识只是文章的材料，一如人的肉体。只有被宁静的心灵、充实的思想和饱满的智慧点燃，才会获得个性生命。望生的那些犀利、理性、睿智和卓识时见的文字力透纸背，读之使人心存感激，肃然起敬，其奥秘正在于此。

本文为《天趣堂诗文选》序文，

该书 2017 年 9 月由新华出版社出版

皖公传略

  田望生，字舍，号皖公山人，晚年人称皖公，祖籍安徽省桐城县。民国三十四年（一九四五年）农历正月十五，当安徽省潜山县野人寨三祖寺的晨钟响起，一个婴儿在禅房中呱呱坠地，这人就是今天的"天趣堂"主人田望生。虽生于净土，却不免要"度一切苦厄"。其从弱冠履职，"征程虽坎壈，曲折能回旋"，曾任铁道兵第二十三团第七连战士、文书，铁道兵第五师司令部作战参谋，铁道兵报社记者、编辑，中国铁道建筑报社总编室主任、总编助理、副总编辑，铁道部高级职称评审委员会评委，中国传媒大学特约研究员，中国根艺研究会秘书长、中国民间文艺家协会根艺委员会副会长等职，现为中国作家协会会员。

  皖公在职凡四十年，持平常心，为平常人，却有着不同寻常的经历。其为人真诚豪爽，洒脱不羁；谋事干练尽忠，充满激情；为文为诗拔奇领异，挥绰有声。

投笔从戎　岁月倥偬

  皖公出身于一个市民家庭。他的父亲田先贵是个皮匠，母亲王玉莲，安徽枞阳人氏。幼时，他随父母定居安徽省潜山县府治所在地梅城镇。因家中上有老、下有小，生活并不富裕，其九岁始到梅城天主教堂上学。小学毕业保送百年老校安徽省潜山中学，一九六六年五月高中毕业遭遇"文革"，举国大中学校停课闹革命。时运不济，升学无门，他毅然选择了绝学从军的道路。一九六八年三月皖公离开母校应征入伍时所作的一首诗，向我们倾吐了他此时此刻的抉择与志向：

> "文革"出内鬼，黉门闹翻天。求学虽无路，投笔可戍边。有朋劝留校，留校复何为？我意既已决，披甲只向前。先生挥泪送，同窗别万言。忽闻军号声，君问何归田？中原无狼烟，雪顶共清闲。
>
> ——《投笔从戎》

其实，这种选择对于一介书生来说，实属无奈。他的绝句《从军道中》袒露了这一复杂心情：

> 西去巴蜀频回首，望断皖山泪双流。
> 莫言攀枝三线苦，书生华山一条路。

然而，一旦当上了铁道兵，到祖国的大西南投身火热的三线建设，他的灵魂深处发生了变化。身为一名铁道兵战士，在沸腾的铁路建设工地，面对汹涌澎湃的金沙江水，他引吭高歌：

> 少壮豪气冲九霄，立马横刀雅砻桥。
> 驰骋沙场是男儿，建设边陲亦天骄。
> 凯旋才见百花落，出师又望攀枝笑。
> 三线未捷无子规，我以我血荐金涛。
>
> ——《自题四首》其一

戎马生涯，文武兼备。皖公从铁道兵第二十三团第七连战士、文书起步，奋斗三年，一跃成为铁道兵第五师司令部作训科作战参谋。其间，他担纲全师工程调度、组织部队军事训练、兼任师教导队军事教员，率员赴兰（州）新（疆）铁路蒐集战时铁路保障方案，参与指挥全师三万余人从四川米易县、渡口市（今攀枝花市）调防新疆乌鲁木齐执行南疆铁路建设任务。由于他勤勤恳恳，兢兢业业，工作干得有声有色，颇受师长顾秀、参谋长刘希明、作训科长王伯欣等领导器重，先后让他带队组织各团作训参谋骨干赴铁道兵乐山参谋训练大队学习，在有铁道兵的黄埔军校之称的"乐山参训大队"任一期十班班长；参加成都军区师团领导干部暨作训科长战略战术培训班，学习组织实施战时三打三防军事项目。尽管在作战参谋这个岗位上恪尽职守，矢志不渝，一干就是九年，"爱将笔墨逞风流"的他，还是被铁道兵报社看中了。经编辑戴普忠（后调中国人民解放军总政治部直政部）推荐，铁道兵报社编辑科长刘绵春亲赴铁道兵第五师司令部对他进行考察后，遂于一九七九年春调任铁道兵报社。从此，皖公开始了他人生道路上的一次重大转型：由投笔从戎到弃武习文。离开五师师部那天，司令部、政治部、后勤部的官兵三百余人夹道欢送，人们围住了他乘坐的吉普，久久地不愿让他离去。然而这次离开，他无怨无悔。正是这段难得的经历，奠定了他在新闻战线深厚的生活体验，预示着他迈向人生的又一座高峰。

新闻生涯　笔走龙蛇

在铁道兵第五师当参谋时，皖公是司令部新闻报道组组长，对新闻工作并不陌生。但来到铁道兵报社，与即将共事的同志初次相处，同事们不免向他递去疑虑的目光。因为通常调到这里工作的大多是在部队从事新闻工作的干事。现在来了一个跑腿的参谋，"耍笔杆子，他行吗？""是骡子是马，先拉出去遛遛"，在报社通联科，他与前后调来的记者张风雷、程更新、乔梁、陈泰祥学习三个月后，副社长郑云林要求他们就近采访、写写稿。一声令下，皖公一头扎进了铁道兵机关，在司令部、后勤部寻找报道线索。一周内，他白天采访，夜晚写稿，总共采写并发表了五篇报道，短的千字文，长的二千余字。其中《黄花女为什么嫁不出去？》《科办，可办可不办吗？》见诸报端后，对计划经济的弊端和轻视科技的观念是一个不小的冲击。在担任专职记者一年多的时间里，他先后两次随社长姜良翰北上内蒙古、黑龙江采访，发表的采访札记《小伙子们的体重为什么增长这么快？》和长篇通讯《鲁义脱险记》《在重灾之年——铁道兵嫩江农场抗灾纪实》，掷地有声，好评如潮。次年，他从通联科调到了编辑部，当上了报纸编辑。从编辑、总编室主任、总编助理到副总编辑任上退休，在皖公的事业中，这是一段持续时间最长、同样可圈可点的人生经历。看到自己亲手帮助扶植起来的"桃李"一个个红红火火，都能独当一面，他感叹：

> 文章何必偏等身，甘为人梯慰平生。
> 饮酒赋诗壮心在，问舍求田老境增。
> ——《莫畏老九首》之一

是的，皖公老了，已届古稀之年。但在后生们的眼中，尤其在编辑方面，他是既有实践又有理论的编辑家。干编辑这一行，皖公主张宏观上要从大处着眼，但落实到具体工作上，要事事从小处着手。在选择、组织稿件中，他约稿、看稿、编稿、写稿和评稿有自己的一套原则：要求编辑开阔眼界胸襟，博采众长，兼容并收，对各方面的来稿一视同仁，多与作者交朋友，力争成为个性独特的记者、通讯员的知己与知音。同时，鼓励编辑多出去跑稿，不要坐在办公桌前守株待兔。发现可以报道的典型，他总是动员编辑出去采访。不少编辑因他的指点，写出的典型报道，在全国或行业好新闻评选中获得大奖，并因此而顺利评上高级职称而一直对他心存感激。而对待下面的记者、通讯员的来稿，他更是认真负责，一丝不苟。每天早上打扫编辑部卫生，倒字纸篓时他总要翻一翻，生怕漏掉了有用的稿子。一次，他在别人的字纸篓里发现通讯员曾正贤、刘文阁采写的勤俭施工的稿件，仔细一看，觉得可用，于是稍加点睛，标上一则标题"征南战北十来年，四十条腿都健全（主题）——二连十张办公桌历任九任领导完好无损（副题）"，稿件发表后选送全国铁路好新闻评选，荣获一等奖。大凡有记者、通讯员调动工作，为使这些同志在新的工作岗位上尽快打开局面，他总是叮嘱编辑多予关注。皖公对待记者、通讯员和编辑，总是从政治上关心、工作上帮助、生活上体贴。有的记者、通讯员所在企业经济效益差，报道形势不景气，工作压力大，来京送稿时，他特殊关照，并自掏腰包请他们到饭馆吃饭。平时，凡有记者、通讯员来到报社，办事的不办事的，认识的不认识的，只要来到他的办公室，他不问客杀鸡，渴不渴，都先泡茶一杯，让座后才开口说话。皖公还是个"老顽童"，他那顽皮好奇、童心未泯的言行举止，常常让同事、朋友乐不可支。他为人处世，一以宽厚为归，使得同事、部属在他面前敢笑敢闹，敢怒敢言，甚至拍桌子、摔板凳他也不介意。对于一切批评，即使是非议，他也概不反驳，有则改之，无则加勉。他的清廉自爱，更是令人称道：有时兄弟报社的领导、编辑来会他，这种事说私是私，说公是公，但他请来者到酒家小酌，从不开发票报销。他在社内年纪最大，可他的办公室卫生从不要求派员清扫，自己动手干。临到退休离开报社的最后一天，他自费请来两位保洁工，彻底清扫了一个上午，弄得窗明几净，而后几把钥匙向办公室主任手上一交，走人。同事们说他"伊人一身退，带走两袖风"，并非虚誉。作为全国铁路高级职称评审委员会评委，但凡有人审报中、高级职称，他不分远近亲疏、男女老少，够标准的一律据理力争，不记旧恶，不避前嫌。这样做，化掉的是无名之火和潜在冲突，赢得的是尊敬与拥戴。在兵改工的二十多年里，他作为报社党支部成员，每逢换届，在改选的无记名投票中，他每次都是满票当选支部委员。他的工作责任心更是有口皆碑。每逢全国人大、政协召开两会，或重大节日、企业内部重大事件，报纸需要增刊时，他总是亲自约稿、组稿，亲自到印厂盯着付印。有一年，全国召开两会期间，报纸扩至八版，不少记者来京送稿。一天，十八局集团记者站站长姜书范等前往印厂看自己的稿件大样，发现皖公在印厂工作间的地上摊开八个版，弓着腰一一核对转版的稿子，这位与皖公一路同行的资深记者感叹地说："田老太累了！"是的，这种胸怀，这种眼光，这种职业操守，是他给报社同仁和本系统新闻工作者留下的一笔宝贵财富。当下面的记者、通讯员听说他就要退休了，一个个打来电话慰问。十八局集团公司记者站站长姜书范更是对报社的编辑说："田老走了，带走了一个时代！"

皖公的佛心、道骨和儒者风范，使他能大度看人世，有所为，无所求，从容过生活。他做人低调，处事淡定，得之不喜，失之不忧，容人容事，雅致淡泊。他外出采访写作，发表亲笔作品时，总不忘陪同者的辛劳，执意署上他们的大名，并坚持将自己的名字放在最后。他的著作出版，根艺作品获奖，名家学者诸如钟佩章、刘绍棠、邱沛篁、李铎、刘开渠等为之书评，有同仁为他撰写书讯着笔此事，他看稿时一笔勾掉，认为己作愧对名人，要避拉旗之嫌。皖公格物致知，做事尽责，善始善终而富有创意。在职时自强不息，退休后仍笔耕不辍，以至著作等身。抛开奉命为人代笔、替人作嫁和发表的未署名文章以及编著不论，单就出版的自著而言，新闻类有：《新闻采编录》《新闻标题探胜》（再版更名《看报看题》）《现场短新闻旁通》《新闻评论他说》《大路铿锵——新闻通讯选集》《笔底波澜——新闻评论选集》。文学类有：《劳心的痛疚——献给铁道兵的歌》《文章声色有无中——天趣堂随笔》《天趣堂散文》《智者无为——天趣堂美文》《百年老汤——桐城文章品味》《空山诗魂——中国古代山水诗的世外味》《字里乾坤——汉字的文化意义》《天趣堂诗稿》三卷本、《人间辞话——古典诗词修辞例话》等。其中《天趣堂散文》等五部百余万字著作先后被中国现代文学馆和桐城文库收藏，《诗稿》《词话》被中华诗词研究院典藏。

皖公的散文随笔，生平并无师承，皆读书而自之。他走进书房，发现思想；走出家门，写出散文。所作崇尚桐城文派言必有据的学风，鄙视飞扬浮华、不重名实、哗众取宠、旨在惊听的不良习气。每每操觚有作，必踏踏实实，探索洞微，钩沉致远，缉裁巧密，多有新意，一旦发表，读者竞相传诵。对于既得成绩，他视为过眼烟云，淡定自若，一如他在退休离开自己的办公室时吟道：

归去功名付后生，自嘲树倒散猢狲。
平常心从淡泊出，不教业障碍此身。
　　　　　　——《无题二十首》之二

话虽这么说，报社毕竟是他辛勤耕耘近三十年的故土，眷念之心总是挥之不去，一首绝句流露了他的这一心绪：

> 翰墨卅载未名家，替人作嫁无迹涯。
> 退休西山少一事，缱绻报苑乱涂鸦。
>
> ——《无题二十首》之三

皖公退休后，又频频应邀赴杭州、龙游、西安、咸阳、香港、广州、深圳、澳门、珠海、贵州、太原、扬州、天津等地采访，由他主笔撰写并发表了十五万字企业专题报道。说到这里，我不禁感叹："这真是一位鬼才！"早在学生时代，有位享誉皖山的民主人士黄绪潜老先生，一次在澡堂泡澡时，与他的班主任兼俄语老师王子鸥、语文老师周明易等谈到田望生，黄老说："这小子，将来干什么都会成为专家！"今天，从皖公的历练与成功看，果然如此。

息影林泉　诗书为伴

晚年的皖公，于京畿百望山麓另购一宅，从原铁道兵大院迁出离群索居。为何要离群索居？这里不妨从他的诗作中寻找答案，如在移居搬迁途中他这样吟道：

> 问心谁是酬恩人，捲起诗书离京城。
> 老迁西山青云上，俯视来路总不平。
>
> ——《无题二十首》之一

是因为感叹人间不平，而愤然离群索居吗？从其《六十自述》所言"回眸平生，历练仕途，刚直不阿而终偃蹇不达，人生百味，备尝之矣"，似有其意。也有好事者说："这样的人才，倘若稍自韬戢，早获柄用。"然果若如此，岂是皖公？请看他的绝句：

> 功成难忘路坎坷，退休唯恋安乐窝。
> 君问何故依然瘦，只因周身硬骨多。
> ——《无题二十首》之十

此诗与前引"自述"互为见意，但读其《归来吟·山居十三首》，又觉不然。如他山居以后吟道：

> 老来添宅近颐和，昆明已然长属我。
> 澄怀涤虑湖心岛，最为亚子抱憾多。
> ——《山居十三首》之一
> 书以载道枕藉眠，树可清心好晨练。
> 身居朝市隐山林，俨然一个活神仙。
> ——《山居十三首》之二
> 汗漫九州数万里，锦绣山河收眼底。
> 岂料幽居西苑外，又得三山五岳趣。
> ——《山居十三首》之三
> 山居心闲甘寂寞，爱向林间无事忙。
> 不闻人语惟鸟语，时把月光当曙光。
> ——《山居十三首》之八
> 逍遥自在得地偏，不闻是非心嫣然。
> 补读五车偿夙愿，未料老朽以诗传。
> ——《无题二十首》之六

胸无城府不自欺，来兮归去披蓑衣。

离群焉知青眼少，独居何劳计东西。

————《无题二十首》之十

    这些"清而有味、寒而有神、瘦而有筋力"的诗句告诉我：他对喧嚣的俗情世界、新潮的时髦保持着距离，绝不随波逐流；同时又敏感地警惕着生命的钝化、心灵的消亡、人性的物化和人文精神的沦丧。他的离群索居，图的是亲近荒野，得自然之趣。他的老有所归，"归"，是"归家""归隐"；而"隐"，又不是"真隐"，目的只是亲近山林，感受独居的自由，享受安宁、静寂的力量，从而把人的精神从"痴人说梦"式的"没有任何意义"的"喧哗与骚动"中解放出来，让感觉变得更加灵敏，让思索变得更加专注，让心灵充溢着生命满足的幸福之感。皖公隐居之地百望山属北京小西山。小西山系太行余脉，南起北京市石景山，北到温泉一线。东起黑山扈，西到军庄。其间有石景山、百望山、八大处、香山、卧佛寺、樱桃沟等名胜古迹。而百望山是离皇城最近的山林，它的南麓是中华第一园颐和园，北边与翠湖湿地相距不远，素有燕北江南之称。皖公的老家古南岳天柱山，正是这一地域的分水岭。他上接湘鄂，下衔吴越，天柱山既有北国之雄奇，又具江南之秀美，刚柔相济、南北兼融、人地谐和的结果，使天柱山人尚文喜武的风习渊源有自，源远流长。这里的文人多是没有文人习气的文士，如张恨水、陈独秀、赵朴初、朱光潜等，均崇尚洁身自好，厌恶趋炎附势。由此足见，皖公的归隐就是归家，是古人所谓"守拙归园田"（陶渊明《归园田居》）、"群牧归村巷"（完颜铸《北郊晚步》）。这种回归园田、村巷式的"归"，还含有"种豆南山下""戴月荷锄归"，不受世事纷争的侵扰，自甘寂寞的意蕴。如他的绝句：

> 不将精力做人情，任我逍遥物外身。
> 心仪前贤甘寂寞，乐在清泉鉴孤影。
> ——《无题二十首》之十二
> 人生总被功名累，息影林泉得三昧。
> 一想分外壶中苦，万事无心杯有味。
> ——《无题二十首》之十三

归根结底，他是要在这苍茫浩瀚的大自然中感受山水之美，并且用诗歌的方式表现山水之美。

诚然，在息影林泉，过着隐居生活的过程中，他开始确有一段时间显得有些不安生，但仔细琢磨却事出有因。其《七十书怀》言："吾好学力行，笔耕不辍，且替人作嫁，乐此不疲，深得后生敬重，退休后仍有同行知己几顾茅庐。热心所激，弗能已，虽支离一叟，老眼昏花，精力浸退，仍勉强为之。"皖公《赋闲三十首》其二十三吟道：

> 瓣香东篱菊，服膺《饮酒》诗。
> 旷达超尘俗，淡泊以明志。
> 终死归田里，缘何三出仕？
> 少钱难买醉，隐者亦务实。

这里泄露了又一因：一生嗜酒爱游的他，退休后"少钱难买醉"也确是一个现实问题。而这个小小的插曲，却有助于他对山居生活的生动描绘，进而真实地再现了皖公既出世间又入世间的山水意境。而他的出世思想，与他对佛学的兴趣、受佛教思想影响关系极大。皖公的家乡天柱山在历史上是佛道圣地，道家尊天柱山为第十四小洞天，五十七福地，自南北朝起，道家曾先后在天柱山建过五岳祠、白鹤宫、灵仙观等著名道场。佛教禅宗的二祖、三祖都曾在此驻跸传授衣钵。天柱山麓的三祖寺是皖公的出生地，更是华夏著名的寺院，香火旺盛，影响深远，被国务院列为汉族地区佛教重点寺院之一。这种地域文化，在无形中给皖公心理上留下了深深的烙印。"据于儒，依于老，逃于禅"的处世哲学，以及"儒治世，道治身，佛治心"的立世养心之说，已经渗透到了皖公的血液中。佛教的，是哲学的，也是文学的、诗歌的。在皖公的诗作中，笔者发现他将佛、道的哲理自然地织入诗篇，使人读来"觉笔墨之中、笔墨之外，别有一段深情妙理"。如"入世两行泪，流尽已卧床""魂兮归故土，南无三炷香"（《悼慈母》）、"死生有命莫问天，安大未读病占先"（《伤逝》）、"香火绕银杏，大觉有几人"（《游京兆大觉寺》）、"身居朝市隐山林，俨然一个活神仙"（《山居十三首之二》）、"前生修来孤山伴，芒鞋踏破空谷烟"（《山居十三首之十二》）、"决绝一争为事功，笔走龙蛇掉头空。平生多少难言隐，俱在拈花一笑中"（《无题二十首之六》）、"不教凡心伤往事，林下面壁学维摩"（《无题二十首之八》）等带有佛家思想的句子并不见少。

皖公作为老三届的高中毕业生，失去了上大学的机会，缺乏完整的教育经历，这是皖公盘桓一生挥之不去的遗憾。但他凭借自学，获得过北京市高等教育自学考试委员会和中国人民大学颁发的大学新闻专科文凭，多少弥补了一些缺憾。他深信"腹有诗书气自华，读书万卷始通神"，晚年凭借幽静的读书环境和赋闲在家的充裕时间，他潜心读书，读《通鉴》《纲鉴》，看《三国志》《晋书》《南北史》；读康乐、渊明、李白、子美、义山、飞卿、子瞻、放翁、诚斋诗，看《尔雅》《孝经》《仪礼》《论语》《孟子》诸注疏及《史记》《前后汉》《隋唐书》《五代史》及南北朝时期诸史书，宋至元朝的史书亦不放过。他的书不是整齐地放在书架上，而是东倒西歪地散落在床头茶几上，凉台、卫生间也放着书。读书吟诗，成了他晚年不可或缺的大事。其诗歌创作每每与书法相结合，即吟即录，下笔成章。他的《天趣堂诗稿》堪称诗、书合璧，翰墨间才气横溢，情感奔放，渊博深厚的文化底蕴与光明磊落的人格精神充溢其间。他常对身边的人说："史鉴使人明智，诗歌使人巧慧。饭可以一日不吃，觉可以一日不睡，书不可以一日不读。"晚年的皖公以书为伴，把书当作情人，正如他自己所说"暮年寂寞谁伴我，窗前明月枕边书"。

本文先后收入 2014 年 9 月中国书籍出版社
《人间辞话——古典诗词修辞例话》、
2016 年 3 月新华出版社《天趣堂散文选》

附：我的学诗之路

我从什么时候学习写诗？回答这个问题，还得从上中学时说起。那时正值"文革"后期，学诗的环境不是很好，充斥报纸副刊、诗歌杂志上的作品，"啊"的频率比较高。比如当作者写到登高望远、情绪激昂处，"啊"便喷涌而出；当感到词穷字窘时，"啊"于是成了连接上下诗句的链条；当诗人感到情未尽、意无穷时，一个"啊"便涵盖了一切……读这类政治抒情诗，你会感受到热情燃烧后的苍白、华丽掩盖下的贫乏、雄浑表象下的虚弱……但这也得读，如果学着写，你也免不了"啊"几句，或者喊几嗓子"口号式"的诗句，若不如此，肯定会遭到"批判"。好在我的语文老师是位"老三届"，他并不那么赶时髦，时不时鼓励我读点唐诗，说这样会有利于把诗作好。这位老师会写一手漂亮的钢笔字，毛笔字也写得很棒，校长让他负责全校宣传工作，他半个月就要求各班出一期黑板报，当时我们班里年龄最小的几个男生，投稿最为踊跃，老师课堂上一布置，下课就抢着交卷，内容却千篇一律，开头总是那句："东风劲吹红旗扬，神州处处战歌亮……"

中间和结尾根据形势的需要略"变"一下，但也统统是一些"口号式"的东西，临了，还在题目下面冠以"七律"二字，署上撰稿人的姓名，工工整整地交给老师。这就是我最早朦朦胧胧地知道和写过的所谓诗歌了。

我喜欢写作，应征入伍当了五年铁道兵，遇上兵改工，工程局领导见我爱好写作，让我当了局子弟学校的语文老师。教学之余，我参加了成人高考读了师范专业，当时语文老师常常拿我的作文当范文在班里宣读，我的作文在班里乃至全校是小有"名气"的。有一天，我们学校的党办主任来找我，称学校要办一个校刊，约我写一篇稿子。我感到很犯难：写什么呢？用什么体裁？考虑了好几天，最后决定写首诗歌，因为没有写过什么像样的诗歌，于是，我苦思冥想，一连三个晚上没睡，终于在第三天"憋"出了一首《幼苗》：

沃野里／一株幼苗刚刚破土／一缕冬晓的寒风袭来／禁不住打一个冷颤／瞬息间／它又舒展纤细的手臂／挺了挺柔嫩的身躯／自信地快活地近乎于雀跃／它在自豪／也在骄傲／它在渴望／也在呼唤／渴望着朝露春阳／呼唤着甘霖和风

这大概就是我的处女作吧。

再后来，我在局子弟学校任教和在局教育处分管普教工作期间，也曾零星写过几篇，有一年教师节到了，为赞美老师们辛勤劳动，我忽然灵感萌发，写下了《黑土地上的耕耘者》：

一块黑板／似广袤无垠的黑土地／握在手中的粉笔／就是那银光闪闪的犁铧／溅落的笔末／正是你洒向沃土的滴滴汗珠／你春天将种子遍撒海角天涯／然后不辞劳作待桃李满天下／啊人民教师／难怪有人说你是"拓荒的牛"／你有时被人小觑甚至受到世人冷

落 / 但是你并不感到孤寂 / 你深信 / 有耕耘必有收获 / 当在你耕耘的土地上 / 一枚枚火箭再次打破天际 / 一颗颗卫星又点缀蓝天 / 有人把羡慕的目光投向你 / 赞美你的伟大与神奇 / 你骄傲而又信心百倍地告诉人们 / 我无愧于"黑土地"上的耕耘者

还有一年秋天，我看着窗外纷纷的落叶，一时兴起，写了一首《秋》：

秋风刮面 / 抚去脸上的稚嫩 / 秋叶恋落 / 寄托未来的绿色 / 秋雁南飞 / 向往那温暖的润泽 / 秋高气爽 / 给翱翔的翅膀以广阔的天空

这就是我在十几年前，曾断断续续写过的一些自由诗，数量不多，总共不过数十篇！

是什么时候真正激发了我对诗词的兴趣？特别是对旧体诗的喜好和创作欲望呢？那是二〇〇六年的秋天，一次偶然的机会，我去昆明出差，会期组织观光，去了大理和丽江，我习作了《丽江行》三首：

大 理
大理十月风光好，古城幽幽南诏荒。
苍山脚下三塔寺，直刺青天现灵光。

蝴蝶泉
蝴蝶翩翩空中舞，湖水潋滟泛清波。
雯姑霞郎化彩蝶，蝴蝶泉边听情歌。

丽江古城

高原明珠丽江城，纳西族人古淳风。

千年古城倚山建，华夏奇观举世闻。

　　回到北京后，我将这一习作匆匆投向《中国铁道建筑报》，没想到很快就发表了，我感到莫大的鼓舞和鞭策。打那以后，我的案头总放着唐诗宋词，每天晨读夜诵，茶余饭后还与诗友们一起切磋，从与他们的交流中，我不但拓宽了文学视野，还丰富了古典诗词知识，并动笔学着写点旧体诗。此后，只要外出旅游，我都要赋诗作文，甚至衣食起居也都在琢磨一些诗句，同好者说我"走火入魔"一点不假，我确确实实沉浸在读诗和写诗的乐趣中，不管何时、身处何地，只要灵感一来，马上动笔及时记录下来那精彩的瞬间。从二〇〇六年至今，我作了二百多首新古体诗，其中有八十多篇在报刊上发表过。二〇一一年春，我荣幸加入了中华诗词学会，这为我努力学习诗词和创作提供了更好的平台，我写诗的积极性更高了。

　　我居住的北京奥林匹克花园小区，位于北京东五环外，房舍呈现中西合璧的风格，绿树成荫，鸟语花香，映入眼帘的美景常常在不经意间触动着我的"神经"，一旦成诗，便收入我的诗囊。

　　诗是作者身临其境时所见所感所思，每个人因年龄、知识和阅历的不同，或观察事物的时间、角度不同，感知到的东西和体会到的意境也就完全不同，特别是那些反映事物本质特征的细节处、微妙处，所表现出作品的气魄和层次大不一样。只有尊重个性，弘扬个性，才能写出有特色、有见地的诗作来。如我写《京东春早》，正是二〇〇九年春节刚过，一日，天气晴朗，阳光明媚，我走出办公室，抬头望见杨柳的枝头露出鹅黄，一只紫燕划过天际，于是写下了：

> 京东二月已春发，土膏渐润气朗华。
> 池头微风吹暖树，陌上细雨润人家。
> 偶来紫燕归河北，依旧湖边送晚霞。
> 萌动诗情闲一笑，枝头泛绿罩青纱。

这首诗后来还在《中国铁道建筑报》上发表了。从此，我的诗歌创作一发而不可收。这本小册子便是我学诗、写诗的最好见证。

中国是诗的国度，从"诗三百"初吟，到楚辞别开生面，中经汉乐府、汉赋异军突起，尔后唐音、宋调，元明散曲，直至清诗，一代又一代的文学，高潮迭起，旧体诗蔚为大观。一九一一年辛亥革命爆发，结束了华夏最后一个封建王朝，一九一九年五四新文化运动兴起，拥戴德先生、赛先生的学人引进西学，旧诗横遭当头棒喝，胡适的新诗引来自由的蝴蝶满天飞。其实新诗没有必要在挤对旧诗中张扬，新诗、旧诗各臻其美，前者是以阅读为主的艺术，后者则是以传唱为主的艺术。旧诗以严谨的格律为外在特征，强调音韵的形式美，故以吟唱和品味审美的主要形式。诗家通过吟唱的过程，由听觉的美感达到对意境的领会，而形式美规范就此成为旧体诗的艺术生命线，使格律构成创作中不可更易的法规；写旧诗必须通过苦吟掌握形式美规范，诗家为适应形式技巧的要求，不背诵几百首古诗就很难进入自如的创作。因此，旧诗难写而易工，新诗易写而难工。我爱诗，读诗，评诗，写诗，先是由易学的自由诗（新诗）入手，但我更喜欢传统的旧体，即古体和近体诗。就文体而言，近体律诗最能代表传统的诗歌艺术。律诗之美，是在于它纵横交错的对仗语言结构，造成一种交叉式的联想网络，巧妙地打破了散文的线性思维模式，把诗意纳入了想象的系统。这种艺术传统强调"语不欲犯"，追求"意在言外"，让一些看上去平易的语句，能够在律诗的对仗的句式中相互映照，凭空产生了许多比喻和联想，从而使读者能够借助品味来领会诗歌的美学情韵。我作旧体诗，由于不谙音律，写的多是一些"有格少律"的新古体。窃以为，这种新古体诗明白晓畅，生动活泼，抒发的真情实感更能贴近时代、贴近生活，是大有作为的。而今出版这本诗集，收入的百余首作品，按"自由诗"和"新古体诗"分为两卷，后一卷有几首词和几条楹联也一并编入，企望它们的出笼，能够鞭策我走进诗的天国，以诗会友，共同在这美丽中国享受幸福生活。集中作品粗陋之处在所难免，还望方家赐教。

甲午年孟春于京东萃文斋

（本文为《萃文斋诗集》后记）

后 记

　　我的第一本书《萃文斋诗集》于二〇一四年九月出版，其时正值马年，我属虎，小时候听母亲说，虎年出生的人逢马年交运。视读书写作如生命的我，便选择了这样一个吉祥的年份，出了"第一桶金"。诗集出版后，我便期待着出版一本"散文集"。因为赋诗作文对我来说是一件乐此不疲的大事。

　　收入这本"散文集"的作品，有早期的，也有近期的。它们都是我有感而发、信手拈来的。早期的作品虽有些稚嫩，却和着泥土的芬芳、带着青春的气息，抒发了我儿时的欢乐，留住了我十分珍视的乡愁。当我步入中年，闲暇之余，携妻带子，足迹踏遍祖国的大好河山，《北疆随笔》《东北秋色》《哦，苍茫云台山》，成为我体验人生、享受生活、陶醉于大自然的真实写照。在我天命之年，即将告别职场时，我动情地写下了《别了，劳资培训部》。我的散文虽说题材拉杂，内容纷繁，但毕竟真实地记录了我为文的心路历程。敝帚自珍，我是看重自己所记所写的，因为它是我生命中一个重要组成部分。

　　诚然，每个人在人生的不同时期，对生命和生活的体悟是不同的。天命之年的我越来越晓得人生皆是"缘"。我为我一生结缘文字而感到欣慰。上初中时我就喜欢上语文课，因为语文成绩优异被班主任推荐上了高中；高中因为偏科而没有考上大学。到部队后当了文书，改工后任过子弟学校的语文老师，再后来调机关做教育、人事管理工作，也都是一直与文字打交道。我爱写作，经常向报纸杂志投稿，没有这些努力，我是不会接二连三地出书的。结缘文字苦中有乐，乐中含苦，苦乐从来就是相伴相生的。我一日不看书、三天不动笔，就觉得无所事事。我能用文字记录生活，书写心灵，"千里快哉风"矣！

曼妙人生，如少年时的遐想、青年时的拼搏；或迎着清晨的旭日、或在悠闲的假日；或迷恋南国的葱茏、或寄情于北国的风雪……皆成为我笔下美丽的风景。王蒙在他的散文《我的写作》中写道："我叹息一切美好的瞬间的短促""只有文学才能使美好的瞬间与永恒连接起来"。人生之美好，我渴望我这些瞬间的、短促的美好，一旦与永恒连接起来，便成了我生命的延续。一千多年前，我的山西籍老乡白居易，在江州完成了他的八百多首诗编辑成册时叹曰："世界富贵应无分，身后文章合有名。"我很高兴能与这位伟大的诗人心灵契合。这也是文学对我的引力。

我的《萃文斋散文》能顺利出版，我要特别感谢田望生先生。我与田老是忘年之交，我时时庆幸自己，能交上这样一位值得尊敬的老师。这位《中国铁道建筑报》原副总编辑，是一位鬼才，他集作家、诗人、根艺美术家于一身，在职时，利用"三余"时间出版发行了十六本书，退休后又出了四部，给后世留下了五百万字的著作，真是令我景仰。我的诗集出版后，引起了很大反响，许多读者向我打听这位序言的作者，都被他深厚的学养、超群的才情所折服。我出诗集后，一直在想，如果有机会能出版散文集，还请田老为我作序。后来，我在电话中提及此事，已逾古稀之年的田老，欣然应允，使我的散文集蓬荜生辉，我真是深深地感激田老，谢谢您——望生先生！

2017 年孟冬于海南

图书在版编目（CIP）数据

萃文斋散文 / 赵生伟著 .—北京：作家出版社，2018.6（2018.9重印）
ISBN 978-7-5063-9885-5

Ⅰ.①萃…　Ⅱ.①赵…　Ⅲ.①散文集－中国－当代　Ⅳ.① I267

中国版本图书馆 CIP 数据核字（2018）第 015891 号

萃文斋散文

作　　者：赵生伟
责任编辑：秦　悦
封面题字：华国锋
装帧设计：王汉军
插　　图：马文杰
出版发行：作家出版社
社　　址：北京农展馆南里 10 号　　邮　　编：100125
电话传真：86-10-65930756（出版发行部）
　　　　　86-10-65004079（总编室）
　　　　　86-10-65015116（邮购部）
E-mail:zuojia @ zuojia.net.cn
http://www.haozuojia.com（作家在线）
印　　刷：北京玺诚印务有限公司
成品尺寸：142×210
字　　数：197 千
印　　张：9.125
版　　次：2018 年 6 月第 1 版
印　　次：2018 年 9 月第 3 次印刷
ISBN 978-7-5063-9885-5
定　　价：68.00 元